해피엔드 에어포트

風の港

해피엔드 에어포트

무라야마 사키 소설

이소담 옮김

열림원

부디, 좋은 여행이 되기를.
각자의 날개를 타고
먼먼 하늘로.

차례

일러두기

* 본문의 주는 모두 옮긴이 주다.

* 인명, 지명 등 외국어의 우리말 표기는 국립국어원 외래어 표기법을 따르되,
  통용되는 일부 표기는 허용했다.

제1화

*

여행길에 오르는 하얀 날개

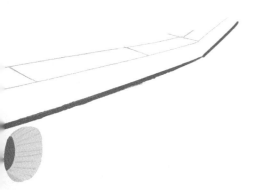

집 근처 역 앞의 버스 터미널에서 공항행 리무진 버스를 타면 지금까지 살던 낡은 빌라 바로 옆 길을 지난다. 한낮이 지난 봄날, 창 너머 햇살을 받으며 눈을 감고 꾸벅꾸벅 졸던 료지는 그때 갑자기 누군가에게 불리기라도 한 듯이 눈을 뜨고, 추억 가득한 건물이 시야에 나타났다가 사라지는 모습을 지켜보았다.

조금만 지나면 꽃을 피울 때인, 가지 끝에 꽃봉오리가 맺기 시작한 벚나무가 멀어진다. 올해는 저 벚꽃을 못 보는구나. 젊고 자그마한 벚나무지만 집 창문 너머로 보는 봄 경치가 마음에 들었다. 창문을 액자 삼아 봄날 거리의 그림을 보는 셈이라고 벚꽃 피는 계절이면 늘 생각했다.

'집에 작별 인사를 한 기분이네. 괜히 쓸쓸하잖아…….'

저 빌라는 곧 부술 예정이라고 들었다. 그러니 집세를 저렴하게 해줄 거라는 귀띔을 부동산에서 듣고 지금은 까마득한 대학 시절부터 살기 시작했다. 결국 부수는 날은 오지 않았고, 깨닫고 보니 참 오래도 살았다.

어차피 부술 테니 방 인테리어를 바꿔도 된다고 집주인이 허락했다는 소리를 듣고 같은 빌라에 살던 대학 동기들과 벽에 낙서하고 부엌이 딸린 투룸의 미닫이나 벽장 문을 뜯어 원룸처럼 만들기도 했다. 대형 쓰레기를 버리는 날에는 낡은 가구를 주워 와 페인트를 새로 칠해보기도 했다. 병에 걸려 죽어가는 길고양이를 데려와 같이 살기도 했다. 좁은 마당에 꽃이나 채소를 키우고 여름에는 불꽃놀이와 바비큐도 했는데, 이건 역시 이웃에서 시끄럽다고 항의가 들어와 사과한 적도 있다.

그 시절에는 매일 즐거웠다. 가끔 싸우기도 했지만 깔깔거리기만 했던 나날이었다. 대학 바로 근처, 뒷마당이나 마찬가지인 집이어서 주민 이외에도 아는 사람과 아는 사람의 아는 사람이 시종일관 들락거렸다. 언제나 왁자지껄했다.

그러다가 알게 된 같은 대학에 다니던 아름다운 여학생 시오리와 사랑에 빠져 오래 교제했으나 이런저런 일이 있어서 결국 헤어졌다. 아니, 인정하기 싫지만 시오리를 질리게 해 결국 버림받았다고 해야 옳겠지. 시오리는 하필 료지의 오랜 절친 아키라와 사귀기 시작했고, 두 사람은 나란히 손을 잡고 떠나갔다. 오 년 정도 전의 일이다.

그 후로 두 사람과 연락을 주고받지 않는다. 최소한 료지 쪽에서 하는 일은 없었다. 결혼식에 초대를 받았으나 가지 않았다. 료지는 연인과 절친을 동시에 잃었다. 당연히 분노하고 원망하고 피해의식에 불타던 시기도 있었으나 자기 잘못인 걸 깨달았으니까, 아니 당시에도 속으로는 똑똑히 알고 있었으므로 그런 마음도 이윽고 흐려졌다.

시오리는 미인이고 똑똑하며 자주적인 사람이었다. 그래서 료지는 그런 시오리를 존경했고, 어딘지 우러러보는 면도 있었다고 지금은 생각한다. 료지보다 훨씬 어른스러운 사람이었다. 약학부를 졸업하고 약사가 된 시오리는 고향인 북쪽 섬으로 돌아가 본가의 약국을 물려받아 일하며 살고 있을 것이다. 료지의 절친이었던 아키라는 경제학부를 졸업했다. 아내의 일을 멋지게 뒷받침할 테지. 웃음이 밝고 호감 가는 성격이고, 어려서부터 고생을 많이 해 세상 물정을 잘 알고 인간관계도 원만하게 꾸리는 사람이니 그 지역에도 호감을 주며 녹아들었겠다고 짐작했다. 어쩐지 쓸쓸한 심정으로.

'나만 학창 시절에 머물러 어른이 되지 못한 채 살아왔구나.'

이래서야 두 사람이 떠나도 어쩔 수 없다고, 피식 쓴웃음을 지었다. 버스 창문에 비친 얼굴은 반질반질 빛나던 학창 시절과는 다르게 칙칙하고 축 처져서 늙어 보였다. 좌석 벨트로 조인 복부도 그 시절에는 아무리 먹어도 살이 붙지 않았는데 지금은 느슨하게 하지 않으면 답답하다.

그 시절 빌라에 살던 친구들은 졸업하자마자 더 좋은 곳으로 이사하거나 고향에 돌아가서 료지만 남기고 떠났고, 고양이는 나이를 먹어 죽었다. 그 후로 새로운 주민도 오지 않고 찾아오는 사람도 줄어들어 어느새 료지만 혼자 사는 쓸쓸한 빌라가 됐다.

"이건 이것대로 조용해서 괜찮아. 옆집을 배려하지 않아도 되니까. 나는 직업이 만화가니까 생활이 불규칙하잖아. 밤을 꼬박 새우기도 하고 낮에 잠을 자기도 하고."

친구나 지인, 일 관계로 알게 된 사람들에게 이렇게 큰소리 쳤다. 한밤중에 목욕하며 소리 높여 노래를 불러도, 마감을 앞두고 집 안에서 운동 대신 마음껏 라디오 체조(일본의 국민 체조)를 해도, 소음이나 발소리를 걱정하지 않아도 되는 점은 뭐 분명 편하기는 했다.

마음 편하다고 생각하면서도 한편으로 허무했다. 천직이라고 여겼던 일을 그만두기로 마음먹었을 때, 이 집을 떠나 고향인 규슈 나가사키로 돌아가기로 마음먹었을 때, 머리로는 더 쓸쓸해지겠다고 생각하면서도 왠지 모르게 마음이 놓였다. 어깨에 얹었던 짐을 내려놓은 것처럼.

나는 지금까지 뭘 그렇게 참아왔을까. 더 일찍 이렇게 해도 좋았겠다고, 한숨 섞인 생각에 잠겼다.

새삼 정신을 차려보니 지금까지 인생의 절반을 그 집에서 보낸 셈이다. 가장 즐거웠던 시간을 보냈다고 할 수 있다. 그러나 이제 다시는 그 집에 돌아갈 일은 없겠지. 그렇게 생각하며 눈을 감고 흔들리는 버스에 몸을 맡겼다. 천천히 자기 몸이 빌라에서, 추억에서 멀어지는 것을 느꼈다. 마음속으로 가만히 손을 흔들었다. 다시 졸음이 몰려왔다.

'나이를 먹었네. 밤을 새운 피로가 가시지를 않아.'

이십 대 때는, 아니 삼십 대 초반까지만 해도 안 자고 만화를 그려도 하룻밤 푹 자면 피로가 풀렸는데, 서른다섯 살인 지금은 이후로 이틀은 여파가 있다. 오늘도 그런 상태다. 연재만화의 최종 화를 그린 피로감이 몸 내부에 여전히 남았다.

'피로가 눈처럼 쌓인 느낌이야.'

꽁꽁 얼어붙은 것처럼 축적돼 이대로 녹는 날이 안 올지도 모른다.

'딱 적절한 시기야.'

꿈을 좇는 시간을 끝맺을 때가 온 걸까. 진작에 와 있었을까.

'대단한 사람이 될 줄 알았는데 결국 아무것도 되지 못했어.'

어려서부터 그림을 잘 그렸고 만화 그리기를 좋아했다. 고생 없이 사랑만 받으며 자란 아이가 보통 그렇듯이, 세상의 중심은 나라는 근거 없는 전지전능함에 도취해 인생이 생각하는 대로 흐른다고 순진무구하게 믿었다.

사실 생각한 대로 흘렀다. 어느 시기까지는.

십 대 시절에 소년 만화 잡지의 신인상 가작을 수상해 그 시점부터 담당 편집자가 붙었고, 대학에 들어가면서 도쿄로 올라와 원고를 들고 잡지사를 찾아다니고 여기저기 투고하며 실력을 키웠다. 고향에서 유서 깊은 싯포쿠(나가사키 지역의 전통 연회 요리로 중국 요리를 일본인 입맛에 맞게 변형한 것. 식탁에 사람들이 둘러앉아 커다란 그릇에 담겨 나오는 코스 요리를 나눠 먹는다) 요릿집을 경영하는 부모님도, 가게를 물려받을 예정인 형도 료지를 귀여워해서 전면적으로 응원해주었다.

료지는 교육학부 미술과에 진학했으나 취직할 생각은 없었으므로 교원자격증에 필요한 학점을 따지 않았고, 그럴 시간을 아껴 오로지 만화를 그렸다. 그림 공부를 해야 한다며 일러스트 전시회를 보러 다녔고, 직접 전시회를 열거나 동인지를 만들고 영화나 공연을 보러 다녔다. 그럴 때마다 늘 함께

해준 절친이 나가사키에서 함께 진학한 스즈키 아키라인데, 아키라는 학비를 직접 벌어야 해서 같은 대학의 경제학부에 다니면서 과외나 음식점 아르바이트를 하고 수면 시간을 줄여가며 만화를 그렸다.

난쟁이와 요정, 숲속 동물, 아이들이 차를 마시거나 놀기만 하는 아키라의 만화는 그저 소박하고 케케묵어 겉치레로도 잘 그렸다고 하기 어려웠다. 친구니까 읽기는 했지만, 료지는 감상을 어떻게 말해야 할지 몰라 말을 고를 때도 많았다. 그런 료지의 표정을 보고 아키라는 곤란한 듯 수줍은 표정으로 웃으며 그저 이렇게 말했다.

"읽어줘서 고마워."

초등학생 때부터 친했고 함께 꿈을 키웠으나 아키라는 자기 실력을 알고 있었고 그래도 만화 그리는 걸 좋아하니 계속 그린다고 했다.

"내 안에 있는 정경이나 이야기를 종이에 그리면 다른 누구에게 보여주거나 읽힐 수 있잖아? 머릿속에만 있는 캐릭터가 종이 위에 그려진 세계에 실재하는 것 같잖아? 그게 마법 같아서 즐거워. 실력이 부족한 건 나도 알아. 괜찮아. 나는 프로가 되지 못해도 좋아. 그리기만 해도, 누가 읽어주기만 해도 행복하니까. 나의 꿈은 료지가 이루어줄 테고."

나가사키 사투리의 억양이 남은 말투로 비꼬는 뉘앙스 전혀 없이, 솔직한 목소리와 웃음 띤 얼굴로 그렇게 말하니까 료지는 고개를 끄덕일 수밖에 없었다. 다만 연인이었던 시오리가 아키라의 만화를 좋아하고 심지어 료지의 만화보다 즐겁게 읽으며 귀여워, 따뜻하다, 진짜 좋아, 하며 얼굴 한가득 웃음꽃을 피우는 건 마음에 들지 않았다. 겉으로는 티를 내지 않으려고 했지만.

그도 그럴 것이 료지는 재학 중이던 그때 이미 데뷔했고 슬슬 연재를 맡게 될 시기였으며 시오리는 자신의 여자 친구였으니까. 아키라가 내심 시오리에게 끌리는 것을 료지는 알고 있었다. 그래도 아키라라면 웃으며 그 감정을 숨기리라는 것도 알고 있었다. 그러니 두 사람이 친하게 지내도 어른스러운 태도로 지켜보려고 했다. 남자 친구로서 보여줄 여유라고 믿었다.

시오리와 아키라는 료지의 방에서 좋아하는 책이나 만화, 영화 이야기를 나누며 즐거워했다. 이러쿵저러쿵 말하고는 나도 알아, 그렇지, 하며 손뼉을 치고 기뻐했다. 가끔은 료지가 알지도 못하는 전혀 생소한 작품으로 신이 날 때도 있었다. 료지는 어려워서 전혀 흥미가 없는 먼 외국 이야기를 화제로 삼고 진지한 표정으로 역사에 관한 이야기를 나누기도 했다.

그럴 때면 료지는 희미하게 얼굴에 미소를 지은 채, 두 사람을 등지고 일하거나 일하는 척했다.

지금 생각하면 그때 이미 두 사람은 료지를 두고 떠나는 중이었는지도 모른다.

버스가 공항의 제2터미널에 가까워지자 안내 방송이 나와 자연히 잠에서 깼다. 예전에 국내외로 취재 여행을 다니느라 비행기를 자주 타서 몸이 기억한다. 겉옷 주머니에 넣어둔 승차권을 손에 옮겨 쥐고 창밖을 보았다. 버스는 제2터미널, 제1터미널 순서로 정차한다. 료지가 내릴 곳은 이다음인 제1터미널이지만 평소 습관대로 내릴 준비를 한다.

가까워지는 공항이 반가웠다. 하늘空의 항구港라는 표현이 정말 잘 어울린다. 저곳은 세계로 이어지는 문이 있는 곳이다. 가고 싶은 장소로 이어지는 하늘길이 저곳에서 시작된다. 대항해시대에 범선이 먼 나라로 여행을 떠났듯이 지금은 비행기가 저곳에서 여행을 떠난다.

공항은 돌아오기 위한 장소이기도 하다. 그리운 고향으로 날아갈 날개가 기다리는 장소이기도 하다. 이날 이때까지 나가사키에 돌아간 횟수가 손에 꼽을 정도인 것을 떠올리자 입맛이 써서 무의식적으로 입술을 깨물었다. 자주 고향에 돌아가 가족을 챙겼어야 했다. 그랬다면 형의 병을 막을 수 있었을지도 몰라.

오래전 고향을 떠날 무렵에는 위세가 당당했던 본가 요릿집은 료지가 도시에서 희희낙락 지내는 동안 길고 긴 불황의 여파로 서서히 기울었다. 시대가 바뀌어 관공서가 예전처럼 가게를 접대에 이용하지 못하게 된 점도 술집 거리에 타격을 주었다.

나이 든 부모님이 슬슬 형에게 가게를 물려주고 은퇴를 계획했을 무렵, 그보나 몇 년 전에 결혼한 형에게는 어린 자식들이 있었다. 책임감이 강한 형은 그런 상황에서 어떻게든 가게를 지키고 일으켜 세우고자 노력했고, 시간만 났다 하면 방법을 고민하며 상점가의 다른 가게와 논의를 거듭했다. 그러나 그런 노력도 결실을 보지 못하던 어느 날, 형이 쓰러졌다.

뇌경색. 발견이 빨랐고 위험했던 부위가 심각한 마비를 유발할 곳이 아니었던 덕에 목숨은 건졌으나 입과 왼쪽 다리에 살짝 마비가 남았다.

"예전처럼은 말하지 못해. 주방에서도 빨리 걷지 못하니까 다른 사람들한테 방해만 되고."

퇴원한 형이 전화를 걸어 웃으며 밝게 말했다. 원래 시원시원하게 말하는 형의 처음 들어보는 어눌한 말투에 가슴이 미어졌다. 그래도 웃으려는 심지 굳건한 형이 딱했다. 요리사인 형은 일류 솜씨를 잃지 않은 것을 무엇보다 기뻐했으나 료지는 형이 얼마나 불안할지 염려했다. 전화를 끊은 후, 울컥해서 눈물이 멈추지 않았다.

그때 망설이지 않고 귀향하기로 마음먹었다. 그럴 때가 됐다고 생각했다.

평생 만화만 그리며 살았으니 주방에서 형을 돕지는 못한다. 그래도 설거지나 청소 정도는 할 수 있다. 계산이나 접객도 배우면 된다. 어려서부터 봐온 가업이니까. 설령 가게에 도움이 안 되더라도 최소한 부모님의 말 상대를 하거나 집안일을 하고 조카들을 돌볼 수 있다.

그렇다면 돌아가자.

'어차피 만화가인 나를 원하는 사람은 이제 아무도 없으니까.'

언제부터였을까. 료지가 그리는 만화는 팔리지 않았다. 예전부터 우직하게 소년들이 좋아할 만한 열혈 히어로들이 활약하는 만화를 그려왔는데도. 어설프게 젊을 때 데뷔하고 곧바로 인기를 얻은 탓에 료지 자신도 어떤 점이 좋아서 연속 히트했는지 이해하지 못했다. 잘 팔리던 때는 바빠서 원인을 분석할 시간도 없었다. 몇 명이나 바뀐 담당 편집자들 역시 아무것도 몰랐다. 어쩌면 단순히 시류를 잘 탔을 뿐, 운이 좋았을 뿐인지도 모른다.

　괴롭다. 나아지고 싶다. 그러나 어느 쪽으로 발을 내디뎌야할지 모르겠다. 미래가 전혀 보이지 않는다. 그런 날들을 보내다가 시오리와도 삐걱거리기 시작했다.

　초반에 료지는 그저 묵묵히 혼자 견뎠다. 고개를 숙이고 웅크린 채 주먹을 꽉 움켜쥐고서. 시오리는 그런 료지의 얼굴을 들여다보며 몇 번이나 말했다. 다정하게 말해주었다. "나한테 뭐든지 말해도 돼"라고. 괴롭고 불안한 마음도 말해주기를 바란다고. 그러나 료지는 그저 "괜찮아"라고 웃는 얼굴로 대답했을 뿐이다. 마찬가지로 걱정해준 절친 아키라에게도 당연히 아무 말도 하지 않았다. 무리해서 웃으며 괜찮다는 말만 반복했다.

　항상 웃음을 짓고 싶었다. 멋있어 보이고 싶었다. 특히 두 사람 앞에서는.

　아마도 어려서부터 그랬을 것이다. 료지는 언제나 만화 주인공처럼 조금 무리해서라도 웃고 싶었다. 그러나 료지는 히어로가 아니라 나약한 한 인간일 뿐이었다. 계속 웃고 있을 수 없었다. 앞날이 보이지 않는 불안을 혼자 쌓아 올리다가 조금씩, 곁을 지켜준 연인과 절친에게 거칠게 굴기 시작했다. 이런 짓을 하면 안 되는 줄 알면서도 공격적인 말을, 난폭한 행동을, 물건에 분풀이하는 짓을 멈추지 못했다. 시오리도 아키라도 그런 료지 곁을 떠나지 않았다. 계속 곁에 있어주었다. 그러니까 괜히 더 의지했을 것이다.

그러던 어느 날, 파국을 맞았다.

그날도 똑같이 해오던 대로 료지는 시오리에게 화를 내고 물건을 부쉈다. 평소처럼 울면서 집에 돌아간 시오리는 그 후로 다시 집에 돌아오지 않았다. 어느 밤, 전화로 헤어지자는 말을 들었다. 봄밤이었다. 시오리는 료지의 인생에서 훨훨 날아가버렸다.

소년 만화 잡지의 일이 점점 줄어들고 마침내 사라져서 곤란했던 시기, 하필 시오리와 사이가 나빠진 시기와도 겹쳤던 때인데, 운 좋게 예전 담당자였던 편집자 한 명이 청년 잡지의 일을 제안했다. 원작을 두고 요리 만화를 그려보자고 했다. 본가가 요릿집을 경영한다고 어쩌다가 했던 말을 기억했나 보다.

요릿집을 무대로 다정다감한 젊은 요리사가 실력을 갈고닦으며 다양한 인물과 만나고 사건을 겪는, 이른바 인정 넘치는 이야기였다. 웃음도 눈물도 가득하고 요리에 관한 지식도 풍부해 폭넓은 독자층이 좋아할 이야기였다. 다만 콘티를 읽어

보니 원작자는 요리와 요릿집을 좋아해도 그렇게 자세하게 알지는 못한다는 것을 바로 알 수 있었다. 그래서 처음에는 반쯤 도와주는 마음으로 일을 승낙했다. 뭐, 생활도 곤란했으니까.

조리사 면허는 없지만 일식을 만드는 법이나 아름답게 담는 법, 다양한 작법과 가게 내부의 세부적인 사항까지 료지는 눈을 감고도 그릴 수 있었다. 물론 료지의 지식은 규슈 나가사키의 것으로 본가 요릿집 이외에는 몰랐다. 개인적인 지식과 경험을 참고했지만 원작의 무대인 요릿집에서 대접하는 요리를 그럴싸하게 그리는 일은 어렵지 않았다. 오히려 즐거웠다. 지식을 근거로 원작 설정에 맞춰 열심히 조사하고 독창적인 요소를 추가하기도 했다.

그리움까지 느끼며 료지는 마음을 담아 정성껏 작품을 완성했다. 등장하는 요리는 맛있어 보이게. 중심 무대인 요릿집은 구석구석까지 아름답게. 주인공을 비롯해 가게 사람들은 다정하고 열정적이며 소박하면서도 매력이 넘쳤고, 손님을 사랑하고 이상적인 맛을 추구했다. 어딘지 예술가 같은 진중함도 겸비했다. 료지 본가의 사람들이 그런 것처럼.

만화는 인기가 있었다. 분명 한 편으로 끝나는 단발적인 일이었는데, 같은 무대와 등장인물로 두세 번 더 그리고 나중에는 단기 연재가 꾸려졌다. 그 무렵에는 시오리가 이미 곁에 없었는데, 쓸쓸함과 갈 곳 없는 마음을 만화를 그리며 잊을 수 있었다.

이윽고 연재를 더 길게 이어가자는 이야기가 나왔다. 이 작품이라면 대대적으로 히트할 수 있고 미디어화도 노릴 수 있다, 스테디셀러가 될 것이다, 그러니 본격적으로 진지하게 그려보자고 했다. 고마운 제안이었으나 그 무렵에 료지는 자신이 뭘 그리고 있는지 알 수 없었다. 인기가 있다면 그런 것을 독자가 원한다는 뜻이다. 그러나 요리도 인정 넘치는 이야기도 본래 료지가 그리고 싶었던 세계는 아니다. 요릿집도 요리도 료지에게는 과거의 일상, 즉 오래전 고향에 두고 온 것일 뿐이다.

더 화려하고 멋있고 심장을 뒤흔드는 만화를 그리고 싶었다. 나라면 분명 그릴 수 있을 텐데. 흘러가는 대로 살다가 정신을 차리자 지금 어디에 와 있는지 모르겠다.

그렇게 생각하면서도 내 그림을 원하는 사람이 있다면 그리는 게 옳지 않나 싶어 망설여졌다. 그림을 보고 기뻐하는 담당 편집자의 웃는 얼굴이 좋았다. 원작자도 훌륭한 저자였다. 소년 잡지와 달리 팬레터가 오는 일은 없지만 잡지에 실리는 독자의 목소리도 기뻤다. 큰 표현 없이 재미있게 읽어주고 지지해주는 독자를 상상하면 즐겁기도 했다. 그러니 괜찮다고 생각하려고 했다. 망설이다니 호강에 겨웠다고 생각했다.

망설임을 품은 채 계속 그림을 그리며 몇 년이 흘렀다. 작품은 대대적인 인기까지는 얻지 못했지만, 오래오래 독자의 사랑을 받아 무난하게 연재가 이어졌다. 그림을 정성껏 그렸으나 이 만화가 정말로 재미있기는 한지 료지 내면에는 늘 고민이 있었다.

그러던 차에 고향에서 연락이 왔다. 고향에 두고 온 일상이 마중을 나왔다고 생각했다. 일에는 미련이 없다. 도시에서의 생활에도. 그렇다면 만화는 그만두자. 변변찮아도 최소한의 도움은 될 테니 본가에 돌아가기로 했다.

'더 일찍 돌아가면 좋았을 거야.'

아예 후련한 기분이었다. 너무 늦었지만 어른이 될 때가 왔다. 길고 긴 꿈을 꾸었으나 눈을 뜰 때가 왔다. 집에 돌아가자. 히어로 놀이를 할 시간은 끝났다.

제1터미널에서 버스를 내렸다. 버스 화물칸에서 바퀴 네 개짜리 오래된 대형 트렁크를 끌어냈다. 스티커와 상처투성이인 샘소나이트 트렁크는 첫 취재 여행을 나서기 직전에 기념 삼아 이 공항에서 샀다. 당시 료지에게는 눈이 튀어나올 정도로 비쌌지만 힘을 북돋으려고 샀다. 소년 만화 작가로서 미래를 향한 꿈에 부풀었던 시절, 이 트렁크와 함께 앞으로 전 세계를 여행하겠다고 다짐했다. 취재를 위해서, 또 언젠가 인기 만화가가 되면 화려한 세계 여행을 하겠다고 의기양양했다. 이십 대 초반, 벌써 십몇 년 전이다. 미래는 료지 앞에 희망차게 펼쳐졌다.

터미널 건물로 들어가 잠깐 걸으면 예전에 이 트렁크를 산 매장이 있다. 반짝반짝한 신상품 트렁크와 캐리어가 쭉 진열되어 여행객들이 걸음을 멈추고 구경했다. 오늘은 일요일이다. 오가는 사람도 많고 다들 즐거워 보였다. 예전에는 료지도 저렇게 트렁크를 고르고 샀다.

료지는 매장에서 시선을 돌리고 낡은 트렁크에 몸을 의지하듯이 인파에 뒤섞여 넓은 플로어 중앙의 자동 체크인 기계로 향했다. 낡은 트렁크에는 료지의 인생 전부가 들었다. 데뷔한 해부터 세면 십몇 년의 나날이 고작 이만한 상자 속에 담겼다.

"패잔병이군."

문득 그 말이 입에서 나왔다. 고향에 금의환향하는 것의 정반대다. 효도하려고, 형과 가게를 지키려고 돌아간다며 일 관계자나 친구나 지인에게 설명하고 작별했으나 그저 미사여구를 변명 삼아 고향으로 도망치는 것뿐이다.

모조리 다 버렸다. 다시는 돌아가지 않으려고. 조금 남은 미련을 끊어버리려고. 일이 잘 풀려서 주머니 사정이 좋았을 때 산 명품 옷이나 잡화는 과감하게 버렸다. 비싸게 샀으니까 미련스럽게 방에 두었지만 어차피 유행이 지났고 무엇보다 이렇게 늘어진 몸에는 전부 사이즈가 안 맞는다.

가지고 있던 만화 도구는 물건에 따라 아직 쓸 만한 것이 있어서 동업자에게 필요한지 물어봤는데, 다들 이미 디지털로 전환해서 갖고 싶다는 사람이 없었다. 지금은 오히려 스크린 톤도 펜촉도 장만하기 어렵다. 옥션에라도 내놓을까 생각했으나 그럴 기력도 없어서 그냥 버리려고 한데 모았는데, 왠지 애처로워서 버릴 수 없었다. 그래서 속옷과 약간의 옷가지와 함께 트렁크 안에 쑤셔 넣었다.

트렁크를 밀며 피식 웃음이 나왔다. 목제 펜대는 나가사키에서부터 함께 온 동료였는데, 같이 돌아가게 됐다는 생각이 들어서였다. 판타지 세계 속 여행자가 늙은 애마와 함께 고향으로 돌아가는 모습이 료지의 그림체로 눈앞에 떠올랐는데, 그 여행자의 모습이 늙고 초라해서 자기가 생각해놓고는 쓸쓸해져서 어깨에서 힘이 빠졌다.

공항 여기저기에 한발 앞서 벚꽃이 피었다. 대부분 조화지만 여기저기에 빛이 반짝 켜진 것처럼 보였다.

모든 미련을 버렸지만 딱 하나 가지고 오고 싶던 것이 있다. 가지고 오고 싶어도 도저히 무리였지만. 집 세면대 옆의 하얀 벽에 그린 커다란 그림. 헤어진 연인 시오리를 그린 그림이다. 아득한 봄날, 헤어지기 전 삼월에 설마 그런 일이 생길 줄도 모르고 그린 그림이다.

하얀 원피스를 입고 창 너머 벚나무 가지를 올려다보는 옆얼굴과 살짝 뒤로 젖힌 몸의 선, 온몸에 내리쬐는 봄빛이 아름다워서 기억 속의 정경을 있는 그대로 파스텔로 옮겨 그린 스케치였다. 산들바람에 흔들리는 커튼과 나부끼는 머리카락이 마침 날개처럼 보이는 점이 특히 마음에 들었다. 천사 같으면서 신 같은 모습, 그 날개가 시오리와 잘 어울렸다. 하얀색이 잘 어울리는 여자였다. 봄 햇살과 맑은 바람이, 찬란한 하얀 원피스가 무엇보다 잘 어울렸다.

나중에 제대로 그리자고 생각하며 단숨에 그린 그림인데, 완성하기 전에 시오리와 헤어졌다. 이 그림을 보여주기 전이어서 다행이라는 생각만 남았다. 시오리를 얼마나 좋아하는지 한눈에 알 수 있는 그림이었고, 그리다가 문득 시오리는 웨딩드레스도 잘 어울리겠다고 생각했던 기억이 있어서 괴로웠다.

무슨 속 편한 생각이었을까. 그때는 이미 시오리와 싸우기만 했고, 셀 수 없이 시오리의 눈물을 보고 한숨을 쉬게 했던 주제에.

료지는 그 그림을 볼 때마다 왜 하필이면 벽에 그렸는지 후회했다. 아침에 일어나 밤에 잘 때까지 수없이 보는 하얀 벽이다. 어쩔 수 없이 하루에 몇 번이나 눈에 들어온다. 그러나 지우고 싶어도 지울 수 없다. 사이즈도 너무 크다. 캔버스가 크니까 기분 좋게 그린, 거의 등신대였다. 몇 번인가 지우려고 결심했으나 지우지 못했다. 그러기를 반복하다가 포기했다. 이윽고 능숙하게 못 본 척할 수 있게 됐다. 거기 있어도 보이지 않는 양 굴었다.

이사하기 전, 오랜만에 그림을 차분히 바라보았다. 오 년도 더 전에 그린 그림이다. 기술적으로는 지금의 자신에 한참 못 미친다. 그래도 반짝반짝 아름다운 그림이다. 그림을 직시하니 수많은 감정이 되살아나 고통스러웠지만, 역시 료지는 이 그림이 좋았다. 마지막으로 남은 감정은 그것이었다.

그러나 자신은 이 집에서 사라진다. 가지고 갈 수 없는 이상 이번에야말로 지우려고 했으나 역시 도저히 지우지 못하고 쓰게 웃었다. 짐이 전부 사라진 집에 벽의 그 그림만 남겼다. 어차피 부술 집이고 부술 빌라다. 그렇다면 두고 와도 괜찮을 것이다. 로맨틱하지 않은가. 꿈이 부서지고 일을 그만둔 만화가가 마지막으로 그림 한 장을 남기고 떠난다니.

텅 빈 공간에 남겨진 그림은 지금도 여전히, 부서지는 그날까지 봄빛을 받으며 벚꽃과 하늘을 바라보고 있겠지.

자동 체크인 기계에서 평소처럼 탑승 수속을 하려다가 나가사키행 비행 편이 지연된 것을 알았다. 아무리 일요일이라도 이 부근이 묘하게 붐빈다 했더니 그런 이유였구나. 마침 근처에 있던 공항 직원에게 묻자 료지가 타려고 하는 비행 편부터 시작해서 나가사키행 비행 편이 전부 대폭 늦어진다고 했다. 도착지 날씨가 나쁘다는 이유였다.

"여기는 하늘이 맑은데……."

공항의 높고 커다란 창문 너머로 보이는 하늘은 오늘도 화창하게 맑았고, 비행기가 기분 좋게 활주해 날아오르는 모습이 보였다. 시간이 멀뚱히 남아버려 료지는 할 수 없이 공항을 이리저리 돌아다니기로 했다. 지금 상황으로 보아 몇 시 비행 편을 탈 수 있을지 모르니 일단 트렁크를 물품 보관함에 맡겨 홀가분한 몸이 됐다. 본가에 가져갈 선물을 고르고 커피를 마시다보면 시간이 갈 것이다. 터미널 안에 서점도 있으니까. 료지의 책은 그 요릿집 만화밖에 없겠지만. 과거에 몇 권이나 냈으나 그때마다 중단된 만화는 전부 오래전에 절판됐다.

오랜만에 찾은 공항인 데다 어쩌면 이 그리운 장소와 영원히 작별할지도 모른다는 생각에 감상적인 기분에 젖었다. 눈에 보이는 전부를 기억에 남겨두려고 유유히 걸음을 옮기는데 와아, 하는 환성이 들려 무심코 그쪽을 보았다.

창 너머로 들어오는 햇살을 받으며 새하얀 웨딩드레스를 입은 행복해 보이는 신부가 있었다. 당연히 옆에는 마찬가지로 행복해 보이는 신랑이 서 있다.

"아하, 결혼식이네."

결혼식장으로 이동하는 중일 것이다. 마침 자리에 있던 여행자들이 축복을 보냈다. 예전의 료지였다면 축복하는 사람들에 가담했을 것이다. 예전부터 누가 즐거워하거나 행복해하는 장면을 보는 게 좋았다. 사람들의 웃는 얼굴이 좋았다. 만화가를 지망하고 꿈을 이룬 근본이자 원동력이 바로 그런 점일 것이다. 아키라도 비슷한 말을 했다.

"너는 예전부터 다른 사람의 행복을 자기 일처럼 기뻐했지? 나는 네 그런 면이 대단하다고 생각했어."

"그랬지. 예전에는 그랬어."

료지는 쓸쓸하게 웃으며 그 자리에서 휙 등을 돌렸다. 이 공항에서 열리는 결혼식에 트라우마가 있다. 오 년 전, 시오리와 아키라가 결혼식을 올린 곳이 바로 이 공항이었다. 도착한 청첩장에 답장도 보내지 않고 아키라의 전화도 받지 않았다.

'자리를 준비해둘 거야. 시오리 씨와 함께 공항에서 기다릴게.'

이런 말을 적은 메일에도 답하지 않았다. 자기 아내가 될 여자를 시오리라고 편하게 부르지 않고 '시오리 씨'라고 쓰는 점이, 그 서투른 배려가 그때는 너무도 아니꼬웠고 무엇보다 가슴 아팠다. 메일의 제일 처음과 끝에 미안하다는 사죄의 말이 뜬금없이 적힌 점도, 대체 왜 사과하나 싶어 부아가 치밀고 괴로웠다.

료지는 환성에서 멀어져 에스컬레이터를 타고 지하로 내려갔다. 모르는 신부의 행복한 모습이 눈에 새겨졌다. 시오리가 웨딩드레스를 입은 모습도 분명 아름다웠겠지. 입가에 자연히 쓸쓸한 미소가 떠올랐다. 스스로 생각해도 의외인 것이 이만큼 세월이 지나고 보니 그저 쓸쓸하고 애틋하기만 하다. 두 사람에게 부정적인 감정은 전혀 없었다. 마치 세월에 여과된 것처럼. 오로지 결혼식에 참석할걸 그랬다고, 과거의 판단을 후회하는 마음만 있었다.

'결혼식에 참석해서 축하한다고 말해주면 좋았을 텐데. 음, 뭐 그때는 조금, 아니 엄청난 노력이 필요했겠지만 힘을 내서,

그야말로 히어로가 된 기분으로 무리해서라도, 울면서라도 축하한다고 말해줬다면……'

이토록 쓸쓸해지지 않았을 것이다. 친구들을 잃지 않았겠지. 무리해서라도 그럴 수 있었다면 얼마나 좋았을까. 애초에 내 잘못으로 끝난 사랑이다.

오 년이 지난 지금이기에 상상할 수 있다. 결혼식장에서, 이 공항에서, 료지가 와주리라 믿고 기다렸을 두 사람의 심정을. 초대한 쪽도 분명히 용기가 필요했다. 미안했을 테고, 용서받을 수 있을지 불안했을 테고, 죄의식으로 크게 망설였을 것이다. 그래도 청첩장을 보내주었다. 앞으로도 계속 료지와 친구로 지내고 싶어서. 분명 그러기를 바랐기에. 료지라면 자신들을 용서해주고 축복해주리라고 믿었을 것이다.

'결혼식, 참석할걸 그랬어.'

두 사람의 환한 웃음을 보고 싶었다.

터미널 지하를 이리저리 돌아다녔다. 어머니와 형수님에게는 화장용 기름종이, 아버지에게는 간토 지역(도쿄, 요코하마, 가나가와 등이 있는 일본 혼슈 남동부 지역)의 특산 절임과 조림을 선물로 골랐다. 조카들에게는 나중에 다른 층에서 장난감이나 공항 한정 선물을 사다 줄 생각이다. 형에게는 뭐가 좋을지 고민하며 다양한 가게를 둘러보았다.

이 넓은 공항은 찾을 때마다 어딘가가 달라진다. 계속 확장 공사를 하고 리뉴얼 오픈하는 곳도 있다. 애초에 워낙 넓어서 예전부터 있던 장소인데 처음 발을 들이는 곳도 많다. 이번에는 특히 지난번에 온 후로 시간이 한참 흘러서 료지가 모르는 가게나 장소가 더 많아 보였다.

'응? 공항에 이런 가게가 있었나?'

플로어 한쪽에서 걸음을 멈췄다. 아름다운 그림이 그려진 색색의 종이가 벽에 잔뜩 장식돼 있었기 때문이다. 보아하니 초상화 같다. 굉장히 잘 그린 그림이다.

'초상화를 그려드립니다. 여행 전의 초상화, 어떠십니까.'

그렇게 적힌 간판이 걸려 있었다.

세련된 분위기의 손글씨였다. 한눈에 봐도 그림과 디자인에 일가견이 있는 사람의 솜씨임을 알 수 있는, 눈에 잘 들어오고 정갈한 글자다. 낡은 흰색 파티션으로 구분된 공간인데, 벽에도 파티션에도 종이가 셀 수 없이 붙어 있었다. 색채가 꽃이 핀 것처럼 밝고 아름다워 시선을 끌었다.

이 세상에는 색이 무수히 많다. 그중에 어떤 색을 어떻게 쓸지는 화가의 감성에 달렸다. 이 종이에 그림을 그린 인물은 밝고 쾌활하고 마음씨 다정한 인물일 테지, 하고 종이 한 장 한 장을 살펴보며 료지는 생각했다. 이어서 자신이 이 수많은 종이에 이끌린 것은 다른 무엇보다 웃는 얼굴이 가득 진열돼 있기 때문이라고 생각했다.

료지는 예전부터 사람들의 웃는 얼굴을 좋아했다. 본가인 싯포쿠 요릿집이 스스럼없는 분위기인 터라, 주거 공간과 복도로 이어진 가게 쪽에서 들리는 활기찬 대화 소리와 웃음소리 속에서 자란 덕분일지 모른다. 료지가 어렸을 때는 가게도 번창했고 가게를 찾는 손님의 얼굴도 가족의 표정도 밝았다. 상점가 사람들도 다들 싱글벙글했던 것 같다. 료지는 웃음 속에서 자란 아이였다.

이 종이들은 샘플을 겸해 장식해놓았을 것이다. 공상 속 사람들의 웃음이라기에는 현실적이다. 어쩌면 초상화를 그려달라고 한 손님 중 화가의 시선에 깊이 남은 사람들의 웃는 얼굴을 기억했다가 나중에 되살려 그렸을까. 혹은 실수한 작품을 남겨뒀을까. 료지는 고개를 갸웃거렸다. 아니, 그건 아니다. 전부 훌륭한 그림이다.

'잘 그린 그림이야.'

료지 역시 그림 그리는 사람이니, 그림을 보면 무의식적으로 자신의 실력과 비교하는 버릇이 있다. 기술 수준을 가늠한다. 나라면 이런 구도나 표정을 그리겠다고 생각한다. 그런데 이 종이의 웃음들은 자신의 기술과 비교하려는 마음이 생기지 않을 정도로 대단했다. 일단은 프로 만화가였던 료지보다 실력이 뛰어나다. 분하지만 훌륭한 솜씨임을 알겠다. 아니, 이미 분하다는 감정도 들지 않아 그저 넋을 잃었다.

종이에 적힌 날짜를 보니 꽤 오래된 그림도 있었다. 종이에 웃음을 남긴 사람들, 특히 수줍어하거나 까르르 웃음을 터뜨린 아이들은 지금쯤 어엿하게 성장해 어른이 되어 얼굴을 봐도 못 알아볼 것이다. 십몇 년이나 전의 날짜가 적힌 그림 속에서 다정하게 미소를 짓고 어깨를 기댄 노부부는 어쩌면 이미 하늘보다 더 머나먼 세계로 여행을 떠났을지도 모른다.

그림 도구로는 부드러운 연필과 마커를 사용한 것 같다. 특히 최근 날짜가 적힌 그림을 보면 발색이 선명해서 알 수 있다. 연필로 스케치하듯 윤곽을 휘리릭 그린 뒤, 그 위에 단숨에 색을 칠한다. 마커는 빨리 마르므로 금방 완성해 그림을 건넬 수 있다. 다만 마커는 안타깝게도 형광등 빛에 약해 오래된 그림은 어쩔 수 없이 색이 바랜다. 그런데 바랜 색채도 이 화가의 손을 거치자 시간의 흐름을 느끼게 하는 다정한 효과처럼 보였다.

'어떤 사람이 그렸을까?'

걸음을 멈추고 료지는 곰곰이 생각했다. 그림만으로 그린 사람의 성별을 알아맞히기는 어렵다. 포근포근 동화 같은 색채를 쓰고, 레이스 가득한 의상을 입은 섬세하고 사랑스러운 소녀 그림으로 유명한 일러스트레이터가 체격 건장한 남성인 경우도 흔하다.

종이의 그림은 전부 골격이 뚜렷해서 비교적 현실적인 화풍이다. 고풍스러우면서 기초가 탄탄한 그림으로 보여 적어도 자신보다는 연상이 그렸겠다고, 여기까지는 추리했다. 최소한 료지보다는 오래 그림을 그린 사람이리라.

'그나저나 정말 그림이 다 좋네.'

모든 그림이 다 훌륭한 웃음들이다. 그린 화가의 마음가짐을 드러내는 것처럼. 틀림없이 사람을 좋아하는 인물이 그린 표정이고, 모델이 된 사람의 행복을 바라는 걸 한눈에 알 수 있는 그림이며, 그리고 생각이 결국 이 지점으로 돌아오는데, 멋진 그림이다.

파티션 안쪽에 누가 있는 기척이 났다. 료지는 안쪽을 들여다보았다.

"오호, 어서 오세요."

온화한 남자의 목소리가 들렸다. 안에 있는 사람은 푸슬푸슬한 백발 위에 체크무늬 베레모를 쓴 품위 있는 노신사였다.

베레모와 색 조합이 같은 재킷을 맵시 있게 갖춰 입었다. 톤다운된 붉은 나비넥타이도 어울렸다. 콧날이 오뚝하고 단정한 얼굴이 꼭 옛날 영화배우나 외국 유화에 그려진 인물처럼 보였는데, 그래서인지 어디서 본 적 있는 사람 같았다. 예전부터 잘 알고 지냈던 사람 같다. 기분 탓일까. 뭐, 착각이겠지.

아는 사람 중에 이 정도 나이에 그림을 잘 그리는 고상한 신사는 없다. 료지는 그림쟁이의 습성으로 사람의 얼굴을 잘 기억하고 웬만해서는 잊지 않는다. 그런데 짚이는 데가 없으니 기분 탓일 것이다. 아마도 첫인상을 보고 생각한 것처럼 어떤 배우나 명화 속 인물과 닮은 사람이겠지.

화가 앞에는 비어 있는 파이프 의자가 두 개 있다. 손님을 거기에 앉히나보다.

'그나저나 베레모에 나비넥타이가 무난하게 어울리는 노인이라니, 현실에서는 처음 본 것 같은데?'

그런 생각에 료지는 문득 웃음을 짓고 "안녕하세요" 하고 대답하며 천천히 다가갔다.

"초상화를 그리시나요?"

살짝 주변을 둘러보고 생글거리며 질문한 것도 거의 조건반사적인 행동이었다. 괜히 서비스업을 하는 집에서 자란 게 아니다.

"그렇습니다, 시간이 있으시면 그려드릴까요?"

노신사가 환하게 웃으며 맞은편 의자를 료지에게 권했다. 료지는 잠깐 생각한 뒤, 웃음을 지은 채 고개를 끄덕이고는 권하는 대로 의자에 앉았다. 어차피 비행기가 떠날 시간은 아직 한참 멀었을 테고, 앞으로 료지가 이 공항에 올 일은 없을 테니 기념으로 그림을 그려달라고 해도 괜찮겠다. 초상화는 친구들과 어울려 놀면서 혹은 이벤트로 그린 경험이 있는데, 지금 돌이켜보니 자기 초상화는 아무도 그려주지 않았다.

'멋진 초상화를 그려서 기뻐하는 모습을 보는 게 즐거웠지.'

자신의 그림으로 다른 사람의 얼굴에 웃음이 환하게 피어나는 순간을 보는 게 좋았고, 그림을 칭찬해주는 것도 좋았기에 만화풍부터 현실적인 화풍에 이르기까지 어려서부터 초상화는 자주 그렸다. 파티션 안쪽에 무수하게 진열된 웃는 얼굴의 그림에 시선을 주며 료지는 문득 생각했다.

'나는 두 번 다시 이 공항에 오지 않겠지만, 혹시 내 초상화를 여기 진열해달라고 부탁하면 재미있지 않을까.'

료지가 고향에 정착해 부모님과 형 곁에서 일하며 그 고풍스럽고 좁은 동네에서, 하늘과 바다에 둘러싸였으나 다시는 바깥 세계에 나가지 못하는 날들을 살아가더라도, 자신의 분신과도 같은 그림이 공항 한구석에 남아 있다면 만족스러울 것 같다. 세계로 이어지는 문인 터미널 한편에 자신의 웃음이 남아 있다니 왠지 멋있다.

"저기."

료지는 노신사에게 말을 걸었다.

"그려주신 초상화를 가지고 가는 게 아니라 계속 여기에 진열해놓을 수 있을까요? 물론 초상화 요금은 낼 건데요."

"초상화가 필요 없나요?"

노신사가 흥미로운지 눈썹을 들썩였다.

"필요 없는 게 아니라 남겨두고 싶어서요. 저는 공항도, 또 웃는 얼굴도 좋아하니까 저 수많은 웃음 속에서 저도 웃고 있으면 좋을 것 같아서……."

말로 표현하니 너무 뻔한 소리 같다. 살짝 몸을 움츠리는데 "괜찮습니다. 그림을 보관하죠" 하고 노신사가 도구를 준비하면서 흔쾌히 대답했다.

"사실은 가끔 그런 부탁을 하는 손님도 계십니다. 두 장을 그려서 한 장을 여기 놓아달라고도 하죠. 그 기분을 조금은 알겠어요. 공항은 멋진 장소이니 누구나 계속 머물고 싶죠. 그러나 이곳을 방문할 때는 다들 여행하는 도중이고 인생의 도중입니다. 영원히 머물 장소가 아니에요. 그러니 최소한 그림을 남겨두고 싶어지는지도 모르겠습니다."

비행기 이착륙을 알리는 방송이 나온다. 의자에 앉은 료지의 등 뒤를 걷는 사람들의 발소리, 삼삼오오 여행을 떠나는 사람들의 말소리와 웃음소리가 멀리서 또 가까이에서 들렸다.

'그렇지. 여기 있는 사람은 모두 여행자야.'

이 거대한 공항은 하나의 마을처럼 각종 시설을 안고 있고 수많은 사람이 출입해 왁자지껄 떠들썩한데, 이곳에 사는 사람은 없다. 이곳에서 태어나 자라는 사람도. 모두 이곳을 찾아와서 통과해 떠난다.

'그리네. 계속 여기에서 웃고 있는 것도 나쁘지 않겠어.'

벽과 파티션에 나란히 붙은 수많은 종이. 이런 식으로 누군가의 의지에 따라 여기 남은 웃음도 몇 개나 있을 것이다. 만약 이미 이 세상에 없는 사람들의 웃음도 여기에 있다면 참 멋진 일이다. 그 사람의 웃음, 행복한 시간이 이곳에 오래오래 진열되는 것이다.

"여름방학마다 여기에 와서 모델이 되어주는 가족도 계십니다. 일 년 전의 자신들과 만나러 왔다고 하면서요."

노신사가 싱글벙글 웃었다.

"그거 멋진데요."

료지 역시 웃으며 고개를 끄덕였다. 노신사의 다정한 눈빛을 보면 이 화가 또한 그 가족이 여름마다 찾아와주기를 기대한다는 걸 알 수 있었다.

'좋구나.'

멋진 직업이다. 이 화가는 많은 사람의 웃는 얼굴을 계속 바라보며 이곳에 있다.

작은 테이블 위에 초상화 요금이 적힌 표가 놓여 있고, 오래 쓴 티가 나는 그림 도구가 가지런히 놓였다. 초록색 톰보 연필은 하나하나 아주 뾰족하다. 그중 한 자루를 손에 든 노신사가 미소를 짓고 종이 위에 연필을 미끄러뜨리자 침엽수 같은 연필 냄새가 풍겼다. 연필심이 종이 표면을 어루만지는 기분 좋은 소리가 들렸다.

'어떤 느낌으로 그려주려나?'

상상했더니 조금 두근거렸다. 살짝 시선을 들어 노신사의 손을 훔쳐보려고 하자(전혀 보이지 않았지만) 노신사가 익살스러운 표정을 짓고 말했다.

"완성작을 기대해주세요."

료지는 알겠다고 고개를 끄덕이고는 의자에 고쳐 앉았다. 모델답게 자세를 바로하고 턱도 당겼다.

"아, 편하게 하셔도 됩니다."

노신사가 웃었다.

"어깨에 힘을 빼고 편히 계세요. 괜찮아요, 저는 초상화의 프로입니다. 그림은 마음의 눈으로 그린답니다."

노신사가 약간 수수께끼 같은 미소를 지었다.

시계 대신으로 스마트폰을 손 가까이에 놓아뒀는데, 곧 항공사 앱이 비행 편이 더 지연될 예정이라고 알려주었다.

"아아, 이래서야 오늘 안에 나가사키에 갈 수 있을지 모르겠네."

테이블에 올려둔 스마트폰 화면을 쓰다듬는데, 노신사가 물었다.

"나가사키에 여행을 가십니까?"

"아니요, 귀향입니다. 꿈이 무너져서 돌아가는 참이에요."

아예 후련하게 웃으며 대답했다.

"호오."

노신사가 료지의 손을 보다가 갑자기 물었다.

"그림 그리는 일을 하셨나요?"

"어떻게 아셨죠?"

심장이 쿵 뛰었다.

"그림을 좋아하시는 게 보였고, 무엇보다 오른손 중지에 펜을 잡아 생긴 굳은살이 있어서요."

"아하."

료지가 쓰게 웃으며 엄지로 중지를 만졌다.

"네. 계속 만화를 그렸어요. 이제는 손을 뗐지만요."

노신사가 물어봐서 순순히 필명을 말했다. 메이저 만화 잡지를 시작으로 오랫동안 그림을 그렸지만 어차피 마이너 만화가다. 료지의 이름도 작품도 모를 것이다. 그렇게 생각해 밝은 목소리로 대답하며 무의식적으로 노신사에게서 시선을 피했다. 무슨 생각을 했는지 신사가 고개를 끄덕이는 게 언뜻 보였다.

"만화군요. 만화, 좋죠."

노신사가 차분한 목소리로 말했다.

"손님, 멋진 일을 하셨네요."

뭐라고 대답해야 할지 모르겠다. 료지는 고개를 숙여 손가락을 내려다보았다. 남자 손치고는 하얗고 손가락이 갸름하다. 예전부터 손이 예쁘다는 소리를 들었다. 피아노를 칠 것 같은 손가락이라는 말을 들은 적도 있다. 턱 아래나 복부에는 군살이 붙었지만, 손가락만큼은 젊을 때처럼 가늘고 아름다웠다.

길고 아름다운 열 개의 손가락 중 딱 하나, 손끝이 지저분하고 구부러진 손가락이 있다. 불룩 튀어나오고 뭉개져서 새

까맣게 물든 굳은살. 손가락뼈까지 변형된 것처럼 보이는 오른손 중지. 십 대 시절, 처음으로 펜을 쥐고 만화를 그리기 시작한 시절부터 평생 펜대를 지탱해온 증거처럼 볼품없이 부풀고 움푹 팬 료지의 중지, 바로 그 부분. 오랜 시간에 걸쳐 먹물과 제도용 잉크에 물든 굳은살은 아무리 씻어도 깨끗해지지 않아서 원래 그런 법이라고 여겨 그냥 두었다.

이제 만화가를 그만두었으니까 이 굳은살도 점점 하얘질까. 갑자기 쓸쓸한 기분이 몰려왔다. 이런 쓸쓸함 때문일까, 아니면 어차피 자신은 여행자로서 그저 스쳐 지나가는 사람이라고 생각했기 때문일까. 필명까지 댄 이상 이제는 아무래도 좋았을까. 아니, 애초에 가만히 앉아 있으려니 따분해서 그랬을지도 모른다.

료지는 노신사에게 지금까지의 일을 더듬더듬 말했다. 나가사키에서 태어나고 자란 것. 평생 만화가를 꿈꾼 것. 절친과 함께 대학에 진학하려고 도쿄에 온 것. 학창 시절은 즐거웠다는 것. 젊을 때 데뷔해 화려한 시절을 보낸 것. 현명하고 아름다운 연인도 있어서 인생이 순조롭게 풀린다고 생각했는데 정신을 차려보니 주저앉아버린 것. 연인에게 차인 것. 연인이 절친과 맺어졌고, 이 공항에서 올린 결혼식에 초대를 받았으나자신은 참석하지 않은 것. 그래서 후회한다는 것. 또 지금 천직이라고 믿었던 만화가를 그만두고 고향에 돌아가는 것.

"부모님과 형은 모두 다정해요. 제가 만화가를 그만두고 고향에 돌아가겠다고 하니까 반대했어요. 이쪽은 걱정하지 말고 도쿄에서 힘내라고요. 꿈을 포기하지 말라고요. 어머니는 하여간 저한테 약하셔서요. 필요하다면 생활비를 보낼 테니까 나가사키에 돌아오지 말라고 하시더라고요. 저는 이제 대학생도 아니고 나이를 먹을 대로 먹은 어른인데."

웃으며 말하다가 료지는 코를 훌쩍였다. 콧속이 시큰하게 얼얼했다. 료지가 돌아가겠다고 했을 때, 전화 너머 어머니의 목소리가 순간 안심한 듯이 촉촉해지는 걸 느꼈다. 돌아가야 한다는 결심이 그때부터 더욱 강해졌다.

'돌아가봤자 가게에 대단한 도움은 안 되겠지만.'

아픈 형이나 나이 든 부모님 곁을 지키면 조금은 든든하게 여겨줄 테지.

"효자시군요."

연필을 움직이며 노신사가 다정하게 말했다.

"그렇지만 최근까지 그렸다는 연재만화는 내용으로 따지면 도중에 그만둔 것 아닌가요?"

"뭐, 일단은 최종 화까지 그렸어요."

조금 찔리기는 했다.

"'우리의 싸움은 이제부터 시작이다' 같은 식의 흔한 결말로 처리했어요. 마침 이야기를 끊기에 좋기도 했거든요. 다음 잡지에 실리는 회차로 연재 종료입니다."

독자에게는 갑자기 중단한 것으로 보일까, 이 생각을 하면 마음이 괴롭다. 인기 있는 중견 장기 연재만화다. 회차에 따라서는 인기도 설문 조사에서 상위에 오른 적도 있다. 그런데 주인공인 젊은 요리사와 요릿집 아가씨의 아련한 사랑도, 요릿집이 있는 토지를 노리는 악덕 부동산 업자와의 싸움도, 주인공이 앞으로 도전할 예정이었던 창작 요리 선수권 대회의 여정도 전부 도중에 끝내버렸다.

젊어서부터 함께 일한 담당 편집자는 고향에 돌아가도 만화는 그릴 수 있다고 설득했다. 미팅은 전화나 메일로도 할 수 있고, 인터넷 환경만 괜찮다면 그림은 데이터로 주고받을 수 있다. 그러니 이 작품의 연재를 이어가자고 했다. 빌라 근처 상점가에 있는 오래된 찻집에서, 몇 번이나 미팅을 반복한 그곳에서 담당 편집자가 말했다.

"여기까지 키워온 연재를 끝내는 건 너무 아쉬워. 독자들도 쓸쓸할 거야."

그러나 료지는 만화를 그만두겠다고 이미 결심했다. 제발 봐달라고 고개를 숙였다.

원작자에게만큼은 면목 없었다. 딱 한 번 만난 적 있는 내성적인 젊은이로 작품을 굉장히 사랑하고 콘티에도 심혈을 기울이는 사람이다. 개인적인 교류는 거의 없었지만, 같이 일하는 게 즐거웠다. 연재를 마무리할 때가 되어서야 자신이 지금까지의 나날을 얼마나 즐겼는지 깨달았다.

그림을 다른 만화가에게 맡기면 어떻겠느냐고 부탁했다. 그럼 작품은 계속 이어진다. 그러나 원작자가 그건 안 된다고 했다고 한다. 료지의 그림이 있었기에 이 작품이 존재한다고 주장했다. 담당 편집자 역시 같은 의견이었다. 담당 편집자는 결국 포기하고 이렇게 말했다.

"일단은 끝내기로 하지. 하지만 네가 만화계로 돌아오는 걸 기다릴 거야. 언제든 연재를 재개할 수 있도록 다 같이 기다릴 거라고. 기다리는 건 괜찮지?"

료지는 고개를 끄덕였지만, 사죄의 말을 대신한 끄덕임이었다. 노부부가 경영하던 옛날 감성이 남은 찻집은 그 미팅 직후에 문을 닫은 것으로 안다. 료지의 눈에는 그날 편집자가 보여준 표정이 또렷이 새겨졌지만. 커다란 관엽식물, 먼지와 담뱃진으로 지저분한 창문, 테이블 위에 놓인 가장자리가 조금 깨졌어도 귀엽고 두툼한 커피잔도 재떨이도 기억 속에는 변함없이 남아 있다.

그렇지만 그 찻집은 이미 존재하지 않는다. 즐거웠던 도시에서의 수많은 기억과 함께 시간의 저편으로 사라졌다.

'점점 멀어지겠지.'

즐거웠던 날들로부터. 젊었던 시절로부터.

하늘을 날아 고향에 돌아가면 드디어 지금까지의 나날과 완전히 멀어진다. 모든 것이 꿈속에서 벌어진 일처럼 어렴풋해질 것이다.

무슨 생각을 하는지 노신사는 이따금 료지의 말에 고개를 끄덕이며 계속 그림을 그렸다. 채색에 들어갔는지 마커를 몇 개 골라 손 닿는 데 놓고 뚜껑을 열었다. 잉크 냄새가 났다. 잉크 냄새에 그리움을 느끼며, 료지는 느긋하게 그림이 완성되기를 기다렸다. 드문드문 노신사와 대화를 나누면서.

이렇게 느긋하게 보내는 시간은 오랜만인 것 같다.

'하긴 평생을 뛰어다닌 거나 마찬가지인 인생이었어.'

어려서부터 꿈을 좇아 열심히 달려왔다. 계속 위를 바라보며 뛰어온 것 같다. 지금 간신히 멈춰 선 기분이다. 많이 지쳤구나 싶다. 그래도 이제 드디어 쉴 수 있다. 살짝 웃으며 테이블에 올려놓은 두 손을 무의식적으로 깍지 끼고 멍하니 손가락을 바라보는데 문득 생각나는 말이 있었다.

"그래도 나는 그 반지, 마음에 들어. 보물이었거든."

그날 밤, 시오리가 쉰 목소리로 말했다. 전화 너머로 빗소리가 들렸다. 물을 튀기며 달리는 자동차 소리, 사람들 목소리도 들렸다. 길거리 어딘가에 있나보다. 봄이지만 쌀쌀한 밤이었다. 벚꽃 철은 이미 지나 가지에 간신히 남은 꽃잎이 비를 맞고 떨어졌다. 대화를 나누며 마중 나가려고 겉옷에 손을 뻗은 료지에게 시오리가 말했다.

"미안. 이제 그만 만날래."

"무슨 소리야?"

되물었으나 답은 이미 알고 있었다. 우리 헤어지자, 하고 영화나 드라마에 나올 법한 말을 시오리가 했다.

"그게 서로에게 좋을 것 같아."

한숨 섞인 목소리가 애틋했다. 자기 입으로 이별을 고하면서 세상에서 자기가 가장 고독을 느끼는 듯한, 과거로 돌아갈 수 있다면 좋겠다고 느끼는 듯한, 그렇지만 용사처럼 모든 것을 끊어내려는 듯한, 그렇게 슬플 정도로 굳센 목소리였다.

"어제오늘 헤어지려고 생각한 건 아니야. 계속 망설였어. 너를 정말 좋아했고 평생, 평생 함께 살아갈 줄 알았으니까."

"그럼 왜……."

"얼마 전에 집에서 네가 책이랑 시디를 바닥에 집어 던졌을 때, 내 손이 책에 맞았잖아?"

"미안해. 맞히려고 한 건 아니었는데⋯⋯."

그날은 책장과 책상 위에 있던 온갖 물건을 난폭하게 바닥에 내동댕이쳤다. 전부 소중히 아끼던 물건이다. 시간을 들여 구한 물건, 추억이 담긴 물건, 값비싼 물건. 시오리에게 받은 선물도 있었다.

시오리를 맞힐 생각은 없었다. 오히려 자신을 망가뜨리고 죽여버리고 싶었다. 아니, 정말 그랬던가? 울며 말리는 시오리가 다쳐도 괜찮다고 생각하지 않았던가. 그러니까 시오리가 곁에 있을 때, 시오리가 보는 앞에서 난동을 부린 건 아닌가.

지금 생각하면 한심하기 짝이 없다. 단순히 어리광 부리는 생떼였다. 그때도 속으로는 잘 알고 있었다. 분명히 알고 있었다. 어쩌면 조금 더 일찍 마음을 냉정하게 분석하고, 두 번 다시 그러지 않겠다고 맹세했다면 좋았을지도 모른다. 나이에 어울리는 어른이 됐다면. 그러나 이미 늦었다. 시오리는 모든 것을 꿰뚫어 보고 체념했다.

"너 자신을 망가뜨릴 것 같아서, 그게 안타까워서 어떻게든 멈추고 싶었어. 불안에 사로잡혀 겁을 먹고 슬퍼하는 너를 가만히 두고 볼 수 없었어. 지켜주고 싶었어. 하지만 반지의 보석이 깨졌어. 기억하니? 내 생일에 줬던 반지. 대학교 삼 학년 때, 언젠가 더 커다란 보석을 사주겠다고 약속하면서 준 다이아몬드 반지."

시오리가 전화 너머에서 크게 숨을 내쉬고 희미하게 웃었다.

"나는 사월생이니까 탄생석이 다이아몬드였지……. 정말로, 미안해."

기억한다. 은반지였다. 아주아주 작은 다이아몬드 한 알이 반짝였다. 시오리가 좋아한다는 도심지의 귀여운 잡화점에서 샀다. 학생이고 신인 만화가였던 료지는 그 가게의 그 반지 이외에는 엄두를 내지 못했다. 다이아몬드는 비쌌다.

그래서 약속했다. 언젠가 인기 있는 만화가가 되겠다. 그때 알이 훨씬 굵은 반지를 사겠다. 고리도 은이 아니라 18K 금이나 백금 반지를 사서 선물하겠다고. 그래. 약속했다. 그 후, 수입이 나아져서 몇 번이나 약속을 지키려고 했다. 그때마다 시오리는 이 반지가 마음에 든다며 왼손 약지를 어루만지고 웃는 얼굴로 고개를 저었다.

"이 반지가 있으니까 아무것도 필요 없어."

그때의 미소를 지금도 기억한다. 앙증맞은 작은 새를 사랑스럽고 다정하게 지켜보는 눈빛으로, 시오리는 은반지를 응시하고 살그머니 어루만졌다. 그 반지의 보석이 깨졌구나.

"하지만 다이아몬드는 단단하잖아?"

분명 다이아몬드의 모스경도는 10이다. 지구상에서 가장 단단한 물질이 아니었나. 책에 맞은 정도로 깨지나? 무심코 중얼거렸는데 전화 너머에서 시오리가 작게 웃었다.

"다이아몬드는 충격과 열에는 약해. 든든해 보이지만 생각보다 연약한 보석이야."

그래서 소중하게 아꼈는데, 하고 담담하게 말을 이었다.

"하지만 깨졌어. 산산조각이 났어. 무수한 별처럼 부서졌어. 그걸 보는데 더는 안 되겠다는 생각이 들더라. 그래서 헤어지기로 했어."

"하지만 그건 그냥 은반지잖아. 더 비싼 걸 사줄 테니까……."

몇 개든 살 수 있다. 지금 료지의 수입은 전성기에 미치지 못하지만, 그래도 젊은 시절과는 다르다. 이제는 학생이 아닌 어엿한 어른이니까. 전화 너머로 한숨 소리가 들렸다. 웃는 것 같으면서 우는 것처럼도 들리는 한숨이었다.

"그래도 나는 그 반지, 마음에 들어. 보물이었거든."

시오리가 입을 다물어 한동안 빗소리만 들렸다. 잠시 후, 다시 이야기를 시작했다. 마치 혼잣말처럼. 편지라도 읽는 것처럼. 혹은 자기 마음을 재확인하는 것처럼.

"네 웃는 얼굴이 좋았어. 계속 곁에서 보고 싶었어. 그런데 너, 웃지 않더라. 어떻게든 웃어주기를 바랐는데 나로서는 무리였어."

"미안해. 사과할게. 두 번 다시 상처 주지 않을게. 맹세해도 좋아."

"나, 몸이 약한 남동생이 있다고 말한 적 있었지? 어렸을 때 죽었지만."

"응. 기억해. 당연히 기억하지."

만나고 얼마 지나지 않아 어쩌다보니 들은 이야기였다. 딱 그 한마디만 하고 뭔가 더 말하려다가 말을 꿀꺽 삼켰다. 그래, 그걸로 끝이었다. 끝이었을 것이다.

마음에 걸렸지만 아무래도 괴로운 이야기일 테니 이쪽에서 억지로 캐물으면 안 된다고 여겨 그대로 접어두었다. 언젠가 시오리가 말하고 싶을 때가 오면 다음 이야기를 들을 수 있겠지.

기억하고 있지만, 왜 지금 그 이야기가 나오는지 의아했다. 지금이 그때일까.

"정말 귀여운 아이였지. 다정하고 마음씨 예쁘고 순수해서 천사 같은 아이였어. 언제나 행복하고 즐거워 보였고, 뭘 보든 누굴 만나든 방긋방긋 웃었어. 나 같은 사람의 동생 같지 않았지. 정말 좋아했는데, 금방 죽었어. 그때는 나도 아직 어렸으니까 아무것도 해주지 못한 채로 그 아이와 이별했어. 나는 그 아이의 웃는 얼굴이 좋았는데 영원히 볼 수 없게 됐지. 너를 처음 만났을 때 말이야. 빌라에서 친구들과 어울려 즐겁게 웃는 료지를 봤을 때, 남동생과 똑같은 웃음이라고 생각했어. 정말 쏙 빼닮았다고. 솔직하고 인간과 세상을 좋아하고 밝고 천사 같은 웃음."

"나는, 그렇게 대단한 인간이 아니야."

놀랍다거나 낯간지럽다는 감정보다 시오리가 도대체 무슨 말을 하고 싶은지 혼란스러웠다. 나직하게 시오리가 웃었다.

"너는 그때 본인이 어떻게 웃었는지 모르겠지. 다들 그렇잖아, 자기 얼굴은 안 보이니까. 나는 너한테 흥미를 느껴서 천천히 접근하고 말을 나눴어. 모두에게 사랑받고 솔직하고 다정하게 자란 남자라고 생각했어. 곁에서 네 웃음을 잔뜩 보면서 역시 닮았구나 싶었지. 동생은 어린 나이에 죽었지만, 그 아이가 자랐다면 이런 느낌이겠다고 조금 상상하기도 했어. 그러다가 어느새 좋아하게 됐어."

"응……. 고마워."

재치 있는 대답이 전혀 떠오르지 않았다. 목 안쪽에 말이 달라붙은 것 같다.

"네 웃는 얼굴을 계속 보고 싶었어."

깊은 한숨이 전화기 너머에서 들렸다.

"계속 곁에 머물며 웃음을 잃지 않도록 지켜주고 싶었어. 행복하기를 바랐어. 하지만 나는 지쳤어. 반지도, 망가져버렸으니까. 깨진 다이아몬드를 보다가 깨달았어. 너는 내 동생이 아니고, 나는 네 누나가 아니지. 너는 천사가 아니고, 나는, 나도 평범한 인간이지 천사도 신도 아니야. 열심히 노력했지만 이제 한계야. 그래도 모르는 척하고 싶었는데 너무, 너무 괴로워."

"…… 나도 반성해. 미안해, 정말로."

전화 너머 목소리가 차분하게 말했다.

"반성하는 거, 좀 늦었다."

그럼, 하고 시오리의 목소리가 말했다. 다른 사람이라도 된 것처럼 망설이지 않는 목소리였다. 료지는 잠깐만, 하고 말하고 싶었으나 말이 나오지 않았다. 빗소리가 들렸다. 다정한 목소리로 시오리가 말했다.

"너를 진심으로 좋아했어. 어린애 같고 천사 같은, 탁하지 않고 화창한 네 웃는 얼굴을 좋아했어. 다른 사람 곁에 있을 때, 행복해하는 사람을 볼 때의 웃는 얼굴을 좋아했어."

안녕, 하고 시오리가 밝게 말했다. 전화가 끊겼다.

이 거대한 공항은 전면이 유리여서 어딘지 온실 같다. 터미널 안을 이동할 때, 어딜 걸어도 문득 시선을 들면 하늘이 보이는 장소다. 하늘에 폭 감싸진 기분이 드는 장소였다.

　그러나 지금 료지가 있는 곳은 터미널 지하. 게다가 파티션으로 나뉜 비좁은 공간에 있으니 당연히 하늘은 보이지 않는다. 이렇게 초상화가와 마주 앉아 추억 이야기를 들려주면서 보내는 한때가 제법 멋지다고 생각하면서도 '하늘빛이 보이지 않는 건 아쉽네' 하고 아주 조금은 아쉬웠다. 어느새 곧 해가 질 시간이었다. 하늘이 보이는 곳이라면 하늘빛이 시간의 경과를 알려줄 것이다. 공항 위로 펼쳐지는 해 질 무렵의 하늘을 마지막으로 보고 싶었다.

　어려서부터 저녁 무렵의 하늘빛을 좋아했다. 밤을 향해 시시각각 변해가는 색채도.

　료지의 본가 요릿집은 나가사키시 번화가에 있고, 나가사키항까지는 걸어가면 금방이다. 바다 위에 펼쳐지는 높고 넓은 하늘을 바라보는 걸 좋아했다. 저녁놀로 붉게 물든 하늘도, 이윽고 자줏빛이나 푸른빛으로 물들어 금빛 별이 반짝이는 하늘도. 바닷바람에 날려 부두로 밀려오는 파도 소리를 들으며 질리지도 않고 하늘을 바라보았다. 하늘 저 높은 곳을 날개에 빛을 밝히고 날아가는 비행기를 보는 것도 좋아했다.

　'언젠가 나도 저 하늘을 날겠다고 생각했었지.'

좁은 동네의 골목을 뛰어다니고 언덕길이나 돌계단을 오르락내리락하는 게 전부인 생활이 아니라 저 하늘을 날아 도시로 나가서 꿈을 이루겠다고 생각했다. 히어로가 변신하면 무적의 힘을 얻는 것처럼 자신도 그런 힘이 있다고 믿었다.

'그러고 보니 부모님과 형은 물론이고 친척들에게도 너는 천재라고, 분명 훌륭한 만화가가 될 거라는 소리를 들으며 자랐어.'

사촌 남매 중에서 료지가 제일 어려서 그랬겠지만, 하여간 귀여움을 많이 받았다. 근처에 사는 사촌의 집에 마음대로 들어가 그 집에 있는 만화 잡지나 단행본을 실컷 읽었다. 원래 그림 솜씨가 괜찮았던 덕분에 만화를 그리기 시작하자 실력이 쑥쑥 나아졌다. 조상 중에 남화(18~19세기 일본에서 유행한 회화 양식)를 잘 그리는 화가가 있었으니까 그 피를 물려받은 거라고 친척들이 추켜세웠다.

나가사키라는 도시는 예전부터 예술이나 예능에 재능 있는 사람을 높이 평가하고 존경하고 사랑했다. 료지는 학업 성적이 우수한 다른 사촌들과 비슷하게 장하다, 대단하다, 앞날이 기대된다는 소리를 들으며 친척들의 사랑을 받고 자랐다.

'행복한 어린 시절이었어.'

집은 유복하고 다정한 형이 가업을 이을 예정이었으니까,

료지는 그저 꿈을 이루겠다는 목표를 세우고 솔직하게 죽순처럼 무럭무럭 자랐다.

'뭐든지 다 할 수 있을 줄 알았어.'

돌바닥을 차면 하늘로 날아오를 수 있다든가 하는 몽상도 했다. 초등학생 때 연필로 공책에 그렸던 만화도 생각해보니 하늘을 나는 변신 히어로 이야기다. 주인공은 평범한 초등학생인데 사실은 등에 날개가 있는 '슈퍼 버드' 별의 왕자님이고, 위기에 처하면 무적의 초능력을 발휘해 하늘을 나는 히어로가 되어 학교와 마을, 지구의 평화를 수호한다. 다 그린 공책을 반에 돌리자 친구들 모두 재미있게 읽어주었다. 선생님까지 재미있다며 다음은 어떻게 되는지 물었던 그 만화.

'그리는 게 즐거웠어.'

어떻게 보면 궁극적인 연재만화였다. 만화를 완성하면 독자가 바로 옆에서 기다렸다. 실시간으로 감상을 들었다. 수많은 웃음을 볼 수 있었다.

가장 기대해준 사람이 바로 절친 아키라였다. 숨 쉬는 것도 잊고 열심히 단숨에 읽어주었다. 다 읽은 후에는 "이번에도 진짜 대단했어"라고 눈부시게 웃으며 말해주던 그 표정과 목소리를 조금 씁쓸한 기분으로 떠올렸다.

그 당시, 초등학생 시절의 아키라는 때때로 도쿄 말씨를 썼다. 삼 학년 무렵에 어머니와 둘이서 도쿄에서 이사를 온 전학생이었다. 오도카니 고개를 숙이고 있을 때가 많은 아키라에게 료지가 말을 걸고 같이 놀자고 무리 속에 끌어들였다. 어떤 놀이를 하든 친구는 한 명이라도 많아야 즐겁고, 당시 아키라는 가늘고 자그마하고 불안해 보여서 내버려둘 수 없었다.

'내가 말을 걸지 않으면 유령처럼 흐릿해져서 사라질 것만 같았어.'

움츠린 어깨에 힘이 얼마나 들어갔는지, 료지의 어깨까지 굳는 기분이었다.

내성적이고 조심성 많은 아키라도 료지가 아침저녁으로 말을 걸고 손을 잡고 끌어주자 무리에 들어왔다. 도쿄에서 자랐지만 어머니 고향이 나가사키 시내여서 아키라는 차츰차츰 나가사키 말을 배웠고 곧 위화감 없이 나가사키 사투리를 구사했다.

몇 학년 때 일이더라. 학부모 수업 참관으로 교실에 온 아키라의 어머니가 료지나 다른 친구들과 즐겁게 나가사키 사투리로 대화하는 아키라를 보고 눈물 흘리는 모습을 봤다. 마을의 낡고 좁은 맨션에 단둘이 조용히 사는, 어딘지 쓸쓸해 보이는 모자였다.

쓸쓸해 보여서 신경이 쓰였고, 아키라와 마음도 잘 맞아서 료지는 자주 그 집에 놀러 다녔다. 아키라도 만화를 좋아했고, 실력이 그리 좋지는 않았으나 공책에 네 컷 만화를 그리기도 했다. 서로 돌려 보는 게 재미있었다.

아키라의 방 책장에 꽂힌 책과 만화책을 읽고 게임을 하며 같이 놀았다. 학년이 바뀌어도 쭉 같은 반이어서 둘은 계속 친하게 지냈고, 결과적으로 고등학생이 된 후에도 그런 식으로 같이 어울려 놀았다. 아키라의 방에서 보낸 시간은 지금도 정말 즐거웠다고 회상하고는 한다. 보물로 가득한 비밀기지 같았다.

그렇다고 책과 만화와 게임이 있으니까 그 집에 놀러 간 것은 아니다. 다정하고 침착하고 영리한 아키라와 함께 보내는 시간 자체가 즐거웠다. 료지에게는 친구가 많았으나 아키라를 처음 사귄 절친이라고 여겼다.

'같은 남자로서 인정할 수 있는 친구를 처음 만났다는 생각까지 했었지.'

아키라는 어려운 책도 많이 읽었다. 세상 돌아가는 일에도 관심이 많아 생각하는 게 어른스러웠다. 멋있어 보였다.

어머니가 손수 만든 과자와 외국제 홍차를 얻어먹으며 도시적이고 세련된 방에서 시간을 보내는 것도 즐거웠다. 료지와 닮아 남을 챙기기 좋아하는 료지의 어머니가 고마운 마음에 가게의 이런저런 것들(돼지고기 조림이나 갓 튀긴 닭튀김이나 멘보샤 등)을 챙겨줘서 따끈따끈하고 맛있는 냄새가 나는 음식을 배달하러 가는 일도 즐거웠다.

료지의 가게와 아키라의 맨션은 근처여서 아직 따끈따끈할 때 가져다줄 수 있었다. 환하게 밝아지는 아키라 모자의 웃는 얼굴을 보면 즐거웠다. 왜 이 집에는 아버지가 없을까, 대화에도 등장하지 않을까 같은 의문이 들기는 했으나 건드리면 안 될 것 같아서 굳이 묻지 않았다.

오 학년 때였을 것이다. 학교에 안 좋은 소문이 돌았다. 아키라의 아버지가 도쿄 회사에서 횡령을 저지른 탓에 회사에서 잘리고 지금은 감옥에 들어갔다는 소문이다. 그래서 아키라와 어머니는 본가가 있는 나가사키로 도망치듯 돌아왔다는 것이다.

아침 수업이 시작하기 직전에 소문을 좋아하고 조금 심술궂은 여자애들이 기분 나쁘게 실실 웃으며 아키라에게 대놓고 물어왔다.

"이런 소문이 있던데, 진짜지?"

아키라의 대각선 앞에 앉아 있던 료지는 처음에는 잠시 놀랐는데 곧 그래서였구나, 하고 내심 이해했다. 그래서 아키라 모자는 쓸쓸해 보이고 어딘가 그늘이 있고 이렇게 모자 둘이서 조용히 사는구나. 그러나 무슨 텔레비전 버라이어티쇼라도 되는 것처럼 반쯤 흥미롭게 혹은 불쌍하다는 눈빛으로 거리를 두고 아키라를 보는 반 친구들의 태도가 싫어서 화가 치밀었다.

'같은 반 친구잖아. 친구였으면서 저게 뭐 하는 짓이냐고 생각했어.'

그전까지는 도쿄에서 온 세련되고 똑똑한 아키라를 동경의 눈빛으로 바라보았으면서. 이렇게까지 보는 눈이 달라질 수 있다니. 동시에 자신이 아키라라면 모두의 시선이 얼마나 괴로울지 생각했다. 걱정스러워서 대각선 뒤에 앉은 아키라를 돌아보았는데, 아키라는 전학 왔던 그때처럼 어깨에 힘을 주고 고개를 숙이고 있었다. 그 무렵에 아키라는 가로로도 세로로도 건강하게 성장해서 빼빼 마른 료지보다 체구가 든든했는데, 그 몸을 잔뜩 움츠리고 무릎 위에서 두 손을 꼭 움켜쥐었다.

"횡령 같은 거 안 했어."

잔뜩 쉰 목소리로 중얼거렸다.

"그런 소문이 나는 바람에 회사 사람한테도, 경찰한테도 의심을 받았지만 아무 짓도 안 했어. 우리 아빠는 그런 사람이 아니야."

료지는 자리에서 일어나 아키라 곁으로 가 옆자리 친구에게 비켜달라고 하고 그 자리에 앉아 아키라에게 말을 걸었다.

"그랬어? 아버지는 나쁜 일을 안 하셨지?"

조용히 아키라가 고개를 끄덕였다. 입술이 떨렸다.

"의, 의심은 풀렸어. 그런데 아빠는 회사 사람한테 의심받은 게 슬퍼서, 뉴스에 난 것도 슬퍼서, 마음에 무거운 병이 생겨서 오래오래 입원하게 됐어. 그래서 나랑 엄마는, 엄마의 고향인 나가사키에 이사를 온 거고."

커다란 눈에서 데굴데굴 구르듯이 눈물이 넘쳐흘렀다. 아키라가 주먹으로 눈물을 훔쳤다. 그렇구나, 하고 료지는 고개를 끄덕였다. 일어나 같은 반 친구들을 향해 말했다.

"아키라의 아버지는 나쁜 일을 안 하셨대. 같은 반 친구한테 그런 심한 소리를 하다니, 너희 그런 소리를 믿었냐?"

"그래도 소문이 났단 말이야."

심술궂은 여자애가 말을 받았다. 자기 머릿속에서는 정의의 사자라도 된 듯한 표정이었다.

"시끄러워."

료지가 한마디 내뱉었다. 눈동자에 힘을 주어 만화 주인공이 된 기분으로 료지는 심술쟁이 여자애들을 노려보았다.

"아키라의 말을 믿지 못하겠다면 오늘부터 너희는 친구도 아니야. 아키라한테 못된 말을 하면 내가 가만 안 둘 거다.”

여자애들이 움찔 움츠러들어 몇 걸음 뒤로 물러났을 때, 출석부를 든 담임 선생님이 문을 덜컹 열고 들어왔다.

“좋은 아침이다. 응? 무슨 일이니?”

선생님은 반 분위기가 어딘지 이상한 것을 깨닫고 눈썹을 들썩이며 둘러보았다. 울고 있는 아키라에게 선생님의 시선이 멈췄다. 그러자 앞자리에 앉은 여자애가 일어났다.

“선생님, 못된 말을 하는 아이들이 있어요.”

그 애는 소문을 좋아하는 심술쟁이 여자애들을 가리키며 일러바쳤다. 다른 아이들도 그렇다는 듯이 고개를 끄덕이며 맞장구를 쳤다. 어느새 분위기가 달라졌다. 모두가 아키라를 따스하게 바라보았다. 적어도 료지에게는 그렇게 보였다. 심술쟁이 여자애들도 난처한 표정으로 미안하다고 까딱 고개를 숙였다.

그날 하굣길, 평소처럼 집 가는 방향이 같은 친구들끼리 어울려 장난치며 돌아가다가 마지막에 아키라와 료지 둘만 남았을 때, 아키라가 멈춰 서더니 료지에게 말했다. “고마워”라고.

“뭐야.”

료지는 웃었다.

“뭔데, 아침에 있었던 일?”

"응."

"친구잖아. 됐어."

"응. 고마워."

"아니, 됐다니까."

"고마워. 정말로 고마워."

"그만해라, 진짜 됐다고."

료지는 웃으며 아키라의 어깨를 토닥였다.

"아키라, 앞으로도 친구로 지내자."

"응."

"무슨 일이 있어도 반드시야. 말 그대로 영원히."

"응. 무슨 일이 있어도 반드시. 영원히."

누가 먼저라 할 것 없이 손을 내밀어 꽉 움켜쥐고 맹세의 악수를 했다. 힘차게 한 번 흔들고 놓은 뒤, 료지는 아키라에게 등을 돌리고 돌바닥을 박차며 뛰었다.

"달리기 시합 하자. 중간에 아이스크림 가게까지. 지는 쪽이 이기는 쪽에게 한턱내기."

"으악, 좋아. 안 질 거다."

둘이서 달렸던 그 돌바닥을 다리가 박차던 감촉도, 소리도, 가슴을 울리는 진동도 또렷하게 떠오른다. 이미 아주 오래전, 어린 시절의 일인데도.

갑자기 떠오른 추억에 료지는 웃으며 뺨 언저리를 두드렸다.

"뭐야, 내가 먼저 맹세했잖아."

"무슨 말씀이시죠?"

그림을 마무리하는 중인 초상화가 노신사가 손을 움직이면서 시선만 살짝 올리고 물었다.

"영원한 우정이요. 어린 시절에 제가 먼저 맹세하고 친구한테도 맹세하게 시켰어요. 무슨 일이 있어도 반드시, 영원히 친구로 지내자고요. 그랬으니까 결혼식 청첩장을 보내고도 남죠? 당연하네요. 아하하."

왠지 마음이 가벼워졌다. 오 년 전, 청첩장을 받았을 때의 분노와 절망, 쓸쓸함과 배신당했다는 감정 그 전부를 느낄 필요 없었다는 걸 뒤늦게 깨달았다. 그저 마음이 가벼워져서 웃음이 나왔다.

'뭐, 여자 친구를 빼앗겼으니 절친에게 배신당한 건 맞지만.'

그러나 이건 물건 쟁탈전 같은 게 아니다. 시오리에게는 자기 의지가 있다. 아키라를 좋아하고 평생 반려로 선택한 사람은 다른 누구도 아닌 시오리다. 아키라가 강요했을 리 없다. 그러니까 내 절친은, 아키라는 시오리의 손을 잡았을 뿐이다.

시오리를 사랑하더라도 처음에는 분명 망설였을 테지. 그래도 마침내 결심했다. 료지에게 상처가 될 것을 알면서도, 절친의 연인을 빼앗은 남자라는 오명을 뒤집어쓸 줄 알면서도 시오리와 함께 살아가는 길을 선택했다.

'그 녀석은 어려서부터 똑똑했어. 사려 깊게 생각하고 차분히 결론을 낼 줄 아는, 그때마다 가장 중요한 것이 무엇인지 아는 녀석이었지 늘.'

가장 중요한 것은 시오리의 마음이다. 아키라는 일부러 악역이 되는 쪽을 골랐고, 분명 믿었을 것이다. 아득한 과거에 영원한 우정을 맹세한 료지를. 료지가 자신을 용서해주리라고. 갑자기 눈에 눈물이 번져 료지는 코를 훌쩍거리며 웃었다.

"저는 그렇게 대단한 인간도 아니고 어린 시절에 했던 약속도 잊어버렸는데, 아무래도 절친과 전 여자 친구는 저를 아주 그릇이 크고 훌륭한 인간이라고 믿었나봐요……."

웃어보려 해도, 돌이킬 수 없는 오 넌이라는 날들에 가슴이 아프게 조여들었다.

"결혼식에 참석할걸 그랬어요. 불평하러 참석하는 게 아니라 웃는 얼굴로, 조금은 원통하지만 있는 힘껏 축하한다고 말해주기 위해서요."

아니지, 조금이 아니라 많이 원통했을 거라고 머리에 손을 대고 웃었다.

"제 전 여자 친구, 시오리는 정말 예쁘고 하얀색이 잘 어울렸으니까 웨딩드레스를 입은 모습도 틀림없이 완벽했을 거예요. 게다가 행복한 웃음을 지었을 테죠. 저는 분명히 망할 놈, 부러워 죽겠다고 툴툴대면서 제 친구를 한 대 쳤을 거예요."

"알고 있습니다."

노신사가 갑자기 웃었다.

"드레스가 정말 잘 어울렸어요. 조금 슬픈 듯하지만 반짝거리고 행복해 보이는 웃는 얼굴을 보여주셨죠."

"네?"

가슴안에서 심장이 크게 두근거렸다. 설마 싶었다. 무의식적으로 시선이 벽과 파티션에 걸린 수많은 웃음 위를 더듬었다. 종이 한 장에 시선이 멈췄고, 그와 동시에 노신사의 손에 들린 마커 꽁무니가 어깨 너머로 그 종이를 가리켰다.

엉거주춤 일어나 료지는 그 그림을 살폈다. 아름답고 행복해 보이는 웨딩드레스 차림의 여자와 그 옆에 나란한 턱시도 차림의, 마찬가지로 행복해 보이는 남자의 모습이 거기 있었다.

잘못 봤을 리 없는 시오리와 아키라가 거기 있었다. 조금 쓸쓸해 보이지만 행복하게 뺨을 붉히고 이쪽을 바라본다.

시오리는 역시 하얀색이 잘 어울렸다. 빛을 모아 짠 것 같은 면사포와 드레스가 마치 천사의 하얀 날개처럼 시오리를 감싸 반짝이게 했다. 그림 한 장을 통해 료지는 바로 그때, 그날의 시오리를 보았다.

　누구의 것이고 말고를 떠나 아름다운 한 사람이 거기 있었다. 애초에 시오리는 시오리 자신일 뿐 다른 그 무엇도 아니다. 그저 이 아름다운 사람을 자신이 사랑했고, 그녀로부터 사랑받았다는 기억만으로 료지는 고귀하다는 기분이 들었다.

　시오리가 곁에 있는 게 일상이었던 젊은 시절, 그때그때 보여줬던 표정이 떠올랐다. 까르르 웃는 얼굴, 삐쳐서 입술을 삐죽이던 얼굴. 책에 푹 빠져 다른 세상에 끌려간 듯한 심각한 눈빛. 뺨에 그림자를 드리우는 긴 속눈썹. 이름을 부르면 깜박거리며 시선을 들어 료지를 돌아보며 웃는, 그 순간 눈동자에 깃드는 아름다운 반짝임.

　봄 여름 가을 겨울, 수많은 아름다움을 함께 보았다. 전철을 타고 조금 먼 바닷가 마을에 가서 본 여름철 불꽃놀이, 중고차를 사서 드라이브하러 간 가을 산의 단풍, 비행기를 타고 간 삿포로 눈 축제, 그리고 낡은 빌라의 창 너머로 매년 보았던 봄날의 벚꽃. 바람에 날려 마을의 하늘 위로 흘러가던 빛 같은 꽃잎.

　아름다운 계절을 보내왔구나. 시오리와 함께.

　그래, 행복했었어. 지금 료지는 미소를 지으며 회상한다. 아름다운 것이 잔뜩 마음속에 남았다. 계속 뚜껑을 덮고서 잊고 있었지만. 자신이 잃어버린 것만 손꼽아 떠올렸지만.

"결혼식을 막 마쳤다고 하셨어요. 자신들은 이제 이 공항에서 날아올라 떠나지만 언젠가 분명 당신이 여기 올 테니까 초상화를 장식해주면 좋겠다고 부탁하셨지요. 이곳에서 당신을 기다리고 싶다고요. 그래서 자세한 사정과 당신의 필명을 들었습니다. 오 년을 기다렸는데 정말로 료지 씨가 이렇게 오셨네요. 두 분의 말씀이 옳았어요."

그림 속 두 사람이 료지를 지그시 응시하는 것 같다. 아니, 정말로 지켜봐주는 것 같다. 오 년 전 그날부터 무한하고 영원한 마음을 담고서 믿고 기다려주었다.

"이런, 제가 졌네요."

료지는 웃었다. 웃을 수밖에 없었다. 그리고 입안에서 속삭였다. 축하해. 너무 늦었지만 왔어, 오래 기다렸지.

"료지 씨의 초상화도 완성했습니다."

가볍게 휘파람을 불면서 노신사가 완성한 종이를 빙그르르 이쪽으로 돌렸다.

"이런 느낌인데 어떠십니까?"

종이 속에서 분위기 좋은 한 남자가 눈가와 입가에 미소를 짓고 이쪽을 응시한다. 즐겁고 밝은 표정으로 살짝 몸을 앞으로 내밀고, 당장이라도 멋진 이야기를 들려줄 것만 같은 웃음 띤 얼굴이다.

분명 료지의 초상화였다. 많이 닮았다. 그러나 이렇게 밝은 얼굴로 웃었던 적은 없다. 어쩌면 과거의 행복했던 시절, 분주하게 세수하고 젖은 손으로 머리카락을 만지작거리며 들여다보던 세면대 거울에 비친 표정이 이랬을지도 모른다. 거울 속 자신에게 웃어 보이던 그 눈빛. 어느새 까맣게 잊어버린 밝은 웃음. 약간은 고집스럽게 자신의 손으로 미래를 거머쥐겠다고, 거머쥘 수 있다고 믿었던 시절의 웃음.

"히어로처럼 웃는 얼굴이네요."

멋진 만화 주인공 같은, 지금 나는 잃어버린 웃는 얼굴이다.

"별로인가요?"

"아니요. 하지만 저는 이렇지 않아서……."

노신사가 느릿느릿 고개를 젓고 웃었다.

"말씀드렸죠? 저는 마음의 눈으로 초상화를 그린다고요. 제게는 당신이 이렇게 보였어요. 언제까지나 히어로처럼 밝고 행복한 웃음을 짓는 멋진 사람으로요."

노신사는 그 종이를 친구들 종이 옆에 걸어주었다. 눈빛으로 이러면 괜찮겠냐고 묻는 걸 알아차리고, 물론이라고 고개를 끄덕여 대답했다.

두 장의 종이가 나란해지자 마치 처음부터 한 쌍으로 그린 그림처럼 보였다. 시간을 뛰어넘어 료지는 두 사람의 결혼식에 참석해 그들을 축복하고, 세상 누구보다 행복하기를 바란다는 말을 지금 막 하려는 것처럼 보였다.

하늘을 향해 무한한 문이 열리는 공항이라는 장소에서 쏟아지는 빛에 감싸여 밝은 웃음을 짓고, 친구들은 영원토록 행복한 파티를 이어가고, 료지는 그런 두 사람을 축복하는 것 같다.

노신사는 사실 료지의 만화를 알고 있었다. 그것도 마지막으로 중단된 소년 만화 잡지에 연재하던 만화였다. 차분하게 미소를 짓고 그림 도구를 정리하며 노신사가 말했다.

"묘사가 아름답고 섬세한데 동시에 활력과 기운이 넘치는 좋은 그림이었어요. 스토리도 다소 고풍스럽고 단순하지만, 소년 만화의 왕도라는 느낌이어서 저는 좋아했어요. 무엇보다 인간과 세상에 대한 사랑이 가득한 점이 좋았습니다. 솔직히 왜 그 작품이 중단되는지 이해할 수 없었어요. 너무 아쉬워서 필명을 기억했죠."

정말로 아쉬웠다며 노신사가 반복해 말하고, 이 마음을 직접 말할 수 있어서 기쁘다고 미소 지었다.

"아, 고맙습니다."

초상화 요금을 내고 의자에서 일어나며 료지도 살포시 웃었다. 기뻤다. 진심으로.

"그렇게 말씀해주시니까 중단된 그 만화도 성불할 수 있겠어요. 만화를 좋아하세요?"

노신사가 살짝 어깨를 움츠렸다.

"예전에 그렸거든요."

"네?"

"아마 이름을 들으면 손님의 기억 한구석에도 남아 있을, 아주 오래전에 그럭저럭 유명했던 만화가였습니다. 오로지 만화에 빠져 오랜 세월 그림을 그렸죠. 인간다운 생활이고 뭐고 전부 버리고 만화를 위해서만 살아온 나날이었습니다. 만화를 정말 사랑했으니까 그래도 좋다고 생각했죠. 그런데 배부른 소리로 들리겠지만, 인기가 너무 많았어요. 떠맡은 일이 너무 많아서 감당할 수가 없었죠. 정말로 이 일을 좋아하는지도 헷갈렸어요. 그러다가 어느 날 스스로 실종됐습니다. 일을 전부 내동댕이치고."

"……."

"과거도 이름도 버리고, 그 후로 여기저기 전전했어요. 인연도 있고 연줄도 있고 또 우연한 만남 등을 겪다가 정신을 차려보니 여기에서 초상화를 그리고 있더군요."

노신사가 후욱 한숨을 쉬더니 웃었다.

"즐거웠습니다. 이게 바로 천직이라고 생각했어요. 매일매일 웃는 얼굴을 볼 수 있고 그 웃음을 그림으로 옮겨 남길 수도 있죠. 웃는 얼굴로 고맙다고 해주는 말을 듣고, 웃는 얼굴을 그려서 번 돈에 감사하며, 웃음들에 둘러싸여서 살 수 있어요. 인생이라는 여정 끝에 참으로 행복한 삶을 손에 넣었어요."

그렇군요, 하고 료지가 고개를 끄덕였다.

"저도 알 것 같아요. 저도 고향에 돌아가면 초상화에 도전해볼까요?"

절반은 떠오르는 대로, 절반은 진심으로 말했다.

"당신은 초상화가 아니라 만화를 그리면 좋을 텐데요."

그러자 노신사가 차분하면서 힘이 넘치는 목소리로 말했다.

"네? 하지만 저는 이제 시골에 돌아가는데⋯⋯."

"직접 말씀하시지 않았습니까. 지금은 어디에서든 만화를 그릴 수 있다고, 도쿄에서 멀어져도 출판사와 거래할 수 있고 계속 그릴 수 있다고 담당 편집자가 설득했다고요. 또 담당 편집자는 료지 씨의 복귀를 기다린다고 했고요. 가업을 도와 자기 속도에 맞춰 조금씩 그리는 것도 가능하지 않나요?"

"그야 그렇지만, 하지만⋯⋯."

료지는 말문이 막혔다.

"제가 그렇게까지 그 요릿집 만화를 좋아하는지 아닌지도 잘 모르겠고, 제가 정말 그리고 싶은 히어로가 활약하는 소년만화는 인기가 없으니까 그리지도 못해요. 아니, 저는 제법 괜찮은 만화라고 생각했어요. 제 만화를 좋아했어요. 하지만 운도 재능도 딱 한 걸음 정도 부족했다고 해야 하나…… 계속 꿈을 좇는 건 무리이니까……."

"꿈을 꼭 포기해야 하나요?"

노신사는 시선을 들어 료지를 살피듯이 응시했다.

"꿈이라는 알을 품고 언젠가 부화하는 날을 기다리는 인생도 괜찮지 않습니까. 꿈을 포기하는 건 언제든 할 수 있으니까요."

료지는 어떻게 대답해야 할지 몰라 얼버무리듯이 웃었다.

"아니 그래도, 만화가로서 제 인생은 실패로 끝났다고 생각해서요."

"인생에 실패나 배드 엔드가 있을까요. 살아 있는 한 이어지는 연재만화와 같다고 생각합니다만. 꼭 강제로 그만두지 않아도 돼요."

노신사가 즐겁게 웃었다. 웃지 않는 눈으로.

"인생이라는 만화의 독자는 나 자신. 그리는 사람 또한 나 자신. 독자가 만족할 때까지 꿈의 알을 품고 있어도 괜찮지 않겠습니까?"

"……."

"아이고, 이런, 미안해요. 미안합니다."

퍼뜩 정신을 차린 듯이 노신사가 웃고 손뼉을 한 번 치더니 다정한 표정으로 료지에게 고개를 숙였다.

"저도 모르게 그만. 너무 아까워서요. 워낙 업계에 오래 있었으니까요. 운이나 시기가 맞지 않아서 사라진 만화가를 수두룩하게 봤습니다. 정말 대단한 작품을 그린 만회가도 많았어요. 하지만 모두 사라졌죠. 그러고 보니 저야말로 사라진 만화가 중 하나군요, 하하하. 아무튼 기억해주시면 좋겠습니다. 인간이란 아무리 실력이 있어도 좋은 바람을 타지 못하면 이러지도 저러지도 못할 때가 있어요. 그럴 때는 바람이 불기를 기다리면 됩니다, 분명 그래요. 차분하게 포기하지 말고. 좋은 바람이 부는 날까지."

"바람을 기다린다고요?"

"네."

노신사가 미소 지었다. 마치 신선이나 예언자 같은 눈빛이었다. 그러더니 살짝 웃으며 덧붙였다.

"이거 미안합니다. 료지 씨 만화가 워낙 좋았으니까 저도 모르게 꿈을 꾸게 되나봅니다. 제가 가지 못한 길을 저 멀리까지 가줄지도 모른다고요. 당신이라면 더 멀리 갈 수 있을 거라고요. 그러면 제 마음 한구석에 여전히 살아 있는 만화를 사랑하는 마음이 보상받고 성불할 것 같았나봅니다."

료지는 노신사에게 인사하고 이곳저곳 걸음을 옮겼다. 비행기 탑승 시각이 어떻게 됐을까, 그만 포기하고 내일 비행 편으로 변경하는 게 좋을까, 하고 뇌 한쪽의 냉정한 부분은 걱정했으나 그보다 노신사에게 들은 말이 저릿저릿하게 스며들었다.

'포기하지 않고 꿈의 알을 품고 있어도 된다. 바람을 기다린다.'

공항 곳곳에 장식된 벚꽃 조화가 아름다웠다. 꽃들의 부름이라도 받은 듯이 나붓나붓한 상행 에스컬레이터에 올라타 손잡이에 기대고서 위로, 하늘로 향했다.

밤이 다가온 하늘이 커다란 유리 너머로 보였다. 보랏빛 보석 같은 빛이 가득한 하늘이, 활주로를 미끄러지는 비행기가 보였다. 수많은 날개가 하늘을 향하고 육지로 내려왔다. 날개에 빛을 밝히고.

"그래, 몇 번이나 날아가도 되는구나."

한번 지상에 내려왔어도 다시 하늘을 목표로 해도 된다. 몇 번이든. 살아 있는 한은. 하늘은 영원히 이어지며 여행을 떠나는 사람들을 기다려준다. 하늘에서 날아 내려오는 날개를 공항은 기다려준다.

그날 나가사키행 비행 편은 최종 편만 간신히 떠날 수 있는 상황이었다. 어떻게 할지 고민했는데, 그 비행 편을 기다리는 여행자로 공항이 꽉 찼기에 내일 아침 첫 비행 편으로 돌아가기로 했다. 햇빛 속을 날아 고향에 돌아가도 기분 좋을 것 같다. 나가사키 공항의 레스토랑에서 아침의 오무라만●을 바라보며 아침을 먹고 느긋하게 집에 돌아가도 괜찮겠다.

제2터미널 호텔에 다행히 공실이 있어서 거기 머물기로 했다. 시간에 여유가 생겨서 저녁을 먹을 가게를 찾을 겸 공항을 느긋하게 돌아다녀보았다. 가족에게 줄 선물도 아직 다 고르지 못했다. 잡화점에서 조카들이 좋아할 만한 선물을 고르고 문구점에서 형에게 줄 독일제 튼튼한 볼펜을 골랐다. 다들 기뻐하겠지. 좋았어, 완벽해. 다시 걸음을 옮기는데 제1터미널에서 작은 서점과 마주쳤다.

조금 애틋해져서 가슴이 아팠으나 동시에 '아직 포기하지 않았으니까' 하고 고개를 저었다. 얼굴을 번쩍 들고 다가갔다. 앞치마를 두른 젊은 여성 직원이 이동식 선반에 책을 쌓고 있었다. 입구 옆, 책이 눈에 잘 띄는 좋은 위치에 선반을 놓고 료지가 그림을 담당한 요릿집 만화의 단행본 전권을 가지런히 쌓아 올리는 중이다. 바로 옆에 아기자기한 손글씨로 만든 피오피광고를 막 장식한 참이었다.

'아쉽게도 이제 곧 완결'

'세기의 명작을 읽어보세요'

'감동적인 휴먼 드라마와 식욕 자극의 폭풍우'

고마워서 가슴이 뜨거워졌다. 소년 만화 잡지의 연재가 끊어진 이후, 괴로워서 서점에도 발길을 끊은 탓에 요릿집 만화가 안정적인 인기가 있는 줄은 알았으나 이렇게 정성껏 판매하는 광경을 볼 기회는 없었다. 어쩌면 자신은 모르는 곳에서 이렇게 표지가 잘 보이게 진열하고 피오피광고를 장식하며 판매한 책이 많았을 수 있다고 생각하자 기쁨보다 죄송스러운 마음이 앞섰다.

"실례합니다."

료지는 자기도 모르게 서점 직원에게 말을 걸었다. 고개를 숙여 고마움을 표현했다.

"그 만화 그림을 담당하는 사람입니다. 정말 고맙습니다."

깜짝 놀라는 직원에게 이 주소에서는 이미 이사했다고 덧붙이며 명함을 건넸다. 피오피광고의 사진을 찍어 담당 편집자에게 보내고 싶다고 말하자 직원은 구멍이 뚫릴 정도로 명함을 들여다보다가 소중히 움켜쥐더니 "이 서점의 만화 담당자입니다"라며 자기 명함을 떨리는 손으로 내밀었다. 료지를 만나서 기쁘다고, 꿈만 같다고 뺨을 붉히며 정신없이 말했다.

"저기, 원래 저는 먹보여서 요릿집 '마쓰모토야'의 수많은 요리에 반했고요, 경쟁하는 가게의 요리나 요리 경연 대회에 나오는 메뉴에도 군침이 고였어요. 그리고 직원용 식사도 대단해요. 레시피도 같이 실어서 만들어볼 수 있게 했잖아요? 전부 만들어봤어요. 맛있었어요."

두 손을 움켜쥐고 반짝반짝한 눈빛으로 열심히 고개를 끄덕인다. 만화에서 튀어나온 것처럼 감정 표현이 풍부한 사람이다 싶어 흐뭇했다.

"그리고 저요, 서비스업을 하니까 요릿집 마쓰모토야 사람들이 손님을 생각하는 자세를 다루는 다양한 에피소드도 좋아했어요. 여기는 공항 안의 작은 서점이고 고급 요릿집과는 다르지만, 그런 마음으로 손님을 맞이하고 싶다고 항상 생각했어요."

직원이 크게 숨을 들이쉬더니 몸을 움츠렸다.

"저기, 그런데 이제 곧 연재가 끝나죠. 출판사에서 중단된 건 아니라고 하기는 했지만요. 갑자기 어떻게 된 거죠? 저희가 응원하는 마음이 부족했나요?"

슬픈지 눈이 촉촉해졌다.

"아, 아니요, 그런 게 아닙니다. 그게, 제 집안 사정 때문에요. 고향에 돌아가야 해서요. 죄송합니다."

"그럼 만화가 싫어졌거나 이 작품이 싫어진 건 아니라는 말씀이세요?"

"그건 아닙니다. 맹세코 아닙니다."

힘주어 대답했다. 그러자 직원이 꽃이 활짝 핀 듯한 웃음을 짓고 들뜬 목소리로 말했다.

"그렇다면 기다릴게요. 언젠가 이 작품의 다음 이야기를 읽을 수 있는 날이 오기를요. 선생님 신작과 다시 만날 날이 오기를요. 괜찮아요. 이 작품이 시작하는 날까지도 기다렸거든요. 선생님은 정말로 돌아와주셨어요."

"네?"

"십 대 때요, 선생님이 소년 만화 잡지에 그리신 만화의 팬이었어요. 지금도 단행본이 책장에 있고, 단행본에 실리지 않은 단편은 잡지에서 잘라서 보관하고 있어요."

소중한 보물이라며 직원이 웃었다.

"연재 최종 화 때, 잡지 권말에 만화가의 한마디 코너에서 선생님이 '다시 돌아오겠습니다'라고 쓰셨으니까 계속 기다렸어요. 요릿집 만화로 재회해서 기뻤어요. 저도 이제 어른이고 서점에서 일하니까 열심히 응원해야겠다고 다짐했어요. 요릿집에서 일하는 사람들은 선생님의 예전 만화처럼 변신하거나 어느 왕국의 기사이거나 초능력을 써서 악당과 싸우지는 않아도, 그래도 다정하고 멋있고 다양한 일에 도전하고 많은 것과 싸우죠. 새로운 이야기를 읽을 때마다 마음이 편해지고 응원을 받았어요. 이 세상 어딘가에 꿈을 품고 누군가를 사랑하고 열심히 일하는 히어로가, 동료가 있는 것 같았어요."

거대한 공항의 넓고 커다란 유리창 너머로 보이는 하늘은 밤이 됐다. 별들이 무수히 반짝일 테지만 이 안은 밝아서 보이지 않는다. 그래도 별을 대신하는 듯이 조명이 유리를 빛내 오가는 여행자들의 모습을 비췄다. 창밖에는 별하늘로 날아가는 비행기의 모습이 보인다. 날아오를 때를 기다리며 나란하게 선 날개들의 모습도.

료지는 수입 와인 판매점에서 음료를 즐기고 수제 샌드위치에도 이따금 손을 내밀며 조금 전에 본 서점 이야기를 담당 편집자에게 메일로 보냈다. 매장 사진도 잊지 않고 첨부했다. 송신 버튼을 누르고 번쩍 고개를 들었다.

"히어로라, 그렇구나……."

나도 히어로 이야기를 그려왔구나. 물론 뛰어난 원작이 존재한 덕분이지만 매일 소중한 것을 지키고 싸우는 사람들의 이야기를 그리고 있었다. 미처 깨닫지 못했는데, 이거 제법 멋있는 일 아니야? 턱을 괴고 유리창에 비친 자신과 눈을 마주쳤다. 가볍게 윙크하고 웃었다. 초상화 가게의 종이 속에서 웃고 있는, 아까 봤던 그 미소와 비슷해 보였다.

제2화

*

각자의 하늘

봄날의 공항에는 플로어 여기저기에 벚꽃 조화를 장식한다. 머나먼 하늘을 여행해 이 거대한 공항에 내려선 여행자들을 맞이하는 것처럼. 혹은 이곳에서 다른 하늘로 날아가는 여행자들을 배웅하는 것처럼. 앞으로 이어질 아득한 여행이 행복하기를 기도하며.

"로맨틱하네."

제1터미널 삼층에 있는 작은 서점에서 일하는 사토 유메코는 아래에 내려다보이는 중앙 광장에 장식된 연분홍색 조화에 시선을 주고 웃었다. 이른 저녁때, 공항은 오가는 여행자들로 붐볐고, 커다란 창밖으로 보이는 밤에 다가가는 하늘이 쏟아내는 푸른빛에 물들어 화사해 보였다.

봄날 초저녁은 이윽고 찾아올 여름 기운을 품어 어딘지 모르게 즐겁고 힘이 흘러넘치는 것처럼 보인다. 불가사의한 사건이나 모험의 도래가 숨은 것처럼. 바로 저기에 잠재한 비일상으로 가는 문이 감춰진 것처럼.

신비로운 밤의 푸른빛에 물든 뻥 뚫린 아트리움 아래의 플로어에는 벚꽃이 사방에 피었다. 꽃이란, 특히 벚꽃은 조화여도 거기 있으면 빛이 활짝 핀 것처럼 보이는 이유가 뭘까. 마법 같은 힘을 지닌 것 같다.

이런 식으로 생각하는 것도 유메코가 만화와 아동서를 주로 담당하는 서점 직원이고, 어려서부터 그런 책만 열심히 읽은 인간이기 때문이려나. 어린 시절, 유메코의 두 눈은 항상 만화와 글자를 향해서 가족들의 웃음과 걱정을 샀다.

"눈이 나빠지니까 밖에 나가서 놀다 오렴."

그런 말을 듣고 집에서 쫓겨나도 밖에서 책을 읽었다.

'정말로 눈이 나빠지기는 했지.'

등하교 할 때도 걸으며 책을 읽다가 넘어질 뻔하고 차에 치일 뻔한 것도 한두 번이 아니다. 언니와 함께 등하교 하지 않았다면 진심으로 위험했을 것이다. 유메코와 달리 야무지고 똑똑하고 밝고 어른스러웠던 두 살 연상인 언니. 목양견처럼 늘 유메코를 지켜주며 헤매는 양인 동생이 길을 잃지 않도록 신경 썼다. 어쩔 수 없네, 이렇게 말하면서 어딘가 즐거워하며.

유메코의 눈은 만화와 책을 읽지 않을 때도 현실을 보지 못하는 면이 있었다. 눈을 뜬 채로 멍하니 이런저런 상상에 빠지는 게 좋았다. 읽은 책의 다음 이야기를 생각하고, 자신이 이야기 속 세계를 모험한다면 어떨지 생각했다. 그럴 때는 누가 말을 걸어도 들리지 않았다. 영혼만 어디론가 두둥실 날아간 것처럼. 부모님도 학교 선생님들도 동네 사람들도 유메코를 멍한 아이라고 여겼다.

"언니랑은 전혀 다르네."

지금이야 그런 말이 기가 막혀서가 아니라 귀여워서 한 말인 줄 알지만 당시에는 조금 상처를 받았다. 헤헤헤, 부끄러운 듯이 웃었지만. 뭐, 사실이니까 어쩔 수 없다. 누구보다도 유메코 본인이 똑똑하고 야무지고 다정한 언니를 좋아했고, 한편으로 자신이 도저히 언니를 따라잡지 못한다는 걸 알았다.

노력해도 저렇게 되지 못해. 애초에 타고난 머리가 달라. 국어 이외에는 성적이 별로인 유메코와 달리 언니는 뭐든 잘하는 우등생이었다.

'태양과 달이라고 해야 하나.'

언니는 밝은 태양, 유메코는 태양의 빛을 받는 달이었다. 스스로 반짝이지 못하고 언니의 빛이 있어야만 어두운 우주 속에 간신히 떠오를 수 있다.

'크레이터만 잔뜩이라 귀엽지도 않지.'

그래, 유메코는 귀엽지 않았다.

자매인데 언니는 이목구비가 뚜렷하고 키도 커서 멋졌다. 성격도 강직하고 다정하니까 당연히 친구도 많아서 만화로 치면 주인공 같았다. 유메코는 평범하게 생겼고, 크레이터까지는 아니어도 주근깨가 가득해 타고나기를 조연이나 다수 중 하나라고 스스로 생각했다. 친구도 별로 없다. 어른이 된 지금도.

언니를 동경했고 언니처럼 되고 싶다고 언제나 생각했다. 그랬기에 오히려 언니를 사랑했다. 언니가 칭찬을 받으면 기뻤다.

등하교 할 때만 아니라 유메코가 어디에 갈 때면(편의점에 가거나 수영하러 갈 때) 언니가 반드시 곁을 지켜주었다. 어쩔 수 없네, 하고 말하면서. 자기 용무가 있으면 취소하면서까지 유메코를 따라와주기도 했다.

멀리 갈 때나 차가 많아서 위험할 때는 공주를 지키는 기사처럼 찻길 쪽에 서서 유메코의 손을 잡고 걸어주었다. 아무리 멍하니 넋을 놔도, 느긋하게 걸어도 단단히 붙잡아주는 언니의 손이 있으면 괜찮았다.

늘씬한 등을 올려다보고 바람에 나부끼는 아리따운 머리카락을 바라보며 걸으면 길을 잃지 않았다. 언니는 태양이고, 타오르며 빛나는 항성이고, 하늘에 반짝이는 표식인 별과 같았다.

아무리 멍한 유메코라도 당연히 조금씩은 성장해서 혼자서도 외출할 수 있게 됐지만, 어른이 된 지금도 유메코는 언니손의 감촉을 잊지 않았다. 든든히 붙잡아주었던 살짝 땀이 밴손바닥의 감촉을. 이따금 돌아보고 웃어준 밝은 미소를.

언니를 워낙 좋아했고, 부족한 자신이 싫어서 괴로웠던 기억이 있다. 언젠가 언니에게 버림받을지도 모른다고 불안했던기억이다. 그렇게 돼도 어쩔 수 없다고 생각했다.

'『미운 오리 새끼』 같다고 생각했었어. 안데르센의 동화.'

어려서 그림책으로 읽은 『미운 오리 새끼』. 가족 중에 혼자못생기고 추하고 외톨이인 오리 새끼가 유메코 자신 같았다. 가족 중 혼자만 귀엽지 않은 여자애. 아빠도 엄마도 언니도 근사하고 멋지고 똑 부러진 사람인데, 유메코만 그들과 닮지 않았다. 멍하고 만화와 책만이 친구이고 공상에 잠겨 있는 아이.

안데르센의 동화와 다른 점은 유메코는 백조 새끼가 아니라 정말 그냥 미운 오리 새끼라는 점이다. 다만 또 한 가지 다른 점이 있으니 유메코의 가족은 오리 가족과 다르게 유메코를 분명히 좋아했고, 유메코도 가족을 정말 사랑했다. 그렇다. 유메코는 모두를 사랑했고, 그러면서도 역시 자기만 다르다는 사실이 못내 슬퍼지고는 했다.

또 가족 모두가 사실 자신을 싫어할지도 모른다고 생각했다. 특히 언니가. 다정하고 똑똑하니까 유메코에게 말하지 못했을 뿐이라고. 유메코는 어른이 돼도 아름다운 백조가 되지 못한다. 백조는 유메코가 아니라 오히려 언니 아닐까.

'나는 아마 미야자와 겐지의 『쏙독새의 별』에 나오는 쏙독새일 거야.'

추하다는 소리를 듣고 모두에게 미움을 받은 끝에 혼자서 하늘로 날아간 쏙독새. 어려서부터 그 마음을 이해했다. 하늘로 날아가면 나도 언젠가는 영롱한 별이 될 수 있을까. 쏙독새처럼.

이 공항에서는 하늘이 넓어 보인다. 밤에 퇴근할 때, 유메코는 비행기가 날아가는 밤하늘을 올려다보며 어린 시절에 했던 그런 생각을 회상하고는 한다. 드문드문 빛나는 별들을 올려다보면서.

어른이 된 유메코는 역시 화려한 백조는 되지 못했으나 지금 모습이 제법 마음에 든다. 화장기 하나 없이 바쁘게 일하는 날들이지만 언제나 책과 함께 있고 만화를 생각할 수 있다. 게다가 책과 만화를 좋아하면서 갖춘 지식 덕분에 서점과 손님을 도울 수 있다. 모두가 행복해진다. 그러니까 유메코도 정말 행복하다.

공항의 서점을 찾는 손님들은 앞으로 여행을 떠나는 사람들이다. 그들은 유메코가 책장이나 진열대에 놓은 책을 안고 비행기에 탄다. 어딘가의 하늘로 날아간다. 유메코가 건넨 책과 함께 여행을 떠난다. 별을 바라보며 유메코는 미소 지었다.

'부디 좋은 여행이 되기를.'

쪽독새에게는 쪽독새의 행복이 있다. 백조처럼 화려하게 하늘을 날지 못해도. 가슴 한편에 남몰래 별을 품은 삶을 살아갈 수 있다.

어렸을 때 돌아가신 할머니가 유메코를 보고 "정말 이 아이는 꿈에 푹 빠진, 꿈 많은 아이네"라며 귀엽다고 웃어준 기억이 있다('유메코夢芽子'라는 이름이 '꿈이 싹트는 아이'를 뜻한다). 하기야 너무 어렸을 때여서 또렷한 기억은 아니다. 게다가 유소년기를 멍하게 보낸 유메코는 기억이 늘 불분명하다. 그래도 따뜻한 팔로 꼭 안아준 감촉과 포근하고 부드러웠던 몸은 분명히 기억한다.

할머니는 유메코도 언니도 똑같이 귀여워했다. 둘을 동시에 꼭 안아준 적도 있다. 간지럽고 기뻐서 언니와 같이 웃으면, 할머니도 웃으며 더욱 세게 안아주었다. 코를 스치던 다정하고 그리운 할머니의 냄새. 거기에 책과 잉크와 먼지 냄새. 신기하게도 또렷하게 기억한다.

그건 동네 책방 냄새다. 지금도 그런 책방에 갈 때마다 '아, 할머니 책방의 냄새다'라고 생각한다. 지금 일하는 직장에서도 문득 기억이 되살아날 때가 있다.

할머니의 집은 오래된 책방이었다. 자그마한 가게였는데, 큰 상점가 안에 있어서 유메코가 놀러 가면 언제든지 손님들이 있었다. 어떤 책이 있었는지까지는 어렴풋해서 기억하지 못한다. 또렷하게 기억하기에는 유메코가 너무 어렸다. 그저 언제나 책등이 가지런히 꽂혀 있던 것과 계산대 앞에서 앞치마를 두른 할머니가 책방을 찾아준 손님들과 즐겁게 대화하는 모습은 기억한다.

가게 앞에는 캡슐 뽑기가 있어서 동네 아이들이 모여 놀았고, 유메코도 딱 한 번만이라고 약속하고 펄이 든 탱탱볼을 뽑았다. 할머니가 살던 마을은 비행기를 타야 갈 수 있는 곳이어서 그 책방에 간 적은 손에 꼽을 정도다. 그래서 반짝반짝한 탱탱볼은 소중한 보물이다. 지금도 책상 서랍에 들어 있다. 할머니가 돌아가신 후에 친척이 책방을 물려받았으나 책방이 예전처럼 돈을 벌지 못하는 시대가 됐기에 이제 그 책방은 없다. 이 세상에서 사라졌다. 얼마 안 되는 기억의 조각을 유메코 안에 남기고.

아, 그리고 그런 말도 들은 것 같다. 그 책방에서.

"책에는 마법의 힘이 있단다. 종이에 인쇄된 그림이나 글을 보기만 해도 여기 없는 세계가 보이다니 신기하지? 마법의 주문이 적힌 것 같지 않니? 책은 틀림없이 마법으로 이루어졌어. 책방에서는 마법을 진열하고 파는 거야."

그때의 숨결이나 목소리까지 기억하는 것 같은데 솔직히 그 말을 정말로 할머니에게 들었는지, 아니면 다른 사람에게 들었는지 잘 모르겠다. 어쩌면 전부 혼자 생각한 망상일 수도 있다. 왜냐하면 유메코도 언제나 그런 생각을 했으니까. 책은 마법이라고. 어른이 된 지금도.

'어렸을 때 기억은 워낙 어중간하니까.'

사소한 일로도 너무 쉽게 덧씌워지고는 한다. 게다가 유메코는 꿈에 푹 빠진, 꿈 많은 아이. 몽상과 공상이 특기 아닌가.

'그러고 보니 할머니도 벚꽃을 좋아한다고 했던 것 같아.'

할머니의 기일은 벚꽃이 필 시기여서 올해도 곧 돌아온다. 그 후로 시간이 많이 흘렀으니까 벌써 몇 주기일까. 성장한 유메코가 서점에서 일하는 걸 알면 기뻐하실까.

할머니의 부고는 갑작스러운 일이어서 유메코와 언니는 장례식에 가지 못했다. 엄마만 당일 간신히 하늘을 날아 친정으로 돌아갔다. 그 정도로 할머니의 마을은 멀었다.

아마도 삼 주기였을 때였나. 돌아가시고 이 년 후에 제사를 모시러 가족과 함께 이 공항에서 출발했을 때, 플로어에서 아름다운 벚꽃 조화를 본 기억이 있다. 벚꽃이 잘 다녀오라고 다정하게 배웅해주었다.

어릴 때 본 그 벚꽃들이 마법 깃든 것처럼 아름다웠다고, 유메코는 멍하니 회상했다.

해 질 무렵, 가게에 (기적적으로) 찾아온 좋아하는 만화가를 지금 막 배웅했다. 실제로 만난 것은 처음이었는데, 그 사람이 그리는 그림과 비슷한 '멋진 오빠'였다. 음, 나이로 따지면 아저씨라고 불러야 할 수도 있겠지만 그렇게 멋있는 사람을 아저씨라고 부르면 안 되지, 하고 유메코는 생각했다. 동작이 세련되고 웃는 얼굴은 매력적이고, 본인이 그렸던 만화 주인공처럼 변신하면 히어로가 될 것 같은 분위기가 있었다.

십 대 시절부터 엄청난 팬이었던 만화가여서 유메코는 꿈은 아닐지 혼란스러워하며 뺨을 붉히고 떨리는 가슴을 안고 대화를 나눴다. 게다가 그 타이밍이 가게 입구 앞에 놓아둔 이동식 선반을 이용해 만화가의 단행본을 소소하게 특별 전시하려던 참이었으니(만화가가 굉장히 좋아했는데, 너무 기뻐서 울 뻔했다) 말도 안 되는 신의 인도에 감사했다. 평소 착한 일을 열심히 하며 살지는 않았으니까 어쩌면 평생의 운을 다 썼을지도 모른다. 그래도 좋다.

이제 하늘을 날아 고향으로 돌아간다는 그 사람과 재회를 맹세하며 작별 인사를 나누고 유메코는 그의 등을 바라보며 고개를 깊이깊이 숙였다. 오랜 세월 수많은 멋진 작품을 그려준 것에 감사하는 마음을 담아 만화가로서 그의 앞날에 행운이 있기를 기원하며. 부디 즐거운 여행이 되기를.

고개를 들고 멀어지는 멋진 뒷모습을 바라보던 유메코는 무심코 서점 앞을 떠나 몇 발자국 정도 그의 뒤를 쫓아갔다. 긴 다리로 계단을 내려가는, 역시 멋진 뒷모습을 배웅하다가 문득 긴 나선 계단 아래 이층 중앙 광장에 핀 벚꽃 조화의 색에 시선이 멈췄다. 벚꽃이 여행을 떠나는 그 사람을 지켜주고 축복해주는 것처럼 보였다.

'다행이야.'

진심으로 생각했다. 도쿄를 떠나 고향으로 돌아가는 저 사람을 벚꽃이 배웅해줘서. 가장 화려하고 다정한 시기의 공항에서 저 사람이 여행을 떠날 수 있어서. 플로어에 아름답게 핀 벚꽃은 먼 옛날 보았던 벚꽃처럼 아름다워서.

퍼뜩 정신이 들어 손목시계를 봤다.

"헉, 어떡해."

허둥지둥 서점으로 뛰어가 계산대에 들어갔다. 대신 계산대를 맡아준 점장 옆에 서서 꾸벅 고개를 숙였다.

"죄송합니다."

점장은 유메코의 아버지뻘 되는 나이인데, 호탕하고 인간과 책을 사랑하는 좋은 사람이다. 점장은 손님에게 책을 건네고 "고맙습니다" 하고 배웅한 뒤, 싱글거리는 얼굴로 힐끔 유메코를 돌아보고는 장난기 가득한 표정으로 속삭였다.

"아까 어떻게 된 거야? 무슨 일이었어? 혹시 만화가 선생님이 오신 거야? 설마 사토 씨가 좋아해서 입구 앞 선반에 진열한 단행본의 만화가?"

"네, 맞아요, 맞아요. 나중에 말씀드릴게요."

유메코의 마음에 감동이 되살아났다. 눈에는 뜨거운 눈물이, 입가에는 미소가 떠오르는 것을 참고 유메코는 앞에 선 손님에게 "어서 오세요" 하고 인사하고 계산을 시작했다.

대단하네, 잘됐다, 꼭 마법 같은 일이네, 하고 점장이 속삭이며 계산대를 떠나 잡지 진열대에 가서 흩뜨려진 책을 즐겁게 정리했다.

　유메코가 일하는 서점은 공항이 있는 이 지역에 본점이 있는 역사 깊고 오래된 프랜차이즈로, 한때는 지점이 여기저기 있었으나 지금은 작은 동네 서점이 된 본점과 이 공항 지점 두 곳만 남았다. 서점 북 커버의 날개에는 이제는 사라진 지점의 이름이 흔적처럼 나란히 적혀 있고 하나하나 선을 그어 지워놓았다. 대부분은 오래전에 폐점했는지 이 지역에서 나고 자랐지만 어린 유메코는 거의 알지 못하는 지점들뿐이다.

　본점의 분위기가 기억에 흐릿하게 남은 할머니의 책방과 비슷한 것 같아서 학창 시절에 아르바이트로 일하기 시작했고, 오래 일하자 정직원으로 채용됐다. 이 공항 지점에서는 삼 년 전부터 일했다. 점장과 유메코, 대학생 아르바이트 한 명이 (때때로 허둥거리면서) 어떻게든 굴릴 수 있는 건 여기가 미니어처럼 자그마한 서점이고, 무엇보다 방문하는 손님이 대부분 여행자이거나 이동 중인 사람들이라 서둘러 책을 골라 계산하고 떠나는 덕분 아닐까.

　도쿄의 거대 공항이다보니 출장 때마다 들르는 단골이나 마찬가지인 손님도 있지만, 계산대에서 책을 건네고 배웅하면 다시는 못 만나는 손님도 많다. 일기일회一期一會, 평생 단 한 번뿐인 만남. 이 말이 종종 가슴을 스친다.

처음에는 조금 쓸쓸했다.

'두 번 다시 못 만나는 손님이라니 너무 쓸쓸하잖아.'

어린 시절, 다정했던 할머니를 떠나보낸 경험이 있어 이렇게 생각하는지도 모른다. 마지막 작별이 공항이었으니. 할머니와 헤어진 곳은 엄마의 고향인 작은 마을의 지방 공항. 바로 옆이 밭인, 평소에 채소나 과일을 운반하는 용도의 비행기가 세워진 자그마한 공항이다. 지금 유메코가 일하는 거대 공항과 비교하면 장난감처럼 작고 따스함이 있는 그런 장소.

여름방학에 귀성한 후였다. 비행기를 타고 돌아가는 유메코와 언니, 엄마를 배웅하러 할머니는 그날 책방을 쉬고 작은 공항까지 같이 왔다. 공항 이층, 레스토랑과 선물 가게가 있는 플로어에서 차갑고 달콤한 음료(아마도 크림소다)를 같이 마셨다. 창밖에 보였던 아이스크림 같은 구름을 기억한다. 할머니는 수화물 검사장 입구까지 와서 배웅해주었다.

유메코와 가족들이 수화물 검사를 마치고 게이트 너머로 들어갔을 때, 작별 인사를 하는 곳의 유리 너머로 환하게 웃던 할머니가 "또 보자"라고 말했다. 그런 모양으로 입을 움직이고 환하게 웃으며 크게 손을 흔들었다. 그래서 유메코도 크게 손을 흔들었다. 언니와 함께 "또 올게요"라고 크게 입을 뻐

끔거렸다.

안녕이라고 말하지 않았다. 말하면 눈물이 흐를 것 같았고, 할머니도 안녕이라고 말하지 않았으니까. 금방 또 만날 줄 알았다. 다시 비행기를 타고 이 작은 공항에, 할머니가 있는 마을로 돌아온다고. 다음 여름방학에 또.

그랬다. 할머니와 헤어질 때는 언제나 안녕이라고 말하지 않았다. 하지만 그 후로 두 번 다시 할머니와 만나지 못했다. 다음 여름방학이 오기 전, 벚꽃 핀 봄에 할머니가 병으로 돌아가셨으니까. 안녕이라고 말하지 못한 채로 영원히 작별했다.

서점 사정으로 본점이 아니라 공항 서점에서 일해달라는 말을 들었을 때는 신뢰받는 것이 기뻐서 흔쾌히 이곳으로 이동했는데, 일을 시작한 후로 아주 조금 마음 한구석이 서글퍼진 이유는 무의식중에 공항은 누군가와 헤어지는 장소라고 생각하기 때문일지도 모른다. 이곳은 누군가와 만나도 결국 헤어지는 장소다.

서점 일에 제법 익숙해지고 점장과도 친해졌을 무렵, 일을 마치고 터미널 안의 바에서 두서없이 대화를 나눈 적이 있다. 일은 즐거운지, 곤란한 점은 없는지, 본점에 돌아가고 싶지는 않은지, 이런저런 대화를 나누는 사이사이 점장이 다정하게

각자의 하늘   103

그런 질문을 했다.

 점장 눈에 유메코는 즐겁게 일하는 것처럼 보인다고 했다. 그러나 때때로 쓸쓸해 보이기도 해서 무슨 일인지 걱정했다고 말해줬다. 아, 나를 걱정하는구나. 유메코는 처음에는 놀랐고, 점장의 마음을 미처 알아채지 못한 것이 부끄러웠고, 마지막으로 고마움을 물씬 느꼈다. 더듬더듬 유메코가 생각한 바를 말하자 창 너머로 공항의 야경을 바라보며 점장이 말했다.

 "음, 하기야 공항에 있는 가게는 손님을 배웅하는 장소지. 동네 서점과 달리 두 번 다시 못 만나는 손님도 많고, 만나더라도 다음은 이 년 후나 삼 년 후인 손님도 많이 있어. 비행기는 일 때문에 타는 사람 이외에는 일상적으로 타는 게 아니니까. 마을에 있는 본점처럼 손님의 이름을 기억하거나 좋아하는 책을 기억하거나, 한가할 때는 요즘 인기 있는 책이나 저자에 관한 이야기를 나누거나, 그런 건 어지간한 단골하고만 할 수 있는 일이지. 공항에서 일하는 손님이나 공항을 좋아해서 종종 놀러 오는 손님, 또 다른 이유로 공항에 드나드는 김에 찾아주는 손님 이외에는 여행자나 이동 중인 사람하고만 만나는 곳이 공항 서점이야. 그런 의미에서는 여기에서 일하는 게 조금 허무하고 쓸쓸해. 그렇게 생각한 적도 있어. 나도 그랬어. 작별만 있는 서점이라고. 실제로 영원한 작별도 있지. 다시 공항에 돌아오고 싶어도 두 번 다시 오지 못하는 손님도 있고, 사고도 생기니까. 이륙한 비행기가 지상에 내려오지 못해서 여행을 끝내지 못하는 손님도 있어."

점장은 무얼 떠올렸는지 잔에 든 얼음을 입에 물고 한동안 침묵했다. 물을 탄 위스키의 달짝지근한 냄새가 살짝 풍겼다.

"그래도."

점장이 눈가에 다정한 미소를 짓고 유메코를 돌아보았다.

"차츰차츰 이런 생각이 들었어. 어쩌면 평생 단 한 번뿐인 관계에 그치더라도, 이동이나 여행 도중에 단 한 번만 만나는 손님이라도, 오히려 그렇기에 책을 분명히 건네주고 싶다고. 말로 표현하지 않더라도 앞으로 여행이 무사하기를 바라는 마음을 담는 것도 괜찮겠다고 생각했어. '고맙습니다' 하고 고개를 숙이면서 좋은 여행을 다녀오세요, 하고 생각하는 거야. 바쁠 때는 깜빡 잊을 때도 있지만."

"여행이 무사하기를 바란다."

"손님이 서점을 나선 후에 어느 곳의 하늘을 날든, 공항을 나서서 집이나 회사로 돌아가든, 무사히 목적한 장소에 갈 수 있기를 바라는 거야. 앞으로 인생의 여행이 안전하기를, 이런 거창한 기도를 할 때도 있어."

수험생처럼 보이는 손님에게는 몰래 합격을 기원하기도 한다면서 점장이 눈가에 다정하게 주름을 지으며 장난스러운 표정으로 웃었다.

"마법사가 주문을 외우는 것 같아서 왠지 근사하지 않아?"

점장은 예전부터 에스에프나 판타지를 좋아해서 그런 책에 관한 지식도 풍부하다. 이야기를 좋아하는 걸 넘어 이야기 속 등장인물처럼 살아가는 사람이라고 유메코는 생각했다. 지적이고 일을 잘하고 예의 바르고, 출판사의 영업 사원이나 다른 서점 사람들에게도 인정받는 이름 있는 사람인데 이런 로맨틱한 소리도 하는구나 싶었다. 아내와 자식도 있는 어른스러운 멋진 신사인데.

'어른 중에도 이런 사람이 있구나.'

그렇게 생각하자 즐거웠다. 유메코와 아주 가까운 곳에서 살아가는 사람 같았다.

"점장님, 저도, 어어, 그런 마법사가 될래요⋯⋯."

말로 하니까 조금 부끄러웠지만, 유메코는 고개를 숙이고 말을 이었다.

"무사한 여행과 행복을 바라는 말을 외우는 마법사 서점 직원이 되고 싶어요."

"그거 멋진 말인데? 고마워."

그날 밤의 대화는 아마 대낮에 밝은 곳에서는 하지 못했을 것이다. 그때 대화를 회상하면 유메코는 언제나 조금 쑥스럽고 동시에 즐거운 기분이 들어서 키득키득 웃는다.

유메코는 누가 뭐래도 꿈에 푹 빠진, 꿈 많은 아이이고 이 점은 어려서부터 지금까지 변하지 않아서 마법사나 기적 같은 것을 동경하고 믿고 싶었다. 괴물도 요괴도 외계인도 세상 어딘가에 숨어 있다고 생각하면 두근거린다. 만화나 소설 속에 적힌 신비로운 일이 언젠가 내 눈앞에서 생기면 좋겠다고 꿈꾸고 바라기도 한다. 나이를 먹을 대로 먹었으면서 어린애 같다는 생각도 들지만. 그래도 같이 일하는 점장도 이른바 '같은 과', 동류여서 일하는 짬짬이 혹은 영업을 마친 후에 때때로 몽글몽글 신비로운 이야기로 꽃을 피운다.

점장이 말하기를, 이 공항에는 귀신 이야기가 많다고 한다. 예를 들어 국내선 로비는 마지막 비행 편이 떠난 후에 불을 끄는데 어스름 속에서 오도카니 소파에 앉아 하염없이 비행기를 기다리는 사람이 있다거나, 항공사 사람이 알아차리고 말을 걸려고 하면 순식간에 사라진다거나. 또 한밤중 국내선 비행기가 도착할 리 없는 시간인데 날개에 빛을 밝히고 소리 없이 착륙하는 비행기가 있다거나, 터미널에 여행자가 없는 새벽에 조용히 날아오르는 비행기가 있다거나.

"설마요, 그게 말이 돼요?"

같이 이야기를 듣던 아르바이트생은 웃었지만, 유메코는
그의 얼굴이 창백해진 걸 똑똑히 봤다. 공항은 워낙 넓고 역
사歷史도 있고 수많은 사람이 오가는 장소다. 그런 점에서 늘
그렇듯 일상적인 일만 일어나라는 법도 없다. 그래서 플로어
를 서성이는 유령도, 한밤중이나 새벽녘에 아무도 모르게 날
아가는 비행기 이야기도 이곳에서 들으면 아주 현실적으로 들
린다. 이곳은 마법과 매우 가까운 곳이다.

유메코도 이 공항에서 겪은 신비로운 경험이 하나 있다. 다
만 어렸을 때 기억이고 다른 사람도 아닌 유메코의 기억이니
아무래도 불확실하다. 어린 시절, 기억하기로 초등학교 삼 학
년 봄, 할머니의 삼 주기 제사에 가려고 가족과 이 공항을 찾
았을 때, 조금 신비로운 일을 겪었다. 겪었다고 생각한다. 자
신은 없지만.

이 서점에서 일을 시작하고 얼마 지나지 않았을 때, 점장에
게 "어렸을 때 딱 한 번 이 서점에 온 적이 있는데요"라고 말
한 적이 있다.

"초등학교 삼 학년 봄이었을 거예요. 제가 정말 좋아했던
할머니 제사가 있어서 시골에 가려고 가족이랑 공항에 왔는

데 길을 잃었어요. 저는 워낙 멍한 애였고 이 공항은 그때도 넓었거든요. 울먹이면서 뛰어다니다가 이 서점에 왔어요. 서점에 있던 직원 언니가 다정하게 대해줘서 기뻤어요."

"호오, 우리 서점과 인연이 있네. 직원 언니라, 누구였을까."

"앞치마가 잘 어울리는 예쁜 언니였어요. 책과 만화를 참 좋아하는 사람이었는데, 그때 이런 사람이 되고 싶다고 생각했던 기억이 나요. 지금 생각해보면 신기하죠. 저는 어릴 때 일은 기억이 되게 어렴풋하다고 해야 하나, 거의 기억하지 못하는데, 언니가 예뻤던 거랑 플로어에 벚꽃 조화가 아름다웠던 건 지금도 선명하게 기억나는 것 같아요."

으음, 하고 점장이 고개를 갸우뚱했다.

"사토 씨가 어렸을 때라면 대충 이십 년쯤 전이지? 그때 여기 공항에서 봄에 벚꽃 조화를 장식했었나? 국제선 터미널이 아니라 우리 서점 근처, 그러니까 국내선 터미널이었지?"

"네."

으으음. 점장이 생각에 잠겼다.

"그때 나는 아직 다른 지점에 있었으니까, 그 시절의 공항 분위기는 자세히 모르고 이제는 나이도 먹었으니까 어쩌면 기억이 잘못됐을 수도 있는데, 그때라면 아직 국제선 터미널에만 벚꽃을 장식했던 것 같아. 장식이라지만 지금처럼 대규모도 아니었던 걸로 기억해. 진짜 벚꽃을 레스토랑 골목 주변의 눈에 띄는 곳에 심어놓은 정도였어."

"네?"

유메코는 놀랐다. 그날 플로어에서 봤던 벚꽃 조화는 기억 속에서 찬란하게 반짝이며 피어 있었다. 설마 착각은 아닐 것 같은데.

'하지만⋯⋯.'

유메코는 어깨를 축 늘어뜨리고 어휴, 하고 한숨을 쉬었다. 어쨌거나 어린 시절 유메코의 기억이다. 솔직히 신뢰하기 어렵다. 어른이 되어 이 터미널에서 일을 시작하고 당연하게 봄이 되면 벚꽃 조화를 봐왔으니까 기억이 뒤섞였을 수도 있다. 있을 법한 일이다. 그리고 또 하나의 가능성에 생각이 미쳤다.

'어렸을 때 내가 여기저기 뛰어다니다가 국제선 터미널까지 갔을 수도 있지⋯⋯.'

아무리 그래도 거리가 너무 멀고, 공항 내 버스를 타지 않는 한 거기까지 가기는 어려울 것 같다. 하지만 길을 잃은 아이가 생각보다 멀리까지 가는 걸 유메코는 안다. 자랑은 아니지만 어려서 툭하면 길을 잃었으니까.

또 그날 유메코는 허둥거렸다. 조금 전까지 가족과 함께 있었는데 어느새 혼자 남았으니까. 멍하니 넋을 놓은 내 잘못이라고 생각했다. 하나님과 부처님, 떠오르는 대로 아무에게나 죄송하다고 사과했다. 내가 잘못했어요, 바보였어요, 그러니까 가족 곁에 가게 해주세요, 달리며 이렇게 기도했다.

그날 비행기를 타러 공항에 와서 가족과 터미널을 걸었는데, 걸으면서 유메코는 할머니를 떠올렸고 꼬리에 꼬리를 물며 이런저런 생각을 하다가 정신을 차리자 혼자 덩그러니 있었다. 얼른 가족과 합류하지 않으면 날 두고 떠날 거야, 비행기가 출발할 거야, 할머니의 제사에 늦을 거야, 이런 생각에 울음이 터질 것 같았다. 장례식에 가지 못했으니까 제사에는 매번 갈 생각이었는데. 할머니와 만나고 싶었다. 안녕을 말하지 못한 할머니와 만나고 싶었다. 그랬는데, 하고 생각하자 너무 가슴이 미어지고 자기 자신이 한심했다.

공항은, 게다가 여기처럼 규모가 큰 공항은 어린애에게는 너무 넓어서 뭐가 뭔지 모르겠는 곳이다. 안내 데스크에 길을 물어보면 된다는 지식도 없거니와 그럴 여유도 없다. 혼란스러워서 마구 달리며 돌아다녔던 것 같다. 기억 속의 공항은 복잡했다. 아마도 주말이나 공휴일이었을 것이다. 어린애 키웠으니 어른들에게 파묻혔다. 주변이 안 보여서 숨이 막혔다. 어른들이 든 트렁크나 캐리어에 부딪혀 위험하다고 혼나기도 했다.

눈물을 글썽이며 터미널을 헤매다가 마치 벚꽃이 인도해준 것처럼 도착한 작은 서점을, 수많은 책과 함께 자신을 반겨준 다정한 언니를 분명 기억하는데.

'내가 국제선 터미널에 있는 서점에 갔나?'

공항의 가게는 자주 바뀐다. 하지만 어느 시대나 터미널에 서점은 있었을 것이다.

'음, 그래도 여기에서 일하게 된 후로 분명 몇 번이나 여기를 알고 있다고 생각했고 반갑기도 했는데……'

그래도 뭐, 아니겠지. 자기 기억만큼은 믿을 수 없다는 걸 슬프게도 유메코는 너무도 잘 알았다.

터미널 플로어가 넓은 창에서 내리쬐는 하늘빛으로 시시각각 물들었다. 밤의 푸른빛으로 완전히 바뀔 무렵, 아르바이트생이 왔다. 슬슬 교대할 시간, 유메코의 휴식 시간이다. 손님 발길도 마침 끊어져서 유메코는 앞치마를 두르고 온 대학생에게 계산대 앞을 양보했다.

기분 좋은 피로감에 가볍게 한숨을 쉬며 가게 안쪽의 기둥 뒤편 직원실로 숨었다. 워낙 좁은 서점이어서 이곳도 작은 테이블과 파이프 의자 두 개, 사물함과 책장, 거기에 뭔가 잔뜩 담아 겹쳐 쌓은 상자로 꽉꽉 차 있다.

그래도 커튼으로 나뉜 좁은 공간에 몸을 감추는 시간도 익숙해지면 마음 편한 휴식 시간이다. 유메코는 의자에 앉아 눈을 감고 천장을 향해 두 팔을 쭉 뻗었다. 잠시 쉬었다가 평소 하던 대로 저녁밥을 사러 가야지. 베이글 샌드위치를 먹을까. 주먹밥 세트도 좋고. 오늘은 좋은 일이 있었으니까 조금 사치를 부려 비싼 공항 한정판 도시락을 살까?

이렇게 저렇게 머리를 굴리다가 문득 생각이 나 가방을, 조금 해진 커다란 천 가방을 끌어당겼다. 항상 책과 과자, 문구류로 꽉 차서 제법 묵직한 가방이다. 어려서부터 짐이 항상 많았다. 그 가방을 부스럭부스럭 뒤졌다. 아, 찾았다.

리본을 단 작은 종이봉투를 꺼낸 유메코는 살포시 웃었다. 자기가 쓰려고 산 것이지만 리본을 달아달라고 부탁했다. 언니를 위해 고른 선물과 커플 아이템이니까. 색이 다른 커플 아이템. 사기는 했으나 왠지 뜯지 못하고 계속 들고 다닌 바람에 종이도 리본도 여기저기 지저분하고 터져서 낡아 보였다.

커튼 안에서 공항의 혼잡한 소리에 귀를 기울이면 예전에 미아가 됐던 날이 떠오른다. 이른 저녁, 밤이 가까워지는 넓은 공항에서 혼자가 되어 어쩔 줄 모르며 가족을 찾는 어린애였던 자신. 그때는 익숙하지 않은 하얀 원피스를 입고 있었는데, 너무 길어서 치맛자락을 자꾸 밟을 뻔해 울고 싶었다. 할머니가 돌아가시기 얼마 전에 보내준 원피스였다. 유메코에게는 조금 컸던 원피스. 간신히 키가 자라서 입을 수 있었다. 꼭 그 원피스를 입고 할머니의 마을에 가고 싶었다.

공항의 혼잡한 소리와 인파에 꿀꺽 삼켜질 것 같아서 무서웠다. 그래도 서점의 예쁜 언니가 괜찮다고 말을 걸어줘서 진정했다. 울먹이며 유메코가 길을 잃었다고 말하자 그 사람은 "금방 언니랑 만날 수 있어. 할머니 동네에 갈 수 있어"라고 말해주었다.

그 서점에는 새미있어 보이는 책이 정말 많았다. 처음 보는 책과 만화가 가득했다. 도서관에서도 본 적 없는 그림책, 아동용 도서. 표지가 화려한 단행본. 그때 유메코는 울먹이느라 정신없고 위장이 뒤집힐 정도로 불안했다. 빨리 가족을 찾아야 한다고 안절부절못했다. 그래도 서점에 꽂힌 색색의 책들을 봤을 때, 아주 잠깐 불안함도 초조함도 사라졌다. 언니가 다정한 목소리로 자랑스럽게 말했다.

"멋진 책이 참 많지? 내가 책을 골라서 서점에 진열했어."

책장 앞에서 몸을 살짝 굽히고 유메코에게 웃어준 그 사람은 어딘가 할머니와 닮았다. 책방에 있을 때의 할머니 같았다. 마치 책 세계의 왕처럼 책을 거느리고 책방에 서 있었다. 책에 대해서는 뭐든지 알아서 손님에게 존경받았던 할머니. 할머니를 생각하니까 참았던 눈물이 뺨을 타고 흘렀다. 서점 언니가 손수건으로 눈물을 닦아주고 그 손수건을 선물로 주었다. 비행기와 공항 그림이 그려진 옥색 손수건이었다.

"여기는 언니 서점이야?"

그렇게 묻자 서점 언니가 고개를 끄덕이고 방긋 웃었다. 벚꽃 같은 색의 입술이 정말 예뻤다.

"이 계단을 내려가면 언니랑 만날 수 있어."

서점 언니가 알려준 대로 나선 계단을 내려갔다. 원피스 자락을 밟지 않으려고 공주님처럼 옷단을 붙잡고 한 걸음 한 걸음 내려갔다. 해 질 무렵의 빛에 물든 플로어에, 벚꽃 조화가 장식된 그곳에 있는 언니가 보였다.

언니가 유메코를 발견하고 손을 잡고 조금 서둘러 뛰어서 부모님이 있는 곳으로 데려가주었다. 그 덕분에 비행기 시간에 늦지 않았다. 마음이 놓여 훌쩍이던 유메코는 언니의 손을 붙잡고 다시는 이 손을 놓지 않겠다고 마음속으로 맹세했다.

"어렸을 때 나 지키는 거 싫지 않았어?"

어른이 된 후에 언니에게 물어본 적이 있다. 계속 마음 한구석에서 걱정했었다. 너무 미안해서. 자신처럼 어리바리한 동생이 곁에 있으면 부담됐을 것 같아서.

"왜 그런 걸 묻니?"

놀란 표정으로 언니가 되물어서 유메코가 더듬더듬 어린 시절의 심경을 설명하자 언니는 즐겁게 웃었다.

"귀찮다고 생각한 적 없었어. 손을 잡고 걸으면 즐거웠는걸. 꼭 둘이서 거리를 모험하는 것 같았지. 유메코랑 같이 있으면 아무리 먼 곳까지도 걸어서 갈 수 있겠다고 생각했어. 마치 용기를 주는 부적 같았다고 해야 하나."

그랬다면 다행이다. 이제는 더 이상 예전처럼 손을 잡고 다니지 않지만 유메코의 손에는 언니 손의 온기가 남았다. 이 온기가 있는 한 혼자라도 길을 헤매지 않는다고 믿는다.

언니와는 이미 같은 집에 살지 않는다. 언니는 대학을 진학하면서 집에서 나갔고 그 후로 쭉 혼자 산다. 그래도 유메코는 언니를 좋아했다. 아마 앞으로 평생 좋아할 것이며 언젠가 할머니가 된 후에도 하늘을 날아가는 새 같은 언니를 여기 지상에서 계속 올려다볼 것이다.

"이거, 한번 써볼까?"

언니와 커플 아이템인 립 팔레트를 살짝 열었다.

언니도 이 공항에서 일한다. 둘 다 일이 있고 언니는 하늘 위에 있는 시간이 길어서 자주 만나지 못하지만 타이밍이 맞으면 유메코는 언니와 공항에서 데이트했다.

늘씬하게 키가 크고, 한 갈래로 묶은 긴 머리를 늘어뜨리고 시원시원하게 걷는 제복 차림의 언니는 멋지다. 둘이 재잘거리며 터미널 안을 걸을 때면 모두 언니를 돌아본다. 그럴 때면 유메코는 어린 시절로 돌아간 것처럼 "우리 언니, 멋지죠?" 하고 자랑하고 싶어진다.

언니는 조종사다. 여성 조종사는 국내에 아직 몇 명 없다. 지금은 홋카이도와 이곳을 오가는 하늘을 날아다닌다. 아직 부조종사이지만 분명 머지않아 기장이 될 것이다. 언니는 언젠가 국내선뿐만 아니라 국제선 비행기도 직접 운행할 수 있는 조종사가 되고 싶다고 했다. 어디까지든, 저 멀리까지 날아가고 싶다고.

언니는 어려서부터 비행기를 좋아했다. 할머니 집에 갈 때늘 하늘을 날아서 다니던 것이 비행기를 좋아하는 계기가 됐다. 또 할머니 책방에서 비행기 관련 그림책이나 사진집을 보고 선물로 받으면서 점점 더 좋아하게 됐다.

언니가 조종사를 목표로 대학에 진학하고 싶다고 가족에게 말을 꺼낼 때까지 유메코는 언니의 꿈을 전혀 몰랐다. 그때 부모님도 그 말을 듣고 놀랐던 걸 기억한다. 그건 아무에게도 밝히지 않은 언니만의 꿈이었다.

부모님은 지금까지 말해주지 않았다니 조금 서운하다고

웃었지만, 유메코는 생각했다. 언니에게 그 꿈은 가볍게 말할 수 없는 꿈, 마음속에서 소중하게 키워온 반드시 이루고 싶은 꿈이구나. 어렸을 때 비행기 책을 읽고 또 읽던 언니의 모습이 기억에 남아 있다. 나이를 먹어서도 언니의 책장에는 비행기와 공항에 관한 책과 잡지가 잔뜩 있었던 것을 유메코는 알고 있었다.

언니의 꿈을 알았을 때, 왠지 신기하다고 생각했다. 같은 할머니의 손녀이고, 같은 비행기를 탔고, 할머니의 책방에도 같이 갔고, 겨우 두 살 차이인데 언니는 마음속에 유메코와 전혀 다른 꿈을 품고 자랐다.

지상을 떠나 하늘로 날아오르겠다는 꿈은 언니와 잘 어울리고 멋졌다. 동시에 머나먼 하늘 위를 날아가는 새를 올려다보는 것처럼 쓸쓸한 기분도 느꼈다.

"왠지 나를 두고 가버릴 것 같아……."

하늘 위를 가는 언니는 도저히 쫓아갈 수 없다. 나는 이제 쫓아가지 못한다. 언니가 손을 잡고 끌어주지 않는다. 지상에서 올려다볼 수밖에 없다. 무심코 중얼거리고 허둥지둥 입을 막자 언니가 밝게 웃었다.

"내가 하늘을 나는 건 유메코랑 아빠랑 엄마를 구름 위로 데려가기 위해서야. 수많은 사람을 데리고 하늘을 날기 위해

제2화

나는 조종사가 될 거야."

"어?"

"어려서 할머니 집에 갈 때, 너는 비행기를 타면 항상 정말 즐거워했어. 물론 나도 모험 같은 여행을 떠나는 것 같아서 두근거렸지. 하늘 위는 멋지고 짧은 여행이 끝나면 작은 공항에서 할머니가 기다리고 계셨잖아. 우리를 만나고 싶어서 생글생글 웃으며 기다리고 계셨어. 비행기에서 그 모습을 상상하는 것도 즐거웠어. 문득 그런 생각이 들었어. 우리처럼 자신을 기다려주는 사람에게 가려고 하늘을 나는 사람도 아주 많겠구나. 소중한 사람을 만나기 위해 비행기를 타고 다들 하늘을 날아가는구나. 만나기 위해서, 돌아가기 위해서, 재회하기 위해서 우리는 다 같은 비행기를 타고 여행하는구나. 그때 마침 기내 방송이 나왔지. 기장이 즐거운 목소리로 지금 날아가는 하늘의 고도, 순조로운 비행 상태를 우리 승객에게 알려줬어. 아하, 지금 말하는 저 사람이 이 비행기를 날아가게 해주는구나, 하고 깨달았지. 저 사람이 기내에 있는 수많은 승객, 유메코나 나나 엄마를 지키며 하늘을 날게 해주는구나. 덕분에 우리도 하늘을 날 수 있구나. 우리 할머니처럼 각자의 기다려주는 사람을 만나러 갈 수 있구나. 그때 나도 그런 사람이 되고 싶다고 생각했어. 수많은 사람을 태우고 그들이 가고 싶어 하는 거리에, 기다려주는 사람이 있는 곳에 데려가주는 일. 그게 내 꿈이야."

언니, 어렸을 때부터 하나도 안 변했다. 그때 유메코는 생각했다. 언니는 정직하고 강하고 다정하고 밝은, 이야기 속 주인공 같은 여자다.

올해, 그런 언니에게 줄 생일 선물로 유메코는 립 팔레트를 골랐다. 화장용 기름종이를 사러 자주 다니던 가게에서 아기자기하고 자그마한 립 팔레트를 발견했다. 언니와 잘 어울릴 선명한 빨간색으로 고르고 봉투에 리본을 달아달라고 했다. 그때 문득 옆에 있던 연한 벚꽃색 립 팔레트에 시선이 갔다. 가게 직원이 넌지시 말했다.

"벚꽃색은 은은하고 우아한 색이어서 일할 때 발라도 자연스럽고 품위 있어 보일 거예요."

은은한 이 색이라면 화장을 안 하는 자신에게도 어울리지 않을까. 그렇게 생각해 용기를 내 묻자 직원이 미소를 지었다.

"손님은 피부가 하야니까 잘 어울릴 거예요."

빨간색 립 팔레트는 지난번 데이트 때 언니에게 줬다. 언니는 자기 집에 돌아가 립을 바르고 직접 사진을 찍어 유메코에게 보내주었다. 메시지에 첨부된 언니의 웃는 얼굴이 최고로 아름다워서 그 색을 고르기를 잘했다고 생각했다. 빨간색은 언니 같은 미인에게 어울리는 색이고, 강렬하고 정직한 주인공의 색이다.

"언니만큼 어울리지는 않겠지만, 안 쓰면 얘한테도 미안하니까."

자기변명처럼 말하며 벚꽃색 립 팔레트를 열었다. 누가 뭐래도 오늘은 멋진 일이 있었다. 정말 좋아하는 만화가와 기적처럼 만나다니. 게다가 오랫동안 품어온 마음도 전할 수 있었다. 살면서 이렇게 멋진 일은 웬만해서는 없을 게 당연하다. 기념으로 쓰기 시작해도 좋겠지, 이렇게 생각하자 거울 속의 자신이 저절로 웃음을 지었다. 조금 두근두근하며 벚꽃색 립을 손가락으로 찍어 입술에 발랐다.

"와아."

연한 펄이 든 벚꽃색은 유메코의 피부색과 잘 어울렸다. 살짝 남은 주근깨 흔적에도 어울리는 우아한 색이었다.

"내 입술이 아닌 것 같아. 귀엽다……."

루주가 담긴 팔레트의 작은 거울로는 입술만 보인다. 그래도 미소를 지으니 입매가 참으로 다정한 공주님처럼 보인다.

'더 큰 거울로 보고 싶다.'

슬쩍 일어났다. 매장에는 도난 방지용 거울이 여기저기 있다. 그걸로 잠깐만 보고 오자.

'아르바이트생한테 들키면 민망하겠지?'

그렇게 생각하며 커튼을 젖히고 매장으로 쑥 고개를 내밀었다.

"어라? 어디 간 거지?"

계산대에 아무도 없었다. 다행히 지금은 손님도 안 보인다. 서점 안에 아무도 없다. 유메코는 서둘러 계산대로 들어갔다.

"아르바이트생은 대체 어디를 간 거지……."

주위를 둘러보았다. 시선에 문득 거울이 들어왔다. 보려고 본 게 아니어서 마음의 준비를 하지 못한 채 자기 모습을 봤다. 조금 멀리서. 그러나 또렷하게.

'와, 예쁘다…….'

거기 있는 사람은, 계산대에 서서 이쪽을 바라보는 사람은, 뺨이 조금 불그스름하고 벚꽃색 입술을 지닌 여자였다. 마치 이 서점을 도맡아 지키려는 것처럼, 책장들을 배경으로 앞치마를 걸친 가슴을 펴고 늠름하게 고개를 들고서. 곧바로 부끄러워져서 웃음이 터져 환하게 웃는 얼굴이 됐지만, 분명 그 순간 유메코는 아름다운 서점 직원의 모습을 목격했다. 왠지 모르게 그리운 모습을.

그 미소는, 그렇지, 기억 속에 남아 있는 먼 옛날의 할머니와 비슷했다. 사랑하는 책들 사이에 서서 손님을 맞이하고 미소를 짓는 할머니. 유메코나 언니가 책방에 가면 기쁘게 웃어주었던 그리운 미소와 닮았다.

바로 그 순간, 갑자기 기적이 일어났다. 작은 서점 입구에 하얀 원피스를 입은 가냘픈 소녀가 울먹이느라 새빨간 눈을 하고 서 있었다. 아이는 유메코의 시선을 알아차리고 훌쩍이며 말했다.

"길을 잃었어."

꿈을 꾸는 기분으로, 유메코는 공간을 헤엄치듯이 계산대에서 나와 아이에게 다가갔다. 유메코를 올려다보고 눈물을 어떻게든 참으며 아이가 계속 말했다.

"언니랑 아빠랑 엄마가 어디 있는지 모르겠어. 비행기를 못 탈 거야. 나만 두고 갈 거야. 할머니 동네에 가고 싶어……."

심장이 튀어나올 것 같았다.

'나야. 이 아이는 나야.'

그날 이 공항에서 가족을 놓치고 미아가 된 나였다. 이 순간, 서점 입구의 이 자리에서 앞치마를 입은 서점 직원을 올려다본 기억이 유메코 안에 분명히 있었다. 어린 시절의 유메코가 지금 여기에 서서, 어른이 된 유메코를 올려다보고 있었다.

어떻게 이런 일이 일어났는지는 생각하지 않았다. 그저 지금 내 눈앞에 그때의 내가 서 있는 것은 분명한 사실이고, 아무리 말이 안 되더라도 실제로 벌어진 이 현상을 의심할 수 없다는 걸 유메코는 알고 있었다.

소설이나 만화 속에서 주인공에게 신비로운 일이 생기는 이야기나 기적이 벌어지는 순간을 언제나 부러워했다. 나에게도 그런 일이 생기기를 바랐다.

'물론 그럴 리 없다고 매번, 매번 생각했는데.'

하지만 마법이란 이렇게 갑작스럽게 현실 세계에 파고드는구나, 하고 어질어질하면서 한편으로는 명석하게 맑은 머리로 유메코는 생각했다. 왜 이런 기적이 일어났는지 이유는 생각하지 않는다. 아니, 이유라면 얼마든지 떠올릴 수 있다. 예전에 할머니가 말씀하셨듯이 책에는 마법의 힘이 깃들어 있는지도 모른다.

'책에는 마법의 힘이 있단다. 종이에 인쇄된 그림이나 글을 보기만 해도 여기 없는 세계가 보이다니 신기하지? 마법의 주문이 적힌 것 같지 않니? 책은 틀림없이 마법으로 이루어졌어. 책방에서는 마법을 진열하고 파는 거야.'

책방은, 서점은 마법을 파는 곳인걸. 기적쯤 일어난다고 뭐가 이상해. 어린 유메코의 깊은 슬픔과 할머니를 생각하는 마음이 미래로 가는 문을 열었을 수도 있다. 혹은 공항이라는 이 신비로운 장소가 지닌 힘이 변덕스럽게 기적을 일으켜줬을 가능성도 있다. 어쩌면 그 전부가 합쳐져서 혼돈의 힘이 되어 기적이 일어났을지도.

'아, 그랬구나.'

머릿속으로 짝, 하고 손뼉을 치며 유메코는 고개를 끄덕였다.

'그날 나는 시간을 뛰어넘어 미래의 봄날 이 공항에 온 거야. 그러니까…….'

그러니까 기억 속 플로어에 벚꽃 조화가 잔뜩 장식돼 있던 것이다. 어쩌면 이 아이가 있었던 이십 년 전 봄에는 이 공항에 피지 않았을지도 모르는 조화로 된 다정한 벚꽃을, 그래서 어린 시절의 유메코는 기억하고 있던 것이다.

"괜찮아."

유메코는 과거의 자신에게 말을 걸었다.

"금방 언니랑 만날 거야. 할머니 동네에 갈 수 있어."

그래. 과거에 유메코는 그 후에 가족과 무사히 재회했다. 할머니 동네에 갈 수 있다. 공항, 이 지상에 홀로 남겨지는 일은 없다.

하얀 원피스를 입은 여자애가 지친 발걸음으로 두 걸음, 세 걸음 서점 안에 들어왔다. 입구 바로 옆의 아동서와 만화책 코너의 진열대에 힐끔 시선을 준다. 우느라 부은 눈이 동그래지더니 반짝반짝 빛났다. 입술이 움직이는 건 작은 목소리로 제목을 읽기 때문이다. 유메코는 몸을 살짝 굽히고 말했다. 조금은 자랑스러운 마음으로.

"멋진 책이 참 많지? 내가 책을 골라서 서점에 진열했어."

'그래, 그때 그건 미래의 책이었어……'

할머니의 삼 주기 제사에서 돌아온 후, 유메코는 그날 서점에서 본 재미있을 것 같은 책들을 서점과 도서관에서 찾으려고 했다. 그런데 도무지 찾지 못했다. 제목을 잘못 기억했거나(하여간 멍하게 살았던 어린 시절이다. 그러고도 남는다) 특별한 책을 모아놓은 서점인 줄 알았는데.

'그 시대에 존재하지 않았던 책은 아무리 찾아도 못 찾지. 그건 전부 미래의 책이었어.'

그때 읽고 싶어서 안달이 났던 책은 지금 유메코가 골라서 진열한 책이다. 지금이라면 모든 책을 읽을 수 있다고 생각하자 신비로워서 입가에 미소가 지어졌다.

어린 유메코는 멋지다고 말하고 싶은 듯이 고개를 끄덕였다. 번쩍 유메코를 올려다보는 눈에서 눈물이 흘러 뺨을 타고 내렸다. 유메코는 아이 곁에 다가가 앞치마 아래로 유니폼 주머니를 뒤졌다. 치마 주머니에는 오늘 아침에 넣어둔 손수건이 있다. 이 터미널에서 파는 선물용 손수건으로 예전에 보고 귀여워서 사서 쭉 쓰고 있다. 이 공항 한정 디자인으로 색은 옥색이다.

뺨을 적신 눈물을 닦아주며 유메코는 동시에 어렸을 적 눈물이 닦이던 감촉도 기억해냈다. 유메코는 손수건을 아이에게 건넸다. 오래전 '다정하고 예쁜 서점 언니'에게 받은 옥색 손수건은 지금도 유메코 방의 옷장 서랍 어딘가에 잠들어 있을 것이다. 고마워, 하고 예전의 유메코인 여자애가 웃었다. 주근깨가 귀엽다.

"여기는 언니 서점이야?"

여자애가 책장을 바라보며 황홀한 표정으로 물었다. 유메코는 끄덕이며 생긋 웃었다. 벚꽃색 입술로.

지금 눈앞에 있는 어린 시절의 자신에게 하고 싶은 말이 산더미처럼 많았지만, 가슴이 벅차올라 말이 나오지 않았다. 무엇보다 빨리 이 아이를 가족 품에 돌려보내야 했다. 자칫하면 비행기를 놓친다. 유메코는 아이를 데리고 서점에서 나왔다. 뻥 뚫린 플로어에서 아래층을 가리켰다. 황혼이 지는 하늘빛에 물들어가는 벚꽃 조화로 장식된 중앙 광장을. 괜찮아, 진정하렴. 유메코는 과거의 자신에게 말을 걸었다.

"이 계단을 내려가면 언니랑 만날 수 있어. 벚꽃이 핀 저곳으로 내려가면 돼."

이렇게 알려주자 아이는 어떻게 그렇게 잘 아냐는 듯 의아한 표정을 지었다.

"언니는 뭐든지 다 알거든. 길을 잃었을 때 어떻게 하면 되는지도."

유메코가 검지를 척 세우며 웃어 보였다.

"왜냐하면 나는 서점 언니니까. 알고 있니? 책에는 마법의 힘이 있어. 종이에 인쇄된 그림이나 글을 보기만 해도 여기 없는 세계가 보이다니 신기하잖아? 마법의 주문이 적혀 있는 것 같지? 책은 분명 마법으로 이루어진 거야. 서점은 마법을 진열하고 파는 곳이야."

그러니까 서점에 있는 나는 마법사란다, 마지막에 덧붙인 한마디가 아이의 귀에 들렸을지는 모르겠다. 지금 유메코가 기억하지 못하니까 아마 듣지 못했겠지.

하얀 원피스를 입은 아이는 신데렐라처럼 옷자락을 움켜쥐고 계단을 내려갔고, 이윽고 번쩍 고개를 들어 무언가를 발견한 듯이 계단 아래 플로어 어딘가를 뚫어지게 바라보았다. 그러고는 불안정한 발걸음으로 뛰어가더니 곧 모습이 보이지 않았다.

내 시간이 과거의 세계로 돌아갔구나, 하고 유메코는 생각했다. 유메코를 찾고 있던 언니와 계단 아래에서 만나고 곧 가족과 합류한 그때의 기억이 바로 어제 일처럼 선명하게 되살아났다. 이십 년 전 과거 세계, 그 이후로 몇 차례나 있었던 리모델링 공사를 하기 전의 터미널로 그날의 유메코는 돌아갔다. 하얀 원피스를 나부끼며. 좋아하는 언니와 손을 맞잡고.

"책을 좋아하는 아이들은 언제나 책의 마법이 지켜준단다. 기적은 언제나 아이들 곁에 있어."

옛날에 할머니에게 그런 말을 들었던 것도 같다. 서점 책장 앞에 서서 그림책과 아동서 진열대를 정리하던 유메코는 그 말을 떠올렸다. 그래, 책 냄새를 맡으면서 그 말을 들은 기억이 있어.

'기적은 언제나 아이들 곁에 있다.'

진열대를 정리하는 시선 끝에 문득 다정하게 책을 정리하는 사람의 손이 보인 것 같았다. 그리운 향기에 그쪽을 돌아보자 할머니가 거기에 서서 유메코에게 웃어주었다.

'할머니.'

한순간의 환상이었다. 눈을 깜박이자 금방 사라질 만큼 찰나의. 유메코는 눈에 맺힌 눈물을 닦으려고 주머니에 손을 넣었다가 거기 있어야 할 손수건을 과거의 자신에게 건넨 것을 떠올리고 씁쓸하게 웃었다. 고개를 숙여 앞치마 자락으로 눈가를 닦았다.

'할머니와 예전처럼 만날 순 없지만.'

그래도 언제나 곁에 있다.

아르바이트생이 죄송해요, 죄송합니다, 하고 외치며 서점으로 뛰어왔다.

"그게 오늘 배가 조금…… 어제 일주일 전에 만든 야키소바를 먹은 게 잘못됐는지…… 갑자기, 으으으."

그는 새파랗게 질린 얼굴을 하고 앞치마 위로 배 주변을 꾹 눌렀다.

"괜찮아? 병원에 가봐."

유메코가 목소리를 낮춰 말했다. 공항에는 병원이 있다. 식중독이라면 쉽게 보면 안 된다. 자칫했다가는 귀중한 전력이 당분간 전선에서 이탈할 수도 있다. 그리고 무엇보다 배가 아프면 괴로우니까.

"괜찮아. 오늘 저녁은 내가 계산대를 맡을 테니까."

"그래도 돼요?"

"나한테 맡겨."

가슴을 활짝 폈다. 배가 조금 꼬르륵거렸지만, 사탕이라도 먹어서 달래야겠다.

"안심하고 병원에 다녀와. 그대로 퇴근해도 되니까 나중에 점장님이랑 나한테 연락만 해줘."

"네."

앞치마를 벗으면서 아르바이트생이 비틀비틀 터미널 병원 쪽으로 걸어갔다. 상태를 보아하니 오늘은 서점에 돌아오지 못하겠다.

'지금 겪은 신비한 일을 말하고 싶었는데.'

역시 그런 건 말도 안 돼요, 하고 말할까? 아르바이트생이 멈춰 서더니 뒤를 돌아보고 말했다.

"저기, 립 잘 어울려요."

"알았으니까 얼른 가."

유메코가 웃으며 손을 흔들자 대학생이 헤헤, 헤실거리고 급하게 멀어졌다.

이런저런 일로 잠깐 마음이 붕 들떴는데, 손님 두 사람이 서점에 들어왔다. 그들은 각자 여성 잡지 코너 앞과 문학 단행본 신간 코너 앞에 섰다.

'으악, 손님이 오는 줄도 모르고 있었잖아.'

유메코는 살짝 몸을 움츠리고 계산대로 돌아가 의연한 표정으로 섰다. 그러다가 뭔가 기억을 스치는 게 있어서 손님들 쪽에 힐끔 시선을 주었다.

'두 사람 다 어디서 본 것 같은데.'

그렇다고 서점 단골이라는 느낌은 아니다. 그런 경우는 본 순간 바로 알아차린다. 늘 어딘가 멍한 유메코지만 기억력만큼은 그럭저럭 자신이 붙었다.

둘 다 여행자 같았다. 아마도 하늘 여행을 마치고 여기 공항에 내린 지 얼마 지나지 않았을 것이다. 조금 지치고 나른한 분위기, 캐리어에 여전히 붙어 있는 출발지와 도착지의 공항 코드가 인쇄된 라벨로 알 수 있다. 바로 공항을 나가서 집으로 돌아가거나 어딘가로 향하기에는 피곤해서 잠깐 한숨을 돌리기로 했다든지 혹은 누군가와 만날 약속이 있을지도 모른다. 아무튼 나름의 사정으로 서점을 향해 발길을 옮겼으리라.

둘 다 아마도 사십 대 후반이거나 오십 대 초반 같았다. 동년배 여성으로 보이지만 일행은 아닌 듯했다. 기둥과 책장이 둘 사이에 있어 서로의 존재를 알아차리지 못했다. 시선도 나누지 않는 것으로 보아 각자의 여정을 거쳐 같은 날 비슷한 시각, 우연히 같은 타이밍에 이곳에 있게 된 두 사람이 아닐까.

여성 잡지 코너 앞에 있는 사람은 커다란 모자와 선글라스를 쓴, 마르고 아름다운 여성이었다. 혼자 공항에 다니는 데

익숙한지 자세에 여유가 넘친다. 걸친 옷도 여행에 익숙해 보이고 은근히 화사하다. 예를 들자면, 연예계에서 활동하는 사람 같은 느낌의.

'아, 저 사람 배우다.'

저 사람은 얼마 전에 서스펜스 드라마에서 봤다. 슬픈 죄를 저지른 살인범 역이었다. 최근 버라이어티쇼에서 다른 연예인들과 함께 의자에 앉아 있는 모습도, 연속 드라마 여주인공의 이모 역으로도 본 적이 있다.

같이 텔레비전을 보던 엄마가 "저 배우, 젊었을 적 고왔어. 드라마 주연도 많이 맡았지. 지금도 예쁘고 인기가 있겠지만 나이를 먹으니까 좀 수수해졌네" 같은 심한 소리를 했었다. 하기야 엄마 말처럼 화사함은 조금 줄었을지도 모른다. 그러나 연기를 잘하고 존재감이 있어 마음에 드는 배우였다.

공항에서는 배우나 아이돌과 제법 자주 마주치는데, 볼 때마다 가슴이 두근거린다. 그러나 눈이 마주치면 실례일 것 같아 최대한 모르는 척한다. 연예인들은 아무래도 피곤한 일을 많이 겪을 테니 최소한 서점에 있는 동안에는 느긋하게 지내기를 바란다.

한편 다른 사람, 문학 코너에 있는 손님은 누가 봐도 '평범'한 느낌. 말하자면 평소에 동네 상점가에서 가게 상인이나 동네 사람들과 즐겁게 담소를 나누며 저녁 찬거리를 살 법한 여성이었다. 자그마한 체구에 통통하게 살이 붙고 뺨에는 보조개도 있다. 다정다감하고 귀여운 분위기여서 가족이나 친구에게 사랑받을, 자기도 모르게 말을 걸고 싶어지는 사람이다.

이쪽은 여행에 그다지 익숙하지 않은지 캐리어는 새것이고 여행용으로 입었을 옷도 몸에 착 붙는 느낌은 아니었다. 이 공항에 처음 왔거나 아니면 오랜만인 듯 가끔 쭈뼛거리는 시선으로 주위를 둘러본다.

저 사람이 신경 쓰이는 이유는 아까 가게에 들어선 순간을 마침 목격했기 때문이기도 하다. 저 손님은 마치 도망치듯이 몸을 숨기려는 것처럼 서점 안으로 몇 걸음 거의 뛰다시피 들어왔다.

'이 손님도 아는 사람 같은데.'

저 웃음, 사람 좋아 보이는 웃는 얼굴을 분명 어디에선가 본 기억이…… 문학 코너 앞에서 책등을 올려다보는 손님의 옆얼굴이 보였다. 지친 표정이 서서히 풀리고 부드러워졌다. 안전한 곳에 돌아와 마음을 놓은 사람처럼. 입가에 살포시 미소가 떠오른다.

그 순간, 유메코는 알아차렸다. 유명한 문예지에서 주최한 신인상의 최우수상을 받아 데뷔가 정해진 신인 작가다. 다음 달에 데뷔작이 출간된다. 책이 나오기 전의 홍보용 원고를 읽은 점장이 대단하다고 감탄하며 보여주어서 유메코도 읽었는데 정말 훌륭한 작품이었다. 책으로 나오면 분명 잘 팔릴 것이다. 가족과 함께 홋카이도에서 허브 농원과 작은 레스토랑을 경영하는 저자의 일상생활이 그대로 소설로 그려진 것처럼 다정하고 밝고 온화한 이야기였다.

'아, 그렇지. 곧 시상식이었어…….'

시상식이 아마도 내일이나 내일모레 있을 것이다. 그 후 대규모 파티가 열리는데, 서점 점장이나 저명한 서점 관계자에게도 초대장이 왔다. 저 손님은 시상식에 참석하려고 홋카이도에서 비행기를 타고 온 것이다.

'어쩌지? 점장님한테 연락할까?'

순간 갈등했다. 나중에 알면 만나고 싶었다고 아쉬워할 텐데. 하지만 오전 근무였던 점장은 아까 서점에서 나갔으니 이미 공항에 없을 것이다. 어디 있는지 모르니까 지금부터 와도 만날 수 있을지 불확실하다.

이렇게 망설이는 사이 그 손님이 책장에서 책 한 권을 빼더니 보물을 발견한 것처럼 환하게 웃으며 계산대로 왔다. 뭔가 괜찮은 책이나 찾던 책이 있었을까, 처음 봤을 때와는 전혀 다른 표정이었다.

'이 사람은 책을 좋아하는구나.'

그렇게 생각하니 기뻐졌다. 책을 좋아하고, 자기도 글을 쓰고 싶어서 오랫동안 투고를 이어오다가 마침내 신인상을 거머쥔 사람일지도 모른다. 그러고 보니 고통스러운 투고 생활이 몇 년이랬더라, 오랫동안 글을 쓰고 투고해온 사람이라는 이야기를 점장에게 들었다. 이 사람은 이제 곧 작가가 된다. 이 사람이 쓴 책이 이곳이나 전국 서점의 책장과 진열대에 놓인다. 가슴이 뜨거워졌다.

"어서 오세요."

유메코가 계산대에서 인사하고 손님이 내민 책을 받으려는 그때, 다른 손님이 잡지를 들고 품위 있는 발걸음으로 계산대로 다가왔다. 앞에 선 손님 뒤에 우아하게 서려다가 무언가에 깜짝 놀란 듯이 그 손님의 앞으로 휙 몸을 들이댔다. 선글라스를 벗고 손님의 얼굴을 말똥말똥 바라보았다. 키가 달라서 거의 내려다보는 자세로 빤히 바라보았다.

"메구미?"

향긋한 향수 냄새가 계산대까지 물씬 풍겼다. 의연한 목소리는 울림이 좋고 아름다웠다. 신인 작가 손님은 놀라서 아름다운 여성을 올려다보았다. 도톰한 입술이 파르르 떨렸다.

"혹시 마유리야?"

다정하고 차분한 오르간 음색 같은 목소리로 배우 손님에게 부드럽게 물었다.

제3화

*

야간 비행

"자, 이제부터 어떻게 할까?"

터미널의 커다란 창으로 땅거미 진 하늘을 올려다보며 마유리는 애용하는 바퀴 네 개짜리 캐리어에 기댔다. 모자 아래 선글라스 너머로 보는 하늘빛이라도 벌써 밤이 가까운 걸 느낌으로 안다.

여행 방송 촬영을 마치고 돌아와 공항 레스토랑에서 가볍게 뒤풀이로 맥주를 마시고 스태프와 헤어진 뒤다. 이대로 택시를 타고 혼자 사는 집에 돌아가기에는 시간이 약간 어중간하고 그렇다고 어디에 놀러 가기에는 지쳤다. 나이를 먹었구나 싶다. 아까 화장실에서 본 거울에 비친 얼굴의 주름과 화장이 지워진 피부에 한숨이 나왔다.

가정을 꾸리지 않았으니 이대로 혼자 나이를 먹어갈 자신을 생각하면 어쩐지 불안하고 쓸쓸하다. 스태프와 헤어진 후에 현실로 돌아온다고 표현하면 좋을까. 고생했다고 외치며 건배한 후 고독이 몸에 사무친다. 웃음이 사라진다.

해 질 무렵의 공항에는 길을 서두르는 나 홀로 여행자도 많지만, 가족에게 줄 선물로 보이는 쇼핑백을 들고 즐겁게 발길을 재촉하는 사람이나 마중 나온 가족에게 "고마워, 다녀왔어"라고 말하며 아이를 끌어안는 여행자처럼 행복해 보이는 정경만 자꾸 눈에 들어와 쓸쓸해진다.

마유리가 돌아갈 곳은 그럭저럭 호화롭지만 혼자 사는 집이고 마중 나올 사람도 기다리는 사람도 없다. 구피(거피, 송사릿과 열대 담수어)와 우파루파(아홀로틀, 점박이도롱뇽과 양서류)를 키우지만 그들은 수조 안에서 조용히 지내니까 어서 오라는 인사는 안 해준다. 개나 고양이라도 키울걸 그랬다. 최소한 '멍멍'이나 '야옹' 하고 울어주는 존재가 있다면…….

이런, 입술 각도가 처진다. 주름이 지겠다. 허둥지둥 손끝으로 입가를 두드려 미소를 짓고 고개를 들었다. 안 되지, 안 돼. 우울해지는 건 좋지 않아. 피부가 늘어지고 늙은 얼굴이 되니까. 그렇게 생각하며 혼자 고개를 끄덕였다.

기분도 기력도 스스로 만든다. 아역 시절부터 연예계에서 생활한 마유리는 평생 이렇게 혼자 싸웠다. 일도 인생도 내가 나를 지키지 않으면 아무도 감싸주지 않는다. 고개를 떨구고 멈춰 서 있으면 다들 두고 가버린다.

가볍게 한숨을 쉬었다. 옆에 사람이 없으면 마음이 해이해 진다. 아직 젊을 때는 언제 어디서나 혼자서도 의연할 수 있었 건만. 어느새 곧 오십 대. 일찍 결혼했다면 어린 손주도 있을 나이다. 즉 머지않아 어엿한 할머니다.

사실 할머니는 그다지 기쁜 호칭이 아니지만 그렇게 불리는 데는 익숙하다. 현실에서는 아직 젊어 보이는지 길에서 할머니 라 불린 적이 없지만, 일하면서는 벌써 젊은 할머니 역을 몇 번 인가 맡았다. 나이에 맞춰 그런 기회도 점점 늘어난다.

이 나이가 되면 주인공에서 한참 멀어진다는 걸 곱씹게 되 는데, 그래도 연기하는 보람이 있는 중요한 역할을 맡을 때도 많고 특히 어린 아역들이 잘 따라줘서 귀엽다. 가정을 꾸렸다 면 현실에서 이런 손주들과 어울릴 수 있었겠다고 곰곰이 생 각에 잠길 때도 있다.

그런 마음 덕분인지 어린 손주에게 다정하고 자애로운 할 머니 역할은 마유리 본인이 생각하기에도 특기다. 사실 당연 하다. 애초에 이 나이가 되면 피가 섞이지 않아도 어린애라는 존재 자체가 생명의 상징처럼 보인다. 복숭아 같은 솜털도 달짝지근한 냄새가 나는 윤기 흐르는 머리카락도 맑은 눈도 순진무구한 웃는 얼굴도 웃음소리도 사랑스럽다. 사랑스러운 대상을 사랑스럽게 바라보는 것만큼 쉬운 연기도 없다.

'자기 본질에 가까운 감정을 연기하는 건 편하지.'

마유리는 배우다. 자연스러워 보일 때도 실은 연기하는 중이다. 이번 촬영 같은 여행 방송이라면 실제 나이에 맞는 차분한 캐릭터를 요구하는 걸 알기에 우아한 미소와 행동, 말투를 보여주었다. 마유리의 특기 중 하나다. 자신 안에 있는 '리얼'한 감정 조각을 찾아 건져낸 다음, 그런 모습이 되어서 자연스럽게 그 자리에 선다.

반대로 서민적인 곳에서 경박하고 밝은 아줌마를 요구해도 괜찮다. 시청자가 보면서 친구가 되고 싶다고 생각할 만한, 활기차게 웃는 사십 대를 연기해낸다. 그런 마유리도 마음속에 분명 존재하므로.

누군가가 원하면 마유리는 언제든 웃을 수 있다. 어느 때든. 어떤 곳에서든. 그 자리에 어울리는 웃음으로. 최고로 매력적으로. 왜냐하면 마유리는 언제 어디서나 배우니까. 연예계 경력은 어지간한 방송인에 뒤지지 않는다.

다만 그것도 다 곁에 누가 있을 때만이다. 혼자 있으면 이렇게 시들어버린다. 기분이 가라앉으면 맥없이 고개가 꺾인다.

'다른 사람들과 있으면 기운이 생기는데. 벌써 기분이 느슨해졌어. 꼭 낡은 팬티의 고무줄 같아.'

아아, 안 돼, 안 돼. 팬티 고무줄 같은 생각은 그만하고 웃어야지. 마유리는 다시 의식적으로 웃는 얼굴을 꾸몄다.

'힘내자, 마유리. 웃는 건 특기였잖아.'

생각해보면 아역 시절부터 그랬다. 늘 웃는 활기찬 미소녀, '마치 태양처럼'(자주 듣던 소리다) 주변을 비추고 분위기를 밝게 하는 캐릭터. 꽃으로 비유하면 칸나나 해바라기. 이럴 때 카틀레야나 장미가 아닌 것이 마유리가 생각하는 자신의 캐릭터다. 화려해서 반짝 시선을 끌지만 그다지 고급스럽지 않고 희소성도 없으며 서민적이다.

이대로도 좋지만 소위 말하는 대배우가 되지 못한 것은 그런 요소가 부족했기 때문이겠지. 대배우라는 자리를 딱히 동경하지는 않는다. 괜히 자존심 세우는 게 아니라 정말로. 레드카펫은 약간 부럽기는 하다. 뭐, 어디까지나 약간.

그러고 보니 칸나라는 꽃을 쇼와 시대(일본의 연호, 1926년 12월 25일~1989년 1월 7일) 때 선로 옆에 흔히 심었는데, 레이와(2019년 5월 1일부터 현재까지 사용 중인 연호)가 된 지금도 피어 있을까. 여름 하늘 아래, 아지랑이에 일렁거리며 하늘로 올라가고 싶은 듯이 무럭무럭 자라 새빨갛게 화염이 타오르는 것처럼 흐드러진 모습을 젊은 시절 일하러 다녀오면서 차창 너머로 자주 봤다. 고고하고 강인하지만 어딘지 쓸쓸해 보이는 꽃이었다.

"으음, 왠지 쓸쓸해졌어."

마유리는 입술을 조금 삐죽이다가 "좋았어" 하고 걸음을 옮겼다. 서점에 갈 생각이다. 여성 잡지를 이것저것 여러 권 사서 밝은 욕실에서 반신욕을 하며 읽으면 몸도 마음도 디톡스될 테지. 향이 좋은 소금 입욕제를 넣어(선물 받고 뜯지도 않은, 꽤 고급스러운 제품이 있을 거다) 여행과 일의 피로를 풀자.

기사와 광고를 보다가 궁금한 게 있으면 페이지를 오려 쇼핑 목록을 만들자. 맛있어 보이는 레시피가 있으면 오려서 냉장고 문에 자석으로 붙여두자. 재료가 다 있으면 만들어봐도 좋겠다. 그런 생각을 하며 걸었더니 점점 즐거워져서 발걸음이 가벼워졌다. 꼭 사냥을 나서는 사냥꾼이 된 기분이다. 재미있는 잡지가 있으면 좋겠다.

공항 서점에는 어려서부터 자주 들락거렸다. 본가가 이 공항에서 그리 멀지 않고, 아역 배우 때도 혼자 이동할 일이 종종 있었으므로 도중에 자주 공항에 들러 서점에도 가고는 했다. 그렇게까지 책을 좋아하지는 않아도 서점이라는 공간이 좋았다. 책장 사이에 있으면 책의 숲에 숨은 것처럼 차분해지기 때문이려나. 종이와 잉크 냄새도 좋아하니까. 마유리가 있는 세계는 속도가 빠르고 부산스러워서 항상 다방면에 신경을 곤두세워야 하니까 조용하고 시간이 멈춘 듯한 공간에 가만히 있으면 꼭 은신한 것처럼 마음이 편해졌다.

마유리의 본가는 이른바 연예인 일가로, 유복했지만 부모님 사이가 나빠서 넓은 집에 아무도 없을 때도 많았기에 그녀가 마음 편하게 지낼 곳은 아니었다. 그런 이유도 있어서 공항과 공항에 있는 책의 숲에 혼자 몇 번이나 발길을 옮겼는지도 모른다. 잠깐 들르는 기분으로. 현실에서 아주 조금 벗어난 곳에서 날개를 쉬려고.

어른이 되어 본가를 떠나 살기 편한 지역에 맨션을 사서 자신만의 성을 구축하자 어린 시절의 기댈 곳 없는 감정에서는 많이 멀어졌다. 그래도 지금도 문득 생각나면 공항에 들른다. 지금은 돌아갈 곳이 있고 일이 바쁠 때도 많아 예전만큼의 빈도는 아니다. 아마 서점 직원도 마유리를 기억하지 못할 것이다.

아무튼 공항의 작은 서점은 그런 이유로 한때 수없이 들락인 곳이어서 서점 어디에 어떤 코너가 있고 어떤 책이 있는지 쉽게 떠올릴 수 있다. 언제 어떤 책이나 잡지를 샀는지도 기억한다. 그때 무슨 일을 했는지도. 아련하고 그리운 추억이 아주 많다.

중학생이 되면서는 소꿉친구와 함께 공항에 다녔다. 모노레일 티켓 요금이 친구에게 너무 비싸서 매번 갈 수는 없었지만. 둘은 모험하는 것처럼 터미널을 구석에서 구석까지 걷고 자판기에서 주스를 샀다. 가끔 가게에 들어가기도 했다. 저렴한 파스타만 간신히 사 먹을 수 있었다. 전망대에도 자주 갔다. 드넓은 하늘을 바라보며, 날아오고 날아가는 비행기들을 환성 지르며 지켜보고 배웅했다.

절친은 책을 사랑하는 아이로 당연히 서점도 사랑했기에 공항에 오는 것과 서점에 들르는 것은 한 세트였다. 서점을 떠올리면 필연적으로 머나먼 그 시절 절친의 미소와 따뜻한 목소리가 생각난다.

'그 아이, 잘 지낼까.'

늘 그랬듯이 오늘도 친구를 떠올렸다. 특히 요즘 들어 친구 생각을 자주 한다. 그리운 친구가 신인상 수상 작가로서 미디어에서 대대적으로 다뤄졌다. 다음다음 달에는 첫 책이 출판된다고 한다. 잡지 기사의 사진으로 오랜만에 본 친구는 포동포동 동그래졌고, 보조개가 사랑스러우며 행복해 보였다. 십대 때는 도수 높고 테가 두툼한 안경을 썼는데 콘택트렌즈로 바꾼 모양이다. 예전에는 안경알 너머로 보였던 서글서글한 눈빛이 이제는 반듯하게 이쪽을 응시했다. 어딘지 겁먹은 듯하면서도 장난기 넘치고 호기심 가득한 눈빛은 예전 그대로였다.

마유리는 친구의 기사가 실린 잡지와 신문을 사들여 햇빛 잘 드는 자택 거실의 테이블에 펼쳐놓고 수조 속의 구피와 우파루파에게 대단하지 않으냐고 자랑했다. 얘는 내 소꿉친구이고 제일 친한 친구였어.

"다음다음 달에 나오는 책, 지금 예약할 수 있나?"

들른 김에 직원에게 물어보자고 생각했다. 그 서점에는 미소가 귀여운 직원이 있으니까 상담해봐야지.

'아아, 싫다. 어쩌지, 무서워. 불안해. 정말 어쩜 좋아……'

넓디넓은 공항 터미널에서 메구미는 손수건을 움켜쥐고 손에 영 익지 않는 캐리어에 거의 달라붙어 우두커니 서 있었다. 손수건에서 달콤한 꽃향기가 물씬 났다. 라벤더 향이다. 딸들이 어렸을 때 용돈을 모아 어머니날에 선물해준 레이스 손수건이다. 라벤더꽃이 수놓인 외국 브랜드의 손수건으로 중요한 날에만 장롱에서 꺼내 소중히 썼는데, 아무래도 오래돼서 레이스도 풀리고 살짝 누리끼리하다.

진정하려고 라벤더 오일을 뿌렸는데, 평소에는 효과 있는 꽃향기도 지금 메구미에게는 들지 않았다. 땀이 촉촉한 손으로 손수건을 쥐어 코 주변에 대고 어깨를 축 늘어뜨리며 메구미는 한숨을 쉬었다. 비행기에서 내려 사람들 흐름에 따라 터미널로 나온 건 좋은데, 여기에서부터 혼자 어딜 어떻게 가면 되는지 모르겠다. 새하얘진 머리가 돌아가지 않는다.

춘삼월. 귀여운 벚꽃 조화가 장식된 공항은 난방 중일 텐데도 너무 넓은 탓인지 살짝 추웠고, 그런 와중에 메구미는 땀을 흘렸다. 불안해서 발바닥과 온몸에 힘이 들어가 굳어졌다. 진정해, 신정해야지. 자신을 달랬다. 오늘은 공항 안에 있는 호텔에서 묵으면 되니까 불안해할 것 없다. 일단 진정하고 호텔을 찾으면 된다.

'내일은 리무진 타는 곳에 가서, 어, 식이 열리는 호텔로 직행하는 버스를 타면 돼. 아, 아니다. 그 전에 버스 티켓을 어디선가 사야 했는데?'

내일 일이니까 내일까지만 알아보면 될 텐데 일단 기억이 안 난다는 걸 깨닫자 초조하고 두려웠다. 어쩌지? 여행에 익숙한 남편에게 미리 배운 사항을 떠올리려고 했다. 아이고, 들떠서 건성으로 듣지 말고 메모라도 할걸 그랬다. 중요한 것이 하나도 생각이 안 난다. 메구미는 망연자실해 높은 천장을 바라보았다.

이럴 때 메구미의 친구나 딸들은 스마트폰으로 검색해 해결법을 찾는데 메구미는 스마트폰을 다루는 데 서툴다. 게다가 얼마 전에 오래되어 화면이 깨진 스마트폰을 들고 도쿄에 가는 건 촌스럽다고 생각해서 새로운 기종으로 변경한 탓에 사용법을 도무지 모르겠다.

이번 여행은 신인상 시상식에 출석하는 게 목적이니 비행기 티켓과 숙박비는 주최 출판사가 부담해주었다. 언제 출발하고 어디에 묵을지는 편하게 정하는 게 좋을 테니 직접 하시겠어요? 이런 말을 듣고 메구미는 가벼운 마음으로 그렇게 하겠다고 대답했다(그리고 나중에 후회했다. 후회란 '나중에後 뉘우친다悔'는 뜻임을 새삼스럽게 깨달았다).

"나는 진짜 멍청해. 아무것도 모르는 주제에 왜 부탁한다는 소리를 안 했니……."

출판사에서 공항까지 데리러 오겠다고 친절하게 제안했으나 혼자 갈 수 있으니까 괜찮다고 해맑게 거절했다. "아, 그 공항은 익숙하니까 혼자서도 괜찮아요"라고.

지금은 홋카이도에서 살지만 중학교 이 학년 이월까지는 여기 간토 지역에서 자랐다. 지도로 보면 이 거대한 공항에서 그리 멀지 않은 동네다. 지금은 재개발로 도시가 됐다는데, 메구미가 살던 시절에는 아직 논밭이 가득하고 역 앞에 참억새 들판이 펼쳐진 한적하고 조용한 동네였다. 중학생 시절에는 절친과 함께 버스와 전철과 모노레일을 갈아타 이 공항 터미널에 놀러 오고는 했다.

그래서 오랜만에(도대체 얼마 만이지?) 공항에 간다고 생각하자 시간 여유가 있으면 혼자 느긋이 돌아다니고 싶어졌다. 여러 번 리모델링 공사를 거쳐 공항이 크고 넓어진 건 알지만, 예전에 수없이 다닌 곳이니까 문제없이 돌아다닐 수 있을 줄 알았다.

공항은 가끔 텔레비전 특별 방송에도 나오고는 했다. 터미널의 레스토랑이나 각종 가게, 시설을 소개하고 도시락이나 공항 오리지널 선물이 화제에 오른다. 태풍이 오거나 명절 때는 교통 상황을 알려주는 상징처럼 이 거대한 공항이 '지금은 이런 상태입니다, 이 정도로 붐빕니다' 하고 뉴스 방송이나 버라이어티쇼에 소개됐다. 그럴 때면 메구미는 반가운 마음에 정신없이 화면을 응시하고 가족에게 말했다.

"애, 엄마는 예전에 이 공항을 좋아해서 자주 놀러 다녔어. 정말 그립네."

흥분해서 소란을 떨었다. 가족도 그런 메구미에 익숙해서 공항이 텔레비전에 나올 것 같으면 그녀에게 알려주고는 했다.

"시상식에 갈 때랑 올 때, 그 공항을 지나야 하잖아? 내게 주는 선물로 오랜만에 산책이라도 할까봐. 공항에는 멋진 가게도 많으니까 선물도 사 올게."

황홀한 표정으로 말하는 엄마를 보고 이제 벌써 대학생과 고등학생인 자매가 좋겠다고 고개를 끄덕이면서도 걱정하는 시선을 보냈다.

"근데 그 공항 되게 넓던데 엄마 혼자서 괜찮겠어?"

"엄마는 길치잖아. 혼자 산책하다가 공항에서 길을 잃으면 어떡해?"

우리는 학교랑 아르바이트에 가야 해서 같이 갈 수 없는데, 하며 자매가 또 나란히 고개를 끄덕였다. 딸들 곁에 앉은 반려동물인 개와 고양이까지 걱정스럽게 메구미를 바라본다.

"당연히 괜찮고말고."

메구미는 가슴을 폈다. 가슴과 허리의 사이즈가 같은, 도라에몽처럼 동글동글한 체격이라 그렇게 하면 늘 두르고 있는 앞치마 아래의 배가 불룩 앞으로 튀어나온다.

"엄마는 공항 근처 마을에서 자랐어. 공항은 엄마의 앞마당이나 마찬가지야. 길을 잃을 리 있겠니?"

앞마당은 살짝 오버다 싶어 속으로 혀를 쏙 내밀었다. 그래도 십 대 시절에 그토록 좋아했던 장소인 공항에서 길을 잃는다는 건 정말 상상할 수도 없다.

'그때는 빼빼 말랐었지.'

비쩍 말라 모기 같은 중학생이었던 그때를 회상했다. 키는 중간 정도, 성적도 중간 정도. 얼굴도 뭐 보통. 인상에 남지 않는 타입. 아, 국어만큼은 학년 일등이었고 도서관의 책도 중학교 전 학년에서 일등으로 많이 빌렸지만 자랑할 만한 건 그 정도다. 도수 높은 안경을 쓴 눈에 띄지 않는 여학생이었다. 친구들이 부른 별명도 안경쟁이. 틀에 박혀 재미고 뭐고 없다. 시시한 별명이라고 여겼다.

'뭐, 이런 나도 나쁘지 않아.'

동시에 이렇게 시원시원하게 생각한다. 활자를 좋아하는 것 이외에 이렇다 할 특징이 없는 지극히 평범한 자신 탓이다. 세상이나 운명을 원망할 마음도 생기지 않는다.

어쩌면 어려서부터 늘 함께 있던 절친이 워낙 화려하고 눈에 띄는 미소녀에 성적도 성격도 좋았기에 이렇게 생각하는지도 모른다. 그런 해님 같은 캐릭터 옆에 있으면 메구미 같은 존재가 흐릿해지는 것도 어쩔 수 없다.

그렇다고 주눅 들거나 질투나 시기심을 느낀 적은 한 번도 없었다. 정말로 거짓 한 점 없이 솔직하게. 오히려 메구미는 그 친구를 우상으로 여기며 동경했다. 태어난 순간부터 주인공,

살아 있는 미의 여신이라고 칭송했다.

그때를 회상하자 씁쓸한 기분이 들어 메구미는 살짝 고개를 숙이고 웃었다.

'걔를 정말 좋아했는데, 마지막에는 조금 슬펐지……'

어렸을 때는 늘 함께였는데, 그 동네를 떠나면서 헤어지고 이후로 만나지 못했다. 교류가 끊겼다. 지금도 건강하게 잘 지내는 건 알지만.

십 대 시절에 북쪽 땅으로 이사를 와서 친구를 많이 사귀었다. 원래 엄마의 고향이어서 위화감 없이 섞였고, 지금은 태어났을 때부터 이곳에 산 것 같은 착각도 느낀다. 메구미와 남편은 친구들과 함께 젊어서부터 허브 농원과 카페 레스토랑, 요즘은 식품과 잡화를 파는 소규모 상점도 경영하는데, 이런 일 덕분에 지역에 더욱 잘 녹아든 면도 있다. 가끔 지역신문이나 소규모 소식지, 텔레비전에서 취재를 온다.

"어, 이 지역과 지역 사람들을 좋아해요. 그러니까 모두 즐겁고 행복해질 수 있게 가게를 오래오래 이어가고 싶습니다."

그럴 때면 드넓은 허브 농원을 배경 삼아 흥분으로 살짝 뺨을 붉히며 망설임 없이 웃는 얼굴로 말하는 것이 메구미의 일상이다.

'걔는 아직 그 동네에 살고 있을까……'

커다란 공항 근처의 그 동네에. 그때처럼 지금 공항에서 만나 대화를 나눈다면. 순간 그런 망상이 뇌리를 스쳤으나 곧바로 고개를 저었다. 그 친구는 이미 자신 따위 까맣게 잊었을 테고 애초에 연락을 어떻게 주고받겠어. 설령 방법이 있더라도 도저히, 도저히 메구미는 그럴 용기가 없다.

'나를 친구라고 생각하지도 않을 텐데⋯⋯.'

그 시절부터 그랬을지도 모른다. 메구미는 그 아이를 절친이라고 믿었지만. 분명 그러니까 '그런 짓'을 한 거다. '그런 심한 짓'을. 지금도 악몽 같다. 사건이 있기 바로 직전까지 평소처럼 같이 웃으며 장난을 쳤던 그 친구와 자신. 어려서부터 그렇게 죽고 못 살고 제일 친한 절친이라고 수없이 맹세를 주고받으며 확인했건만. 영원한 절친일 줄 알았는데.

그날 어째서 '그런 짓'을 했는지 메구미는 묻지 않았다. 그럴 기회도 없이 가족과 비행기를 타고 하늘을 날아 홋카이도의 주민이 됐고, 당시 쇼와 시절의 일본은 레이와인 지금과 달리 너무도 넓었다. 간단히 만나러 갈 거리가 아니었다. 지금처럼 라인(구 네이버 재팬에서 개발한 모바일 메신저)이나 메일도 없었다. 중학생에게 전화료는 비쌌다. 애초에 당시 전화는 가족이 함께 쓰는 유선전화였다. 그렇다고 새삼스레 편지를 쓸 용기는 또 없었다. 만약 어렸을 때처럼 같은 동네에 살았다면 평소 생활하다가 얼굴을 마주할 기회도 있을 테니 왜 그랬냐고 물어볼 수 있었겠지만 거리가 너무 멀었다.

또 십 대의 여학생은 바쁘다. 메구미는 홋카이도에서 친구를 잔뜩 사귀었다. 중학교에서도 고등학교에서도 대학교에서도. 대학교에서는 훗날 남편이 된 남자 친구와도 만났다. 즐겁고 충실한 날들을 보내는 동안 병약했던 아빠와의 이별도 있었고, 대학을 졸업하자마자 결혼하고 얼마 지나지 않아 딸이 태어났고, 남편과 친구들과 함께 사업을 시작했고, 하여간 매일 정신없이 최선을 다해 웃고 울며 일상을 살다보니 어린 시절의 추억은 멀어졌다. 건드리면 아픈 부스럼 같은 통증과 애틋함만을 마음 한구석에 남기고.

여행을 자주 다니는 남편이 메구미의 걱정을 듣고 비행기와 숙소를 예약해주었다.

"메구미, 갈 때랑 올 때 공항에서 즐겁게 시간을 보내면 되는 거지? 그럼 다른 관광 일정은 넣지 말고 공항에서 보내는 시간을 여유롭게 잡자. 돌아다니다가 지치면 카드 라운지에서 쉬면 돼. 거기는 비교적 조용하고 편한 소파도 있고 신문이나 잡지도 있어. 음료도 마음대로 마실 수 있고. 노트북을 가지고 갈 거면 라운지에서 충전할 수 있고 테이블도 있는데……"

"이번에 노트북은 필요 없을 거야. 머무르는 동안 갈아입을 옷이랑 시상식 때 입을 정장이랑 구두만 있으면 돼. 그나저나 이제 미팅을 위해 비행기를 탈 기회도 생기고, 노트북을 가지고 여행을 떠나 호텔이나 공항에서 원고를 쓰는 일도 생기는 걸까……."

상상하자 텔레비전 드라마나 소설에 나오는 멋진 여성 작가가 된 것 같아 부끄러워서 머리가 멍해졌다.

"상상했더니 진짜 작가가 된 것 같아서 가슴이 뛰어."

메구미는 붉어진 뺨을 두 손으로 꾹 눌렀다. 뜨거웠다. 남편이 싱긋 웃었다.

"메구미, 이제부터 진짜 작가가 되는 거잖아?"

"응."

새삼 그 말을 듣자 바짝 긴장됐다. 그러는 김에 몸도 긴장해서 날씬해지면 좋겠는데. 시상식 때 입을 정장은 허리가 정말 아슬아슬하게 맞는다.

"음, 생각해보니까 공항에 도착해서 바로 이동하면 피곤할 텐데 도착한 날에는 공항에서 묵으면 어때? 공항에 호텔도 있으니까. 호텔 방의 창으로 보는 야경도 예쁘고, 거기에서 묵으면 밤의 터미널을 느긋하게 즐길 수 있어."

"아, 그것도 멋지겠다."

메구미는 공항의 밤을 모른다. 과연 얼마나 아름다울까?

"식이 있는 밤은 시상식이 열리는 회장이 있는 호텔에서 그대로 묵으면 돼. 도착한 다음 날 공항 호텔에서 체크아웃하고 이동하면 되고. 그 호텔까지 공항에서 리무진 버스가 직행으로 가니까 갈 때도 올 때도 편할 거야. 길을 잃을 염려도 없고. 사실은 내가 같이 가주고 싶은데."

미안함과 걱정을 담은 남편의 눈이 메구미를 바라보았다. 남편은 허브 농원과 카페 레스토랑, 가게 일도 돌봐야 한다. 며칠이라지만 메구미가 현장을 벗어나니 남편은 책임자로서 절대 자리를 떠날 수 없다.

"나중에 같이 가자."

메구미가 웃었다.

"이번에는 신인상이지만 언젠가 더 큰 상, 나오키상이나 서점 대상 같은 엄청난 상을 받았을 때, 그때는 꼭 같이 가자."

"세게 나오는데?"

남편도 즐겁게 웃었다.

"그래. 그때는 하늘이 무너져도 일을 쉬고 같이 회장에 가자. 약속할게."

헤헤. 메구미가 어깨를 움츠리며 웃었다. 남편도 웃으며 고개를 끄덕였다.

"뭐, 공항에서 리무진 버스만 타면 걱정 없어. 설마 거기서 문제가 생길 리는 없겠지. 버스는 티켓만 사면 탈 수 있으니까."

"괜찮을 거야. 그런데 공항에서 꼭 버스를 타고 이동해야 해? 공항에서 리무진 버스는 타본 적 없고, 나는 모노레일을 타고 싶거든."

"모노레일?"

"응. 중학생 때는 공항에 갈 때 항상 모노레일을 탔어. 창 너머로 하늘이 가깝고 바다도 보였어. 가슴 뛰고 정말 좋았어."

모노레일은 승객을 공항이라는 다른 세계로 운반해주고 다시 현실 세계로 데려다주는 탈것이기도 했다. 그때는 티켓이 비싸서 매번 탈 수 없었다. 그래도 지금은 그 정도 금액은 괜찮다. 당당하게 탈 수 있다.

"음, 내가 같이 가면 모노레일을 갈아타서 가도 되지만 이번에는 버스를 타는 게 어때? 혼자 가는 여행이고, 익숙하지 않은 비행기를 탄 후니까 짐이랑 같이 직접 목적지까지 옮겨주는 리무진 버스가 좋을 거야. 아까도 말했듯이 리무진은 티켓만 살 수 있으면 헤매지 않고 호텔에 갈 수 있거든."

지금 메구미는 그야말로 '티켓 구매'에서 막혀버린 자신을 깨달았다. 길을 잃거나 뭐가 뭔지 모를 때 어디에 가면 되는지

들은 기억은 있는데 그것도 생각나지 않는다. 초조해진 머리에서 완벽하게 사라졌다.

'아, 진짜 멍청하다.'

이래서야 제 몫을 하는 어른이라고 할 수 있겠어? 정말이지 한심하기 짝이 없다. 설명을 들을 때, 무모할 만큼 전도양양한 꿈에 취했었지. 그렇게 생각하며 메구미는 공항에서 홀로 무거운 한숨을 쉬었다. 흥분해서 허공에 둥둥 떠다녔다.

'냉정하게 생각하면 이번에 신인상은 복권에 당첨된 거나 마찬가지니까 앞으로 큰 상은 무리야……'

이렇게 넓은 공간에 우두커니 서서 소음 속에서 머뭇거리고 있으려니, 현실의 자신이 얼마나 초라하고 지금 이곳에 어울리지 않는지 절실히 알았다.

'맞아. 운 좋게 복권에 당첨됐을 뿐이야.'

오십 년 가까이 살아왔다. 어려서부터 활자를 좋아하는 소녀였다. 문장을 쓰는 건 더 좋아했다. 자기가 쓴 글을 누가 읽어주는 것도 좋았다. 글을 읽어준 사람의 눈이 반짝반짝 빛나는 순간을 보는 게 좋았다. 웃거나 눈물을 글썽이거나 놀라는 모습을 보는 게 좋았다.

메구미가 아직 학생일 때 세상을 떠난 아빠가 글쓰기를 좋아했고 작가 지망생이어서 많은 영향을 받았다. 아빠가 지은 동화를 들으며 자란 셈이다. 집에는 책이 많았다. 메구미는 십 대 시절부터 시와 희곡, 에세이, 소설 습작을 시작해 차곡차곡 써 모아왔다. 고등학생 시절부터 투고를 시작했고, 길고 긴 투고 생활 끝에 마침내 영광 한 줄기를 손에 넣었다. 작가로 가는 티켓을 움켜쥐었다. 수상을 알리는 전화를 받았을 때, 아빠의 불단 앞에 울면서 보고했다. 아빠 몫까지 좋은 작가 가 될게요, 열심히 할게요.

'하지만……'

이 세계는 데뷔해도 살아남기 어렵다고 한다. 첫 책을 내기 까지도 힘든데, 두 번째 책을 내기까지는 더욱더 힘들다. 다섯 권쯤 내기 전까지는 작가라고 이름을 댈 수 없다나. 신인 작 가 대부분 몇 년 후에는 사라진다고 한다. 그런 세계에서 메 구미가 살아남을 수 있을까. 데뷔와 첫 출판까지는 간신히 정 해졌지만, 그다음은…… 끝없는 황야나 거친 망망대해. 그것 을 앞에 두고 망연자실하게 선 기분이었다. 앞으로의 여로가 두려웠다.

'나는 그냥 글 쓰는 게 좋을 뿐인데.'

친구들이나 가족이 읽고 재미있다고, 열심히 하라고 응원해 주는 말을 들으며 일편단심으로 쓰다가 정신을 차려보니 어 느덧 높은 산의 정상에 오른 것처럼 여기까지 왔을 뿐이다. 메구미는 자신에게 요령도 없고 시선을 끄는 재기나 재능이 없다는 것쯤 알고 있었다. 그러니까 이 나이가 될 때까지 아무런 상도 못 받았지.

'여기까지가 한계고, 지금이 인생 최고의 절정기일지도 몰라.'

어휴, 한숨이 나왔다. 밝고 화려한 공항에 혼자 어쩔 줄 모르고 서 있는 여행 초짜에 겁 많은 시골뜨기. 그야말로 신인 작가인 메구미 그 자체를 상징하는 것 같다.

'아, 난 정말 이런 데 안 어울려.'

아랫입술을 깨물었다. 중학교 이 학년 이월에 마지막으로 이곳을 찾았을 때도(아마 그때 공항은 지금과 전혀 다른 모습이었을 테지만) 나 같은 사람이 여기 있는 건 안 어울린다고 입술을 깨물었던 기억이 났다. 이곳은 정말 좋아하는 장소지만, 어쩌면 메구미에게는 영원히 머나먼 장소일지도 모른다. 영원히 동경할 뿐인 장소.

'여기에 어울리는 사람이라면.'

예전에 헤어진, 중학생 시절 절친이었던 그 아이 같은 인물이겠지.

그 시절부터 연예계에서 일한 그림처럼 아름다운 친구는 여전히 현역으로 브라운관(지금은 이런 말 안 쓰거든요, 하고 메구미는 스스로 딴지를 걸었다) 화면 속에서 배우 겸 방송인으로 화려하게 살고 있다. 세월이 흘러 예전처럼 주연을 맡을 기회는 줄었어도 여전히 아름답고 연기도 잘하고, 목소리도 그대로다. 의연하고 투명하게 맑은 목소리.

'그 아이의 목소리를 좋아했었지.'

지금도 좋아한다. 마치 천사가 부는 나팔처럼 낭랑한 목소리. 저 먼 하늘에서 빛이 내리쬐는 것처럼 반짝임이 가득한 목소리. 노래하는 듯한 목소리. 속삭일 때는 파도 소리나 바람 소리 같고, 때로는 벨벳처럼 은밀하고 요염한 목소리.

친구는 그 목소리로 메구미가 쓴 글을 자주 낭독해주었다. 방과 후 교실에서. 아무도 없는 공원에서. 중학교 근처 시외버스 정류장, 그 옆의 강가에서. 둘이 살던 마을로 돌아가는 버스는 운행 수가 워낙 적었던 탓에 둘은 자주 강가에 내려가 버스가 오기를 기다렸다.

땅거미가 지며 시시각각 색이 바뀌는 하늘 아래에서 강가의 수풀과 강물 위를 달리는 바람을 맞으며, 친구는 메구미가 쓴 단어를 아름다운 목소리로 읽었고, 메구미는 황홀하게 목소리에 귀를 기울였다. 메구미 혼자 객석을 차지한 공연처럼 최고로 행복하고 호화로운 시간이었다.

그 아이의 목소리가 읽는 단어는 보석처럼 반짝여서 메구미가 직접 쓴 단어인데도 마법의 주문처럼 찬란하게 이 세상에

퍼졌다. 이윽고 멀리서 해 저문 길을 크리스마스트리처럼 색색의 빛으로 밝힌 버스가 달려오는 게 보였다. 그러면 낭독 시간은 끝이었다. 둘은 가방을 들고 버스 정류장을 향해 달렸다. 그때는 그게 일상이었고, 매일 평온하고 행복했다. 너무도 당연하게 그런 나날이 영원히 이어질 줄 알았다.

'일상은 흔해빠진 것 같아서 그 순간에는 가치를 모르지만, 갑자기 끝나버린 후에야 비로소 소중하다는 걸 깨닫지. 지금은 알아.'

아빠를 떠나보내고 오랜 절친과도 헤어진 지금. 더는 행복한 중학생 소녀가 아닌 사십 대 메구미는 이런저런 쓸쓸한 감정도 알고 있다. 그런 감정 하나하나를 보석 목걸이를 엮듯이 그러모아 실을 꿰어 작품을 만들었고, 메구미는 신인상을 거머쥐어 마침내 작가로서 첫 책을 내게 됐다. 험준한 바위산을 오르는 기분으로 노력하고 노력해서, 위로 또 위로 올라와 지금 동경하던 풍경 좋은 곳에 섰는데.

'그래봤자 나는 나야. 여기까지가 한계겠지.'

쓸쓸하게 웃으며 살짝 어깨를 움츠렸다.

'오히려 지금까지 참 열심히 했다 싶어. 응, 나 진짜 열심히 했어.'

주눅 든 것도 아니고 신 포도를 바라보는 여우의 심정도 아니라 정말 그렇게 생각한다. 메구미는 자신이 얼마나 행복한 사람인지 아주 잘 안다. 자신에게는 과분할 만큼 다정한 배우자가 있고, 역시 축복 그 이상인 똑똑하고 귀여운 딸들이 있다. 가까운 친구나 지인, 일로 만난 동료도 좋은 사람이다. 손님들도 멋지다.

허브 농원과 레스토랑 일도 순조로우니 만약 언젠가, 불행하게도 쓰는 일이 잘 안 풀려서 더는 책을 못 내고 절판돼 사라진 작가라고 불리더라도 굶어 죽을 일은 없다. 꿈이 좌절되어 절망한 메구미를 가족과 모두가 위로해줄 것이다.

'그래. 나는 벅차도록 행복해. 설령 사랑하는 이 공항에는 어울리지 않는 시골뜨기 아줌마라도…… 욕심을 더 부리면 안 되지. 많은 걸 바라면 안 돼.'

설령 한 권만 내고 사라진 작가로 끝나더라도 괜찮다. 나는 행복한 사람이다. 그렇게 여기고 웃을 수 있는 내가 되자. 그렇게 생각했다. 이 운명에 감사하자. 이보다 더 많은 행복을 원하면 틀림없이 벌받을 거다. 너무 욕심을 부리고 탐욕적으로 구는 건 좋지 않다.

메구미는 대단한 인간은 아니지만 자그마한 자존심을 지녀 예전부터 꼴사납게 구는 것과 탐욕을 부리는 걸 싫어했다. 그런 인간만큼은 절대 되지 않겠다고 맹세했다. 갖고 싶은 것이

제3화

생겨도 무슨 일이 있어도 손에 넣겠다고 바둥거리기도 싫고 다투기도 싫었다. 그런 삶을 살기 위해서 억지로 참은 적도 있고 일부러 물러난 적도 있다.

"메구미는 멋있어서 좋다."

오래전 절친이 그렇게 말했다.

"진짜 널 존경해. 나는 갖고 싶은 건 꼭 갖고, 다른 사람이랑 경쟁하고 싸워서라도 어떻게든 손에 넣고 싶어."

싱긋 웃는 그 아이가 어찌나 아름답던지, 이렇게 웃을 수 있다면 어지간한 것은 원하지 않더라도 전부 가질 수 있겠다고 메구미는 생각했다.

그런 메구미가 남과 경쟁하는 방향을 선택하고 오랫동안 해온 유일한 일이 투고 생활이다. 글을 쓰는 것만큼은 남에게 양보하지 않았다. 끝없이 낙방하더라도, 때로는 자신이 꼴불견처럼 여겨져도 꿈을 포기하지 않고 하염없이 썼다.

시시각각 밤이 다가오는 공항에서 어쩔 줄 모르고 서 있었지만, 시간이 지나자 차츰차츰 마음이 진정되었다. 메구미는 라벤더 향이 나는 손수건을 가슴에 대고 심호흡하고 좋았어, 하고 고개를 들었다.

"일단 걷자. 여기에 쭈그리고 있어봤자 상황은 변하지 않으니까.”

걷다보면 아는 장소가 나올지도 모르고, 리무진 버스 티켓을 사는 방법이 생각날 수도 있다. 그러면 분명 지금보다 기운이 날 것이다. 두려움도 사라질 것이다.

‘애초에 영광스러운 시상식에 참석하려고 왔으면서 나도 참 뭘 우울해하는 거람.’

더 힘차게 웃어도 될 텐데. 칭찬받기 위해서, 축하받기 위해서, 앞날을 축복받기 위해서, 그리고 책 발간을 앞둔 작가로서 편집자와 미팅하기 위해서 메구미는 비행기를 타고 여기까지 왔으니까. 만약 언젠가 쓰는 일을 지속하지 못해 업계에서 사라지더라도 지금 여기까지 도달한 행복을 누리자. 지금은 나를 인정해주자.

우울해하는 건 언젠가 미래에, 불행이 실제로 찾아온 후에 하면 된다. 고개를 들고 최대한 웃음을 지으며 캐리어를 끌고 걸었다.

‘그래. 웃자. 입술을 올리고……’

전에 미용실에서 우연히 읽은 잡지 기사에서 옛 절친이 환하게 웃는 사진과 함께 이렇게 말했다.

‘나이 초월·완벽 미인의 비밀’이라는 글자 옆에 ‘웃음이 기초이자 기본이에요. 저도 가끔은 우울할 때가 있지만, 웃으면 긍정적인 마음이 드는 용기가 샘솟아요. 입술을 올리고 무리해서라도 웃으면 내가 이 세상의 주인공이 된 기분이 들고 좋았어, 어디 가볼까, 하고 생각하게 돼요.'

이 세상의 주인공. 좋은 말이다. 그 친구에게 잘 어울리는 말이다. 메구미처럼 평범한 사십 대, 아주 조금은 글 쓰는 재능이 있을지 모르나 아마도 이 세상의 조연일 인간과는 타고난 바탕이 다르다.

'그래도.'

조연일지라도 고개를 들고 걷자. 입술을 올려 웃는 얼굴로. 황혼 녘의 빛이 내리쬐는 넓은 터미널의 번잡함 속을. 혼자서.

'잠깐은 주인공이 된 기분을 느껴도 괜찮잖아? 스포트라이트를 받는 기분을 느껴도 괜찮아.'

꼭 지금 낙담하지 않아도 된다.

"서점에 가볼까?"

문득 생각났다. 좋아하는 그곳, 몇 번이나 다녔던 작은 서점. 책 냄새가 나는 공기에 감싸인 그곳에 가면 리무진 버스 티켓을 사는 방법과 사는 곳이 떠오를지도 모른다.

"서점 직원이 바쁘지 않으면 이번에 데뷔하는 신인 작가라고 인사도 하고……"

일단 명함은 가지고 왔다. 남편이 집 컴퓨터로 만들어줬다. 하지만 명함을 건네는 모습을 상상하자 부끄러워 메구미는 머리를 감싸 쥐었다. 명함 교환이야 평소에 일할 때도 하지만 이 명함에는 '작가'라고 적혀 있다.

'안 돼. 도저히 못 하겠어.'

무리다. 그건 됐으니까, 하고 메구미는 고개를 들고 헛기침을 하며 걸음을 옮겼다. 와, 서점이 어딘지 발이 기억하는 것 같다. 저쪽 벽도 여기 통로도 몇 번이나 리모델링 공사를 거쳐 번쩍번쩍 밝고 새로워 보이는데 발은 옛날 기억을 더듬을 수 있었다.

"서점에서 작가로서 인사는 못 하더라도 버스 티켓 정도는 물어봐도⋯⋯ 괜찮겠지?"

그 정도로 화를 내지는 않겠지? 적어도 내가 같은 질문을 받는다면 웃으며 대답해줄 테니까. 마침 찾는 책도 있으니까 (그런 책은 늘 잔뜩 있다) 책을 사면서 물어보자.

설마 이날 이 순간에 이 친구와 만날 줄은 상상도 못 했다. 공항의 작고 오래된 서점, 그 계산대 앞에서 마유리는 시간이 멈춘 줄 알았다. 아니다, 조금 다르다. 마치 평소 연기하는 텔레비전 드라마나 딱 한 번 참가한 적 있는 영화필름 속에 들어온 기분이었다.

'그게 이런 일은 말도 안 되잖아……'

차가운 저녁 바람이 분 것처럼 마음이 싸늘해져서 아주 조금 쓸쓸했던 이런 타이밍에, 먼 옛날 십 대 시절에 헤어지고 만 최고의 절친과 아무런 예고나 예감도 없이 만나다니, 그런 영화나 드라마 같은 일이 실제로 있으리라고는 생각도 못 했다. 마유리는 친구의 이름을 불렀다.

"메구미?"

꿈이나 착각일지 모른다고 생각해 가까이 다가가 자기도 모르게 얼굴을 들여다보고 확인했다.

'그래도 그렇지, 이게 도대체 몇십 넌만의 재회야? 그것도 당시 좋아했던 공항 터미널의 서점에서 마주치다니. 진짜인지 의심할 수밖에 없잖아.'

옛 친구는 외모가 그때와 많이 달라졌다. 중학생 때는 마치 소녀 만화 속 등장인물처럼 말랐었다. 키가 살짝 작은 느낌도 마유리가 보기에는 인형 같았다. 마유리는 자기의 큰 키가 거칠어 보여서 싫었다. 커다란 가슴도 무겁기만 하고 불편했다. 가슴 무게로 어깨가 당겼다. 메구미는 일러스트처럼 귀여워서 좋겠다고 언제나 생각했다. 그렇게 말하면 메구미는 "뭐야, 칭찬해도 아무것도 없다"라며 깔깔 웃었지만. 데굴데굴 변하는 표정은 웃을 때도 시무룩할 때도 복고 스타일의 큼지막한 안경이 잘 어울려서 귀여웠다.

그 절친이 지금은 안경을 쓰지 않고 살이 붙어 통통해진 것도 마유리는 전부 알고 있었다. 친구는 얼마 전에 규모 있는 문예 신인상을 받았고 덕분에 신문이나 잡지 취재를 자주 했다. 마유리는 그런 기사를 모아서 스크랩했으니까 지금의 모습도 사진으로 봐서 알고 있었다. 직업이 직업이라 기억력이 뛰어나서 뇌리에 새겨졌다. 옛 절친이 얻은 행운이 기뻤으니까 최고로 행복한 기분을 느끼며 몇 번이나 바라보았다. 그러니 눈을 감아도 떠올릴 수 있을 정도다. 취재를 받으며 쑥스러워하고 부끄러워하면서도 반짝이는 미소를 지은 그 사진들, 틀림없이 그 절친이 눈앞에 있다.

"혹시 마유리야?"

그리운 목소리가 마유리의 이름을 불렀다. 살짝 허스키하고 차분한, 귀를 기분 좋게 하는 목소리. 비둘기 울음소리 같은 목소리. 십 대 시절과 달라지지 않은 입가의 보조개가 지금은 당시보다 윤곽이 동그래진 통통한 뺨에 다정하고 부드럽게 우물을 팠다.

'와, 꿈이 아니야.'

눈앞에, 여기에, 옛 절친이 있다. 십 대 때 그날 이 공항에서

'심한 짓'을 하고 헤어진 후로 두 번 다시는 만나지 못할 줄 알았던, 그렇게 각오했던 가장 친한 친구. 소중한 소꿉친구.

사실은 너무 만나고 싶어서 어렸을 때는 셀 수 없이 꿈을 꿨다. 그날 공항에서 있었던 사건이 사실은 벌어지지 않았다는 꿈. 사건이 벌어졌어도 메구미가 웃으며 용서해주는 그런 꿈. 하지만 꿈은 꿈일 뿐이니까 눈을 뜨면 사라진다. 커튼을 활짝 젖힌 밝은 침실에서 마유리는 쏟아지는 햇살을 받으며 '아, 지금 그거 꿈이었구나' 하고 수없이 깨닫고 수없이 고개를 떨궜다.

시간이 지나면 상처에 딱지가 앉는 것처럼 어른이 되면서 그날의 사건을 떠올리는 일도 사라졌으나, 그래도 여전히 메구미를 좋아하고 그리워했으며 내심 여전히 절친이라고 믿었다. 다른 친한 사람이나 좋아하는 사람이 이후로 몇 명이나 생겨도(마유리는 예전부터 늘 사람들 틈에 있었다. 사람을 좋아했고, 호감을 사기도 쉬웠다) 메구미와의 추억은 마음의 문 안쪽에 소중하게 넣어두었다. 잊지 않았다.

하지만 시간을 되돌리지 않는 한 다시는 메구미와 만나거나 대화할 일은 없다고 생각했기에 이렇게 만난 현실을 지금 도무지 믿을 수 없었다. 그래서 이름을 불렀는데, 마유리는 곧바로 '앗, 나 좀 봐. 멍청하게' 하고 입가에 손을 올렸다. 아무리 반갑더라도 이런 식으로 뻔뻔하게 눈앞에 나타나는 건 이상하다. 부자연스럽다. 하지만 현실은 영화나 드라마가 아니어서 말을 걸기 전으로 되돌아가 다시 찍을 수 없다.

즉시 이 자리에서 등을 돌리고 어디로든 사라지고 싶었지만, 눈앞의 옛 절친이 마유리를 탓하거나 모른 척하지 않고 차분하게 있어주어서 그럴 기회를 놓쳤다. 감정이 고조돼 정신을 차리자 선글라스를 벗은 큰 눈(원래도 예쁜 형태인데 아이라인을 곱게 그리고 긴 속눈썹을 꼼꼼히 올린 자랑스러운 눈)에서 아무런 전조도 없이 눈물이 좌우 한 줄기씩 뺨을 타고 흘러내렸다. 감정 조절에 뛰어나다고 자신했던 만큼 동요했고, '어떡해, 마스카라가 눈물 때문에 녹겠어……' 하고 눈 주위가 판다처럼 새까매질 미래가 보여 마유리는 당황했다.

문득 보니 계산대 안에 선 여성 직원이 무슨 일인가 하고 걱정스럽게 마유리와 친구를 지켜보고 있었다. 호기심 같은 느낌이 아니라 어디까지나 마유리와 친구를 걱정하는 부담스럽지 않은 시선, 손님들에게 지금 어떤 곤란한 문제가 생기면 자신이 무언가 해줄 수 있는 일이 있는지 자연스레 고민하는 진지하고 친절한 시선이다.

"그게……"

마유리는 얼른 입가에 아무 일도 없다는 미소를 지으며 서점 직원을 바라보고 이어서 친구를 봤는데.

"잠깐만, 왜 너도 울어?"

절친이, 메구미가 주룩주룩 뺨에 눈물 구슬을 굴리며 울고 있었다. 손에 쥐고 있었는지 좋은 향이 나는 손수건을(아, 라벤더 향기다, 하고 마유리는 생각했다) 눈가에 댔으나 늦었다. 그랬지. 이 아이는 금방 눈물을 흘리고는 했다. 남이 울면 덩달아 우는 아이였던 걸 마유리는 기억해냈다. 감수성이 풍부해 늘 웃고 울고 표정이 데굴데굴 바뀌었다. 현실에서도 이야기에서도 슬픈 일이 생기거나 누구든 우는 사람이 있으면 자기도 금방 슬퍼져서 울었다.

"아이참…… 넌 여전하네."

메구미의 눈물을 보자마자 마유리의 동요와 눈물은 멈췄다. 정신 바짝 차려야지. 어느새 여기저기에서 마유리와 메구미를 살피는 사람들의 시선이 느껴졌다. 곧 오십 대를 앞둔 여자 둘이 공항 서점의 계산대 앞에서 느닷없이 울다니 괜한 소문이 나면 역시 좋을 게 없다. 자신은 연예계 인간이니 이목을 끌고 화제가 되는 것은 익숙하다. 그러니 딱히 상관없지만 앞으로 화려하게 문단에 데뷔할 신인 작가인 메구미에게 그런 일이 생기면 안타깝다.

"그 책 살 거지? 이리 줘."

메구미가 든 책을 반쯤 강탈하듯이 가져가 들고 있던 잡지와 함께 서점 직원에게 내밀었다. 스마트폰의 전자 결제 앱으로 재빨리 결제했다.

"책에 커버를 씌울까요?"

서점 직원이 물었다. 메구미가 눈가를 손수건으로 누르고 고개를 끄덕여서 마유리가 "부탁드릴게요" 하고 대답했다. 재빠른 솜씨로 커버를 씌워 건네준 책을 친구에게 주고, 서점 직원에게 고맙다고 웃으며 인사하고 자신은 봉지에 담아달라고 한 잡지를 받았다.

"가자."

메구미를 재촉해 그 자리를 떠났다.

넓은 터미널 안을 마유리가 이끄는 대로, 마유리의 등을 보면서 영 손에 익지 않는 캐리어를 끌고 정신없이 발길을 서두르던 메구미는 문득 착각에 빠졌다.

'아, 옛날 같아······.'

둘 다 아직 중학생이고 이 공항에서 그리 멀지 않은 동네에 살았던 시절. 남색 세일러복에 하얀 스카프를 나부끼던 시절. 학교가 끝나면 교복을 입은 채 터미널에 오기도 했지. 모노레일을 타고.

메구미라면 세 걸음도 못 걷고 넘어질 굽 높은 구두를 신고, 손에 익어 보이는 세련된 네 바퀴 캐리어를 끌며 가볍게 앞장서서 걷는 마유리의 긴 머리카락은 그때와 달리 염색해서 경쾌한 밤색이다. 그래도 등에서 물씬 풍기는 향수 향기를 맡자 십 대 시절이 생각났다. 그때도 터미널 안을 마유리와 나란히 걸었다.

넓고 화려한 터미널은 어른의 세계였다. 휘황찬란한 가게가 이어지고 창밖에는 비행기가 오가는 가운데, 비행기 이착륙을 알리는 방송은 마치 마법의 주문처럼 신비하게 들려서, 나이에 비해 세상 물정을 잘 모르고 어리숙했던 메구미는 위축됐다. 앞뒤를 오가는 사람들은 일이나 여행을 위해 곁눈질도 하지 않고 이동하는 어른들뿐. 자신이 오면 안 되는 곳 같았다. 하지만 그때도 앞서 걷는 마유리의 등을 바라보면 무섭지 않았다. 마유리가 곁에 있으면 넓고 아름다운 세계에서 배제되는 일 없이 그저 넋을 잃고 구경할 수 있었다.

'마유리는 그때랑 똑같네. 어른스러운 면이.'

아니지, 이제 둘 다 나이 지긋한 어른이니까 나이에 어울린다고 해야지, 하고 메구미는 머릿속으로 자신에게 핀잔을 주었다.

메구미를 감싸준 등에서는 늘 좋은 냄새가 났다. 향수의 향이다. 중학생쯤 되면 다들 코롱 정도는 쓴다. 체육 수업 후에 땀 냄새를 숨기려고 레몬 향 코롱을 뿌리거나 몰래 손목과 귀 뒤에 꽃이나 비누 향이 나는 코롱을 묻혔다. 당시 중학생들이 쓰던 것은 슈퍼나 잡화점에서 파는 자그마하고 귀여운 코롱이었다. 당연히 메구미도 용돈으로 자그마한 병을 사서 소중하게 썼는데, 마유리는 항상 남들과 다른 어른스러운 향을 풍겼다. 진짜 향수를 썼다.

　그 향은 신비로웠다. 먼 이국땅의 이름 모를 꽃이 피는 밤의 화원 같고, 오래된 유적지에 남겨진 읽을 수 없는 문자가 적힌 마법서의 종이 냄새 같고, 불가사의하고 알쏭달쏭하고 신비롭고 고풍스럽고 달짝지근했다. 죽었다 깨도 평범한 중학생에게 어울릴 향이 아니고, 이를테면 은막의 화려한 배우에게 어울릴 향인데 마유리에게는 정말 잘 어울렸다.

　"이 향수? 겔랑의 야간 비행이야."

　"야간 비행? 혹시 생텍쥐페리의 소설이랑 관계가 있어?"

　『어린 왕자』로 유명한 옛날 소설가가 쓴 작품 중에 같은 제목의 유명한 책이 있어서 바로 연상했다. 메구미의 아빠가 좋아하는 책이다. 편지를 배달하려고 복엽기(동체의 아래위로 두 개의 앞날개가 있는 비행기)를 타고 멀리 밤의 대륙을 건너가는 용기 있는 비행사들의 이야기다.

"잘 모르겠네."

마유리가 고개를 갸우뚱했다.

"이 향이 마음에 들면 나눠줄게."

그러면서 분무형 공병에 담아줬다. 매우 고상한 향기여서 아무리 노력해도 메구미에게 어울릴 향은 아니었다. 그래서 가끔 밤에 자기 전에 손목에 뿌리고 눈을 감고 향을 음미했다. 그러던 어느 밤 꿈을 꿨다. 메구미는 칠흑 같은 밤하늘과 사막 사이를 날아가는 비행사였고, 비행기는 커다란 프로펠러가 돌아가는 옛날식 복엽기였다. 생텍쥐페리의 『야간 비행』과 『어린 왕자』에서 나오는 그 비행기.

지붕이 없어서 바람을 고스란히 느낄 수 있는 비행기를 메구미가 조종했다. 어디까지나 이어지는 하늘에는 셀 수 없을 만큼 별이 가득했다. 아래 세상을 내려다보니 녹음이 감싼 오아시스가 있었는데, 그곳에는 향기 그윽한 꽃들이 피는 화원과 달콤한 냄새가 나는 과일이 주렁주렁 열린 멋진 과수원이 있었다.

지상에서 풍기는 좋은 향기를 가슴 가득 들이마시자 귓가에 목소리가 들렸다. 들어본 적 있는 그리운 목소리는 마유리의 목소리. 메구미가 쓴 시나 소설을 낭랑하게 노래하듯이 읽는 그 목소리는 비행기가 날아가는 밤하늘의 이 높은 곳까지 바람을 타고 도달했다. 목소리는 하늘의 별처럼 찬란했고, 오아시스에 부는 밤바람처럼 맑고 청아하고 아름다웠다.

'와, 등대 불빛 같아.'

꿈속에서 메구미는 생각했다. 아무리 밤하늘이 어둡고 여로가 멀어 보여도, 비바람과 마주치더라도 나는 저 아름다운 목소리가 들리는 곳에 돌아갈 수 있다. 저 목소리가 있으니까 헤매지 않고 날 수 있다.

메구미는 아빠 영향을 받아 어려서부터 이야기를 상상하고 문장을 쓰는 걸 좋아했다. 쓴 글을 남이 읽어주는 것도 좋았다. 그래도 항상 자신이 없었다. 기껏해야 내가 한 생각이고 엮어낸 말이며 문장이니 틀림없이 대단하지 않을 것이었다. 전혀 가치 없는, 흔해빠진 돌멩이일 게 뻔했다.

메구미는 가족과 몇 명의 친구, 그리고 동네 사람들에게도 사랑받으며 자랐다. 솔직히 외모는 평범하고 이렇다 할 장점도 없으나 더없이 행복한 아이라고 스스로도 생각했다. 그러나 스스로 사랑받는 행복한 사람인 줄 알아도 자기 재능에 자신감을 느끼는 것은 별개의 문제다.

어쩌면 메구미에게 문장이나 이야기를 쓰는 일은 정말로 소중한, 목숨과 마찬가지로 소중한 것이었기에 두려웠을지도 모른다. 자신에게 재능이 없을 가능성. 그 세계를 좋아하는 만큼 재능이 무엇보다 중요한 그 세계에 들어가기 위한 티켓을 갖추지 못했다고 생각하는 게 두려웠고, 꿈을 꾸는 것이 두려웠다.

그래도 자신에게는 마유리가 있었으니까. 메구미가 쓴 글이 멋있다고 그 목소리로 말해주었으니까 그때 메구미는 고개를 번쩍 들 수 있었다. 계속 쓸 수 있었다. 마유리가 읽어주면 메구미가 쓴 돌멩이 같은 말이 찬란하게 빛나는 보석이 됐다. 흔하디흔한 말도 세계에 둘도 없는 마법의 주문처럼 주변을 밝혀주는 매력적인 말이 됐다.

'마유리가 칭찬해줬으니까, 기뻐했으니까.'

나는 계속 쓸 수 있어. 그 시절에 메구미는 그렇게 믿었다.

한편으로 왜 이렇게 멋진 여자애가 나와 친구를 해주는지 늘 신기했고 고마웠다. 처음 친해진 계기는 아마도 자리가 가까웠다거나 하는 이유였겠지만, 생활환경이 전혀 다른데도 자매처럼 말이 잘 통하고 웃는 포인트도 같아서 늘 곁에 달라붙어 수다를 떨고 까르르 웃었다. 서로 집에도 자주 놀러 갔다.

메구미는 당시 오래되고 비좁은 맨션에서 살았다. 뒷마당에 자란 담쟁이나 등나무나 능소화가 지저분해 보이는 벽면에 달라붙었다. 메구미는 공포 영화에 나오는 유령 저택 같은 풍경이라고 생각했는데, 마유리는 프랑스 아파르트망처럼 멋있다고 했다.

역시 저택에 사는 부잣집 여자애는 표현력이 다르다는 게 메구미의 솔직한 감상이었다. 아역 시절부터 인기가 있어서 화려한 세계에 살았으니까 예상치 못한 것에서 빛을 끌어낼 수 있구나.

마유리의 집은 부모님도 친척도 또 조상 대대로 예술인이나 예능인을 배출한 집안으로 마유리의 부모님은 배우였다. 드라마와 영화, 시에프에 출연하는 누구나 다 아는 유명인이고 항상 무슨 일로든 화제가 되어 버라이어티쇼에 등장했다.

"그러니까 매일 다들 바빠서 집에 없어. 심심해."

마유리는 종종 어깨를 움츠리고 말했다. 가사도우미들만 집에 남겨두고 부모님은 각자 다른 일을 하러 나가는 게 일상이라고 했다. 사실 메구미도 마유리의 집에서 부모님을 본 적이 없었다.

"뭐, 나도 늘 일이 있어 나가니까 남 얘기는 못 하지만. 그래서 우리 집은 셋이 항상 뿔뿔이 흩어진 가족이야."

마유리는 부모님의 일을 좋아하고 존경하고 신뢰한다. 같이 있을 때는 사이가 좋아서 일에 관한 이야기나 이런저런 잡담을 나눈다고 했다. '프랑스 아파르트망'에는 어려서 딱 한 번, 여름방학 때 가족과 함께 가서 며칠간 머무른 적이 있다고 했다. 아주 어렸을 때의 추억이지만 거기서 지내는 동안 매일 즐겁고 좋았다고 기억한다고 했다. 아침 시장에서 채소와 과일을 사서 부엌에서 아침밥을 만들고, 비 오는 날에는 아무것도 안 하고 종일 침대에서 뒹굴고, 창밖에 내리는 비를 바라보며 음악을 듣고 많은 이야기를 두런두런 나눴다고 했다.

마유리는 여름방학이면 메구미의 집에 자러 왔다. 좁은 서민 맨션이니 방이 많이 있을 리 없다. 메구미와 어린 남동생이 쓰는 아이들 방에 어떻게든 세 사람분의 이부자리를 깔고 셋이서 수다를 떨다가 잠들었다.

마유리가 메구미의 집에 머무는 동안에 마유리와 메구미와 메구미의 동생은 강아지나 새끼 고양이처럼 장난치며 지냈다. 같이 마신 칼피스(일본의 유산균 음료)는 여름방학 맛이었다. 메구미의 엄마가 "꼭 애가 셋 있는 것 같아"라고 말하며 아빠와 함께 즐겁게 웃었다.

좁고 오래된 맨션의 어둡고 천장이 낮은 부엌 식탁에서 마유리는 메구미의 부모님이 만든 홋카이도식 닭튀김이나 양파와 소시지를 듬뿍 넣은 케첩 맛 스파게티 같은 아주 평범한 저녁밥에 눈을 반짝이며 입맛을 다셨고, 수박을 덥석덥석 먹은 뒤 메구미와 메구미의 동생과 함께 설거지하고 뒷정리를 했다.

밤에는 맨션 마당에서 빈 깡통에 촛불을 켜고 슈퍼에서 산 불꽃놀이 세트로 조촐하게 불꽃놀이도 했다. 이웃집 아이들도 오라고 해서 다 함께 즐겼다. 다양하게 들어 있는 불꽃놀이 세트 중에서 막대 폭죽은 늘 마지막에 가지고 놀았는데, 작게 소리를 내며 불꽃이 타들어가다가 이윽고 사라져 발간 불덩이가 되어 떨어지는 광경을 조금 애틋한 심정으로 바라보았다. 생각해보면 참 좋은 시절이었다. 그때는 여름에 아무리 더워도 밤이면 시원한 바람이 불었다. 아이들이 동네에서 떠들어도 시끄럽다고 투덜대는 어른이 없었다.

밤이 늦으면 셋이서 옥상에 올라가 별을 봤다. 오래되고 좁은 맨션 옥상이지만 적어도 그때는 주민이 자유롭게 올라갈 수 있었다. 울타리에 빨랫줄을 걸고 빨래를 말리거나 꽃이나 채소를 키우는 화분이 놓여 있었다. 대화를 나누라고 벤치도 있었다. 메구미의 아빠가 별자리 지도를 만들어줘서 메구미와 동생과 마유리는 그걸 들여다보며 질리지도 않고 별을 찾았다. 밤이 깊으면 길거리에 있는 맨션에서도 밝은 별 정도는 찾을 수 있었다.

아빠도 옥상에 올라와 별 이름을 가르쳐주고는 했다. 나중에는 낡은 천체망원경을 준비해 토성의 고리나 목성의 위성을 보여주었다. 메구미의 아빠는 어렸을 적에 우주비행사가 되고 싶었다. 시력이 나쁘고 무엇보다 몸이 약해 꿈을 포기했지만, 대신 에스에프 소설을 읽고 직접 쓰기도 한 사람이었다. 작가가 되고 싶다는 꿈을 품고 일하는 틈틈이 별이나 시간 여행 이야기를 꾸준히 써서 신인상에 투고했다. 자신이 직접 갈 수는 없어도 우주를 좋아하는 마음은 여전해서 자식들에게 얼마든지 즐겁게 별 이야기를 들려주었다.

메구미는 여름방학의 그런 시간을, 마유리와 함께 보내는 시간을 좋아했다. 메구미 동생도 마유리를 잘 따라서 마유리가 집에 갈 때면 울면서 아쉬워했다.

"마유리 누나, 우리 집 아이가 되면 좋을 텐데."

달라붙어 울먹이는 어린 동생을 마유리가 몸을 굽혀 안아주고 "또 놀러 올 거야"라고 속삭였다. 메구미가 동생 등을 안고 이제 그만하라고 떼어냈을 때, 마유리가 작고 쉰 목소리로 "나도 이 집 아이가 되고 싶어"라고 말하는 것이 언뜻 들렸다. 메구미가 조금 놀라 마유리의 얼굴을 바라보았는데, 평소처럼 환하게 웃는 얼굴이었다.

함께 계단을 내려가 마유리를 일층까지 배웅한 후(맨션은 오층 건물이었는데 엘리베이터가 없었다) 메구미는 마유리를 베란다에서 지켜보려고 집까지 뛰어 올라가 베란다에 서서 그 모습을 찾았다. 해 질 녘 여름밤 주택 단지에 긴 그림자를 드리우며 걷는 마유리의 모습이 너무 쓸쓸해 보였다. 평소의 밝고 화사한 면은 온데간데없이, 마치 아주 어린애처럼 서투르게, 외롭게 길을 걸었다. 세상에 혼자 남은 아이처럼 고개를 숙이고.

조금 전까지 집에서 웃고 떠들었던 밝은 소녀와는 전혀 다른 사람 같았다. 어느새 메구미의 부모님도 곁에 와서 저 아래 걸어가는 마유리를 지켜보았다. 엄마가 메구미의 어깨를 가볍게 도닥였다.

"언제든 놀러 와도 된다고 마유리한테 말하렴. 와줘서 즐거웠다고."

아빠도 웃으며 고개를 끄덕였다.

"우리 집은 언제든 대환영이니까."

쓸쓸해 보이는 뒷모습을 본 건 그때뿐이었다. 마유리는 언제나 웃는 얼굴로 의연하고 화사하게 바람을 가르며 걸었다. 워낙 행복해 보여서 쓸쓸함은 한 톨도 느껴지지 않았다. 지금 어른이 된 마유리의 여전히 의연한 뒷모습을 뒤쫓아 터미널의 밝고 넓은 공간을 걸으며 메구미는 가만히 생각했다.

'우리 가족이 홋카이도로 간 후에 마유리, 여름방학을 어떻게 보냈을까…….'

메구미 가족이 그 동네의 오래된 맨션에서 떠난 뒤, 마유리는 어떤 식으로 어디에서 누구와 그 후의 여름을 보냈을까? …… 아니다, 마유리는 친구가 많았고 인기가 있었다. 오히려 메구미의 집에 몇 년씩이나 들락거렸던 어린 시절의 수년간이 이상했던 거다.

'그래도.'

당시 마유리의 웃는 얼굴과 쓸쓸하게 돌아간 등을 메구미는 지금도 잊지 못한다.

'마유리, 나는…… 쓸쓸했어.'

그날 공항에서 헤어져서. 살던 동네도 달라지고 멀리멀리 떨어져서. 머나먼 하늘 저편의 북쪽 마을은 엄마의 고향이라도 메구미는 처음 살아보는 동네였으니까. 친구를 새로 사귀는 것부터 시작해야 했으니까. 등대 같았던 마유리의 목소리가 없는 곳에서 혼자 문장을 쓸 용기, 그것을 누군가에게 보여줄 용기를 내기까지 힘들었다.

'몇 년이 지나서야 간신히 용기를 낼 수 있었어. 새로 사귄 친구들에게 글을 보여주는 것도 즐겁다고 느꼈어.'

여기에 마유리가 있다면. 마유리라면 기뻐하며 칭찬해줬을 텐데. 그렇게 수없이 생각하면서도 이제 마유리는 메구미 곁에 없으니까 혼자서 쓸 수 있어야 했다. 메구미를 감싸주는 등은 이미 없으니까.

아트리움을 둘러싸는 형태로 각종 가게가 들어선 널찍하고 밝은 공간이 나왔다. 긴 에스컬레이터를 타고 위층으로 갔다. 메구미는 마유리 뒤에서 가끔 용기를 내 주변 풍경과 이동하는 사람들을 둘러보고 높은 천장을 올려다보았다. 너무 화려하고 밝아 몇 번인가 아찔했다. 위층 한쪽 편에 있는 가게의 음식 모형 진열장 앞에서 마유리가 메구미에게 말을 걸었다.

"괜찮다면 여기 들어갈까? 짐도 있고, 네가 좀 진정할 때까지……."

그러면서 이후에 누구와 약속은 없는지, 급하게 가야 할 곳은 없는지 메구미를 세심하게 신경 썼다. 메구미는 손수건을 입에 댄 채 그저 고개를 좌우로 저었다. 고맙다고 꾸벅 고개를 숙였다. 배려해주는 마유리가 예전과 다르지 않아서, 너무도 다르지 않아서 뭔가 말하려고 입을 열면 또 눈물이 쏟아질 것 같았다.

역사 깊은 프랜차이즈 패밀리레스토랑이었다. 메구미가 사는 곳에도 있는 가게여서 오히려 마음이 놓였다. 매장 안쪽에 창문이 있어서 하늘과 이륙하는 비행기의 불빛이 보였다. 가게는 적당하게 붐볐다. '진정할 때까지' 그 말이 귀에 남아 메구미는 갑자기 부끄러웠다. 눈가에 아직 맺힌 눈물에 대고 손수건을 눌렀다. 코를 킁킁 훌쩍였다. 이 나이를 먹고 어린애처럼 울다니 너무 부끄럽다.

'하지만 눈물이 나왔는걸······.'

마유리의 눈물을 본 순간, 수많은 감정이 차올랐다. 기억도 되살아났다. 그 당시 마유리를 얼마나 좋아했는지, 함께한 날들이 얼마나 사랑스럽고 소중했는지를. 이해할 수 없는 작별 이후 이날 이때까지 혼자 글을 써왔던 것을.

'나를 싫어한다고 생각했는데. 최소한 나 같은 거 어찌 되든 상관없는 줄 알았어. 두 번 다시는 못 만날 줄 알았어.'

그러나 갑자기 눈앞에 나타난 옛 절친은 훌륭한 어른으로 성장했으면서도 그 시절과 다르지 않은 표정과 큼지막한 눈동자로 메구미를 바라보고, 변함없이 아름다운 목소리로 메구미의 이름을 불렀다. 기쁘고 혼란스럽고 놀라서 심장 고동이 멈추지 않던 그때, 마유리가 흘린 눈물을 보고 메구미의 마음에도 수많은 감정이 넘쳐흘렀다.

'나는 눈물을 쉽게 그치지 않는데······.'

조금 속상해서 메구미는 손수건을 덥석 물었다. 한편 마유리는 벌써 울었던 흔적이라고는 전혀 없이 천연덕스럽게 평소의 표정이었다. 어쩌면 조금은 마스카라가 번졌을까? 겨우 그 정도다.

'역시 배우는 배우네.'

십 대 때도 감탄했는데, 마유리는 정말로 자기가 원하는 대로 표정을 지을 수 있다. 아까는 그렇게 선명하게 볼을 타고 흐르던 눈물이 잠깐 사이에 어떻게 멈추지. 메구미는 도무지 상상이 안 됐다. 도리어 아까 본 눈물이 거짓말이고 연기였을지도, 하고 백분의 일 초쯤 생각했으나 말도 안 되는 헛소리니까 금방 지워버렸다. 커다란 눈에 가득 넘쳐서 선이 고운 뺨을 타고 흐른 투명한 눈물. 건드리면 분명히 뜨거웠을 그 눈물은 진짜였다. 틀림없다.

메구미는 작가로서(이제부터 데뷔할 예정이지만 아무튼) 자기 감각을 믿고 싶었다. 무엇보다 그 옛날, 마유리의 절친이었던 그날의 기억에 맹세코 그건 진짜 눈물이었다고, 조금은 쓸쓸하게 곱씹으며 생각했다.

가게로 한 걸음 들어서며 메구미는 생각했다.

'예전이랑 똑같다……'

먼 옛날 마유리와 함께 몇 번쯤 온 적 있다. 중학생의 지갑 사정에는 조금 비싼 것들만 가득한 터미널에서 이곳은 그나마 들어올 수 있는 곳이었다. 마유리와 달리 '품격 있는 가게'에 다닐 기회가 거의 없었던 메구미에게도 이곳의 파스타나 팬케이크는 무리하지 않고도 먹을 수 있는 음식이었다. 이착륙하는 비행기를 창 너머로 구경하며 마유리와 함께 작은 케이크나 아이스크림을 먹고 음료 무한 리필을 즐기고는 했다.

마유리가 능숙하게 메구미를 자리에 앉히고 두 명의 짐을 다른 사람에게 방해되지 않을 곳에 놓았다. 마유리도 자리에 앉았을 때 달콤한 향이 나는 바람이 메구미 쪽으로 물씬 풍겼다.

"야간 비행은……."

무심코 말이 입에서 튀어나왔다.

"마유리, 예전에 썼었지."

"와, 기억하고 있었네?"

마유리가 기쁜 듯이 웃었다.

"지금도 쓰니?"

"겔랑 향수를 좋아해서 이것저것 쓰는데 야간 비행은 하나 다 쓰고 이제 안 써. 병은 안 버리고 가지고 있어. 형태도 귀엽고 뚜껑을 열면 아직 향이 남아 있거든."

지금도 좋아하는 향이라면서 마유리가 조금 쓸쓸하게 웃

었다. 어린 시절 일하러 프랑스에 다녀온 부모님에게 선물로 받은 향수였다고 말했다.

"그랬구나."

늘 생글생글 밝게 가슴을 펴고 걷던 마유리가 교복 아래에 뿌렸던 향수가 부모님에게 받은 선물, 어린 시절 여름날의 추억이 담긴 프랑스 향수였다니 왠지 애틋했다. 그 시절의 마유리를 살며시 안아주고 싶었다.

마음속에 뭉게뭉게 떠오른 그런 생각을 말하고 싶었지만 말이 나오지 않았다. 어른이 된 후에 그 향수를 갖고 싶어서 찾았으나 너무 비싸서 도저히 못 사겠다고 포기했다는 이야기도. 애초에 내 손에는 영원히 닿지 않을 어울리지 않는 향이니까 그만두자고 생각했다는 이야기도. 당시 마유리에게 정말 잘 어울렸던 향이고, 지금 마유리에게도 당연히 잘 어울리는 향이라고 생각한다는 이야기도.

'그때 받은 공병, 아직도 가지고 있어.'

중학생 때 나눠준 향수는 이제 바닥에 아주 조금만 남았고 노랗게 변색했다. 향도 아마 변했을 것이다. 그래도 뚜껑을 열어보지 않아도 향의 영혼을 언제든지 떠올릴 수 있다.

가게 직원이 다가와서 일단 음료 무한 리필을 시켰다. 디저

192   제3화

트도 시킬까 했는데 지금은 넘어가지 않을 것 같아서 그만두 었다. 둘은 창밖의 비행기를 바라보며 두런두런 두서없이 대 화를 나눴다. 피차 묻고 싶은 것이 있는데 피하려는 것처럼. 위험 물질을 건드리지 않으려고 조심하면서. 각자 생활이나 집에서 키우는 반려동물 이야기를 하고 스마트폰의 사진을 보여주다가 마유리가 문득 말했다.

"신인상 받은 거 축하해. 대단하다. 메구미, 이제 작가 되네?"

밝게 흥분한 목소리로, 눈을 촉촉하게 적시고. 주위를 신경 써서 자제한 목소리지만 벅찬 마음이 담겨 있어서 메구미는 가슴이 철렁했다.

"알고 있었어?"

"알고 있지, 당연하잖아. 그야 우린 절친이니까."

절친이라는 말이 가슴에 박혔다. 정말 기쁘고 최고로 멋진 말이어서. 그렇지만 믿을 수 없는 말이니까.

그날, 벌써 삼십 년하고도 몇 년 전의 이월 이 공항에서. 메 구미는 마유리에게 배신당했다. '배신당했다' 같은 거창한 말 을 쓰기에는 어쩌면 하잘것없고 대단치 않은 일인지도 모르 나 메구미에게는 너무도 괴롭고 믿을 수 없는 상처가 된 사건 이었다.

홋카이도로 이사 가기 전, 메구미는 동급생 중에 한 소년을 좋아했다. 한참 전이라 이미 이름도 생각나지 않지만 보들보들 곱슬기 있는 갈색 머리에 긴 속눈썹, 호박색 눈동자를 지닌 마치 왕자님 같은 미소년이었다. 게다가 다정하고 공부도 운동도 잘하니까 여자들에게는 모두의 아이돌 같은 존재였다. 싹싹한 성격 덕분인지 남자들에게도 평이 좋아 반의 인기인이었다. 특히 여자들에게 인기가 대단해서 잠깐 시선이 마주치기라도 하면 여자들이 꺅꺅 비명을 질렀다. 그 소년에게 관심이 없는 여자는 미유리 정도였다.

메구미도 당연히 소년에게 푹 빠졌다. 그러나 절대로 손이 닿지 않는 존재라고 생각했으니까 그냥 보는 것만으로 좋았다. 그러다가 아빠의 병 때문에 급하게 엄마 고향에 돌아가기로 정해졌을 때, 이대로는 아쉽다는 생각이 들었다. 이 마음을 밝히지 못한 채 헤어지는 건 너무 쓸쓸했다. 딱히 보답받지 않아도 좋다. 그저 좋아한다는 한마디만 소년에게 전하고 헤어지고 싶었다. 잠깐이라도 좋으니 나를 바라봐주기를 바랐다.

마침 이월, 조금 이르지만 밸런타인데이 시기. 직접 만든 초콜릿을 주고 싶었다. 메구미는 이전부터 베이킹을 좋아했는데, 초콜릿 정도는 자다가도 만들 수 있을 정도로 솜씨가 좋았다. 일생일대의 초콜릿을 마음을 담아 만들 생각이었다. 설

제3화

령 안경쟁이에 말라깽이에 평범하고 흔해빠진 나는 언젠가 잊더라도 그날 받은 초콜릿이 맛있었다고 기억해준다면 충분한 보답이라고 생각했다.

학교에서 줄 용기는 없었다. 동네 공원이나 상점가에서 주면 다른 사람에게 들킬지도 모른다. 나 같은 게 미소년에게 초콜릿을 준다는 걸 누가 아는 건 싫었다. 공항이라면 어떨까? 딱 한 번만 와달라고 마음을 담은 편지를 써서 공항에 오게 한 다음, 제일 좋아하는 장소에서 헤어지기 전의 단 한 번뿐인 고백을 하자고 마음먹었다.

유일하게 마유리에게만 그 계획을 밝혔는데 처음에는 어째서인지 어처구니없어했다. 그래도 잠깐 뭔가 생각하다가 "내가 도와줄게"라고 말했다. "네 절친으로서 그냥 둘 수가 없다. 곁에 있어줄게, 지켜봐줄게"라고 말해주었다. 그 말이 얼마나 든든하고 기뻤는지 모른다. 초콜릿 레시피를 생각하고 재료를 사러 가고, 공항 어디에서 고백할지까지 전부 마유리와 상담해서 정했다.

마유리와는 홋카이도에 가서도 친구로 지낼 생각이었지만, 이사하면 이런 식으로 어울려 다니지는 못할 것이었다. 그러니 일 분 일 초가 더없이 소중해서 가끔은 울고 싶었다. 마유리역시 비슷한 심정이었을 것이다. 잘 보여주지 않는 쓸쓸한 표정을 그때 몇 번이나 봤다.

"솔직히 나는 걔가 마음에 안 들어."

마유리가 종종 이런 소리를 했다.

"메구미, 하필 좋아해도 그런 한심한 녀석을 좋아하네. 그만두면 좋겠지만, 그래도 마지막 추억을 만들고 싶다면야 봐주지 뭐."

"응, 고마워."

말이 심하다고 생각하면서도 메구미는 마유리가 곁에 있어주는 것이 기뻤다.

그런데 그날 약속한 시각, 제2터미널 수화물 검사장 근처 시계탑 옆에서, 메구미가 소년과 만나기로 한 곳에서, 그 자리에 선 소년에게 쭈뼛쭈뼛 다가가려는 메구미를 밀어젖히고 고급스러운 외제 초콜릿을 건넨 사람은 마유리였다. 마유리는 누구라도 첫눈에 포로가 되고도 남을 초콜릿처럼 달콤한 미소를 짓고 사랑스럽게 고개를 갸웃거리며 소년을 바라보았다.

"이 초콜릿, 받아줄래?"

맑은 목소리로 그렇게 말했다. 순간 마유리의 시선이 소년의 심장을 꿰뚫는 것을, 그 미소가 소년의 시야를 가득 채우는 것을 메구미는 알아차렸다. 왜냐하면 바로 곁에, 마유리

바로 뒤에 있었으니까. 시간을 들이고 정성을 쏟아 만든 소중한 마음이 담긴 수제 초콜릿이 든 상자를 안고, 좋아하는 코트를 입고 거기 서 있었으니까.

마유리는 메구미를 돌아보지도 않고 우아한 동작으로 소년의 팔을 붙잡더니 뭐라고 속삭이면서 혼잡함 속으로 사라졌다. 얼굴이 새빨개진 소년은 비틀거리는 걸음으로 마유리가 원하는 대로 어디론가 끌려갔다. 그 후로 둘이 어디에 갔는지 메구미는 모른다. 마유리에게도 소년에게도 물을 기회가 없었다. 그럴 기력도 용기도 없었다.

마유리가 왜 그런 짓을 했는지는 미궁으로 남았다. 메구미가 그 공항에서 가족들과 함께 먼 북쪽 마을로 떠난 것은 바로 다음다음 날이었으니까. 아무것도 모른 채 비행기 좌석에 앉은 메구미는 창밖을 내다볼 기력도 없어서 그저 눈물을 흘리며 그리운 동네의 하늘을 떠났다. 부모님도 동생도, 객실 승무원 언니도 메구미가 고향을 떠나는 게 슬퍼서 그런다고 짐작해 다정하게 대해주었다. 아무에게도 사실을 밝히지 못하고(애초에 메구미도 뭐가 뭔지 도무지 몰랐으니까) 메구미는 많은 그리운 것과 작별했다.

혹시 마유리는 그 소년을 좋아했을까. 하지만 절친인 메구미가 그 아이를 좋아한다고 하니까 미처 말하지 못했을까. 소년을 나쁘게 말한 건 그 아이를 좋아하는 마음을 속이기 위해서? 그랬는데 메구미를 지켜보다가 자기도 고백하고 싶어졌을까. 그래서 고급 초콜릿을 사서(분명 공항에 있는 가게에서 산 거다. 메구미의 용돈으로는 도저히 사지 못할 맛있는 최고급 외제 초콜릿이었다. 상자와 쇼핑백만 봐도 단박에 알 수 있는 초콜릿) 그 자리에 나타났을까. 마치 새치기하는 것처럼.

'그러면 그렇다고 말해주면 좋았을 거야.'

그랬다면 메구미는 두 사람을 축복했을 것이다. 그 자리에서 박수를 보냈을지도 모른다. 공항 꽃집에서 작은 부케를 사서 선물했을지도. 실연은 슬프지만 미소녀와 미소년인 잘 어울리는 두 사람이고, 좋아하는 절친과 동경하는 소년이 행복하다면 자신은 괜찮았다. 오히려 두 사람의 행복을 기뻐했을 것이다.

'집에 돌아와서 내가 만든 초콜릿을 폭식한다고 해도 좋았을 거야. 틀림없이 맛있었겠지. 눈물로 짭조름했겠지만.'

비행기 안에서 메구미는 울었다. 굳이 눈앞에서 그렇게 귀여운 모습과 목소리로 내가 좋아하는 사람한테 고백할 건 없잖아? 나는 일생 단 한 번뿐인, 이별 전의 고백을 하려고 용기를 내서 그 자리에 있었는데. 마음을 담은 초콜릿을 안고.

배신당했다고 생각했다. 이유는 모른다. 메구미는 지금도 여전히 마유리를 좋아하고 친구라고 믿지만, 그때 자신은 분명 배신당했다.

창 너머로 보이는 공항 하늘이 이제 완연하게 어두웠다. 유리창을 통해서 본 봄의 밤하늘은 겨울의 싸늘함과 깊이가 아직 남아 있다. 간토 지역의 밤은 메구미가 사는 홋카이도의 밤보다야 훨씬 따뜻하지만. 그래도 하늘의 색채 속에서 언제든 겨울로 되돌아갈 수 있다고 주장하는 듯한 얼어붙은 쌀쌀함을 느낀다.

터미널 안의 패밀리레스토랑. 몇십 년 만의 재회를 기적적으로 이룬 두 친구는 음료를 마시며 시간을 보냈다. 즐거워 보이지만 어딘가 피상적인 서먹서먹한 대화가 이어졌다. 그게 고통스러운데 어찌할 도리 없이 마음이 들뜨고 그리워서 대화를 끊고 자리에서 일어나지 못하겠다. 메구미는 줄곧 이렇게 마유리와 대화하고 싶었다. 예전처럼.

"마유리는 지금도 이 공항에 자주 와?"

마유리는 예전처럼 커다란 눈을 깜박이며 힘차게 고개를 끄덕였다.

"일 때문에 이동하느라 올 때도 많고, 조금 지쳤을 때 비행기나 하늘을 보면 자유로운 기분이 들고 마음도 편해지니까 훌쩍 놀러 올 때도 있어. 차나 와인을 마시러 오기도 하고. 맞다, 여기 지금은 천체투영관도 있다? 음료를 마시면서 해설을 들으며 별하늘을 볼 수 있어."

순간 마유리의 눈빛이 아련해졌다. 선글라스 너머의 눈이 그때를, 메구미의 마음에도 스친 그때를, 중학생 시절 맨션 옥상에서 올려다본 그리운 밤하늘을 떠올렸음을 알 수 있었다. 메구미는 이어갈 말을 찾았다.

"저기, 공항 기념품으로 맛있는 과자를 산다면 뭐가 좋을까? 홋카이도에서 집을 보고 있을 딸들한테 선물로 과자를 사다 주려고 하거든. 조금 괜찮은 걸로 사서 역시 엄마가 최고라는 소리를 듣고 싶어."

십 대 시절에도 이런 식으로 마유리에게 많은 것을 물어봤었다. 그때가 그리웠다. 최첨단 패션 유행부터 동네 사정 또 이 공항에 관해서도 마유리는 뭐든지 알고 있었고 가르쳐주었다. 아하, 그거라면, 하고 마유리가 눈을 반짝였다. 그 가게는 그거, 이 가게는 이거, 하고 맛있을 것 같은 과자의 이름을 몇 개나 댔다.

"공항 한정으로 파는 과자도 있어. 네 딸들은 뭘 좋아하니? 초콜릿이나 마카롱 같은 외국 디저트? 아니면 고풍스럽게 화과자? 쌀과자 모둠이나 상자 디자인이 비행기 창문 모양인 노포의 화과자 가게에서 파는 작은 양갱 모둠도 있어."

메구미가 후후 웃었다. 뭐든 알려주고 싶어 하는 마유리의 성격도 예전과 같다.

"양갱은 남편 선물로 사야겠다. 우리 딸들은 서양식 디저트를 좋아하더라. 만드는 것도 좋아해서 케이크나 쿠키도 잘 만들어. 따로 가르쳐준 적도 없는데 가게에서 만드는 걸 종종 봐서 그런가 어느새 자기들도 만들더라."

앞으로 가게 일을 돕고 싶다 말하는 자랑스러운 딸들이다.

"초콜릿도 잘 만들어."

"엄마를 닮아서 솜씨가 좋은가 봐. 메구미, 예전에 생초콜릿 볼 같은 거 만들었잖아. 맛있었어."

당시 메구미는 직접 만든 디저트를 종종 학교에 가지고 갔다. 메구미가 만든 디저트를 좋아하는 마유리를 위해서. 덥지 않을 때는 초콜릿도 만들었다. 초콜릿을 녹여 사탕처럼 동그랗게 뭉치고 반짝반짝 설탕과 드라제(케이크 장식용으로 쓰는 알갱이. 설탕과 녹말을 섞어 사탕처럼 만들고 식용 은박 금박 등을 묻힌다)로 장식했다. 아이스팩과 함께 작은 도시락통에 담아 학교에 슬쩍 챙겨 갔다.

버스 배차 시각 때문에 둘만 일찍 교실에 도착할 때가 많아서 다른 아이들이 오기 전에 몰래 먹고는 했다. 하굣길에도 단

둘이 버스 정류장에서 버스를 기다리며 먹었다. 그렇게 둘이서 수다를 떨고 하늘을 올려다보았다. 커튼이 펄럭이는 교실 창가에서, 버스 정류장 옆의 강변 둑 위에서.

'맞아, 그때는 자주 하늘을 봤지.'

메구미는 과거를 그리워하며 차가운 유리창 너머 공항의 밤하늘을 바라보았다. 하늘의 높이와 넓이에 감탄하며 한참이나 올려다보았다. 끝없이 높고 넓은 하늘은 가본 적 없는 외국 위에도 펼쳐지고 우주로도 이어진다. 그 시절 땅에서 하늘을 올려다보는 자신이 정말 작은 존재 같았는데, 이상하게도 그게 기분 좋았다. 언젠가 내가, 또 마유리가 저 하늘로 날아갈 수 있다고 생각했다. 끝없는 저 대기 속으로. 세계로.

"메구미가 만든 초콜릿 진짜 맛있었어. 중학생 때 먹었지만 지금도 기억해."

마유리가 시선을 내리고 차분하게 말했다.

"나는 고급 브랜드 초콜릿보다 네가 만든 초콜릿이 맛있고 좋았어. 그때도 지금도."

메구미가 후후 웃었다. 고마운 말이다.

"지금도 베이킹은 좋아하고 어떤 의미에서는 직업이나 마찬가지니까, 사실 지금도 초콜릿 만드는 게 제일 좋아."

초콜릿이라는 단어가 마음 안의 오래된 상처를 도려냈다. 지금 마유리는 그 말을, 그것도 메구미가 만든 초콜릿이라는 말을 어떤 심정으로 입에 담았을까 속으로 생각했다.

'전부 잊어버렸나?'

메구미가 첫사랑 소년에게 초콜릿을 건네려고 했을 때, 바로 그 순간에 끼어들어 그에게 고급 초콜릿을 건네고 낚아챘던 일을. 바로 이 공항에서. 초콜릿을 주고 그 소년과 팔짱을 끼고 마치 끌고 가는 것처럼 어디론가 데려갔던 옛날 그날의 일을. 그날 메구미는 소년에게 주려고 했던 수제 초콜릿이 든 상자를 안고 제2터미널 로비의 시계탑 옆에 우뚝 서 있었다.

소년에게 주지 못한 초콜릿은 마음을 담아 정성껏 만든 초콜릿이었다. 하트 모양으로 굳힌 다크 초콜릿에 설탕과 드라제로 아기자기한 꽃을 잔뜩 그려 화원처럼 장식했다. 지금 생각하면 십 대 소녀답게 간질간질한 초콜릿이지만 어른이 된 지금도 그렇게 예쁜 초콜릿은 만들지 못할 것이다. 늘 멀리서 지켜만 봤던 아름다운 소년을, 그래도 눈이 마주치면 웃어주던 소년을 좋아하는 마음을 꽃 한 송이, 한 송이에 담아 그렸다.

심혈을 기울여 초콜릿을 만든 걸 가족도 알고 있으니까 건네지 못한 채 상자 속에 고스란히 담긴 초콜릿을 집에 가지고 돌아갈 수는 없었다. 그래서 터미널 광장 의자에 가만히 내려

놓았다. 어느새 작은 눈에 가득 흘러넘친 눈물을 훔치고 코를 훌쩍이며 그 자리에 상자를 놓고 혼자 집에 돌아왔다. 모노레일을 타고 전철과 버스를 갈아타서.

그때 헤어진 후로 마유리에게 연락하지 않았고, 마유리에게서도 연락이 없었다. 그렇게 매일 함께 있었고, 집에 와서도 전화로 수다를 떨고는 했는데. 양심이 켕겨서 그랬겠지.

'만약 지금이었다면.'

인터넷으로 연결되는 시대라면 어쩌면 메일이나 메시지로 연락을 주고받았을지도 모른다. 하다못해 집 전화가 아니라 개인용 전화만 있었어도.

'하지만 그때는 전화라면 집 전화였으니까.'

좁은 맨션 거실 복도에 놓인 전화. 가족에게 들릴 테니 전화를 걸 수 없었다. 학교에서 만나면 좋았겠지만, 다음 날이 이사 전날이어서 이사 준비를 하느라 메구미는 학교에 가지 않았다. 그래서 그날 이후로 만나지 못했다.

지금 어른이 된 마유리는 무슨 생각을 하는지 그저 시선을 내리고 아름다운 입술을 꼭 깨물고서 침묵했다. 피곤한지 선글라스를 벗어 테이블 위에 놓았다. 그러다 번쩍 시선을 들고 다정한 목소리로 물었다.

"메구미, 지금 행복하니?"

메구미는 당황했다. 왜 그런 걸 묻지? 마유리가 아름다운 눈동자로 메구미를 지그시 바라보았다. 질문의 의미를 파악하고 싶은데 모르겠다. 그저 마유리가 완벽하게 아름다워서 다른 생각이 들지 않는다. 자세히 보니 눈가에 깊은 주름이 있다. 그러나 나이를 보여주는 그 주름까지도 마유리는 아름다웠다.

그래서 메구미는 팔짱을 끼고(아이고, 하도 살이 쪄서 가공한 햄처럼 동글동글한 팔이잖아. 이렇게 달라붙는 디자인이 아니라 소매가 더 넉넉한 옷을 입을걸) 진지하게 생각한 후에 대답했다.

"나는 행복해."

"그럼 조금 슬픈 이야기나 충격적인 이야기를 물어봐도 돼?"

"어? 그, 그건 내용에 따라 다르려나?"

메구미는 멈칫하고는 열심히 머리를 굴리고 깊게 숨을 내쉬며 마유리를 바라보았다.

"그래도 나는 행복하니까 아마 괜찮을 거야."

마유리는 고개를 끄덕이고 생긋 웃었다. 장난스럽게 눈을 가늘게 뜨고 입술 끝을 바짝 올린다. 사랑스럽게 웃는 얼굴은 예전 그대로였다.

"그럼 말할게."

예쁜 목소리로 노래하는 것처럼 즐겁게 마유리가 말했다. 숨을 한 번 쉬자 갑자기 웃는 얼굴이 울먹이는 것처럼 일그러졌다.

"너한테 사과해야 할 일이 있어. 너도 기억하지? 삼십삼 년 전 이월, 이 공항에서 있었던 일."

"기억은 하는데……."

메구미는 어물거렸다. 허둥지둥 양손을 휙휙 저었다.

"이제 괜찮아. 중요한 일도 아니고 신경도 안 쓰는걸."

"신경 안 쓴다고? 거짓말."

메구미는 으윽, 하고 신음했다. 아름답고 큼지막하고 울 것 같은 눈이 정면에서 속속들이 파헤치는 듯이 바라본다. 중학생 시절의 마유리가 거기 있었다. 늘 당당하고 아름답고 바람을 가르듯이 걸으면서도 혼자서 외로움을 타던 마유리가 겹쳐 보였다.

"미안, 뭐, 신경은 썼지. 삼십삼 년 전에는 신경 썼어. 하지만 이제 괜찮아. 지금은 물을 내려서 다 흘려보냈어."

"지금은 물을 내렸다니, 무슨 화장실이니?"

마유리가 탐탁지 않은 듯 입술을 삐죽였다.

"아무튼 괜찮아. 정말로 나는 이제 잊었어."

그러니까 그런 표정은 짓지 마. 당당히 웃는 얼굴을 보여줘.

"마유리, 너 걔를 좋아했던 거지?"

"걔? 누구 얘기야?"

"네가 그날 이 공항에서 초콜릿을 준 남자애 말이야. 내가 좋아했던 남자애."

"어, 아, 하아…… 그거."

무슨 이유에선지 마유리가 힘 빠진 표정을 지었다. 메구미는 두 손을 꼭 움켜쥐고 말을 이었다.

"내가 첫사랑한테 고백하려 하니까 그런 나를 지켜보다가 마유리도 숨기려던 마음이 벅차올라서 자기도 모르게 공항에서 파는 고급 초콜릿을 사서 나보다 먼저 준 거지?"

"내가 걔를……? 뭐야, 작가의 상상력이야?"

이상하게 마유리의 입술이 떨린다. 틀림없이 웃는 것처럼 보인다. 왜지? 쓴웃음 같으면서도 조금은 즐거워하는 웃음 같기도 하네.

"추리력이라고 해줄래? 열심히 생각했단 말이야, 네가 그날 그런 행동을 한 이유를. 맞지, 그랬던 거지? 그렇다면 어쩔 수 없다고 생각했어. 마유리, 나도 짝사랑하는 마음이라면 알고 있어. 사랑은 정열이잖아. 친구보다 소중해지는 순간도 있을 거야, 분명히."

메구미는 가슴을 꼭 누르고 마유리의(이제는 필사적으로 웃음을 참으려는 것처럼 보이는) 얼굴을 바라보며 말했다.

"그날 솔직히 말해주면 좋았을 거야. 네가 걔한테 초콜릿을 주기 전에 한마디만 해줬어도. 그럼 나는 분명히 너희 둘을 축복하고……."

"저기 말이야."

마유리가 어깨를 으쓱했다. 입가에는 하여간 못 말린다는 듯한 미소를 짓고.

"그때 너한테 말하지 않았니? 그런 남자 대체 어디가 좋냐고. 농담도 심하다. 맹세하는데 그런 멍청한 녀석은 내 취향이 아니야. 축복이라니 무슨 소리야."

"그럼 왜 걔한테 초콜릿을 줬어? 그것도 고급스러운 벨기에 초콜릿을."

당시 메구미가 동경했던 초콜릿이니까 포장지를 보고 한눈에 알아보았다. 꼭 한번 먹어보고 싶었던 초콜릿. 당시 일본에 막 수입되어 공항에도 매장이 있었는데 너무 비싸서 사지 못했던 초콜릿. 중학생 시절, 한 알이라도 좋으니 먹어보고 싶었던 그 초콜릿은 이제 이 나라 어디에서든, 아마 조금 큰 거리라면 분명 매장이 있을 유명한 초콜릿이다. 메구미가 지금 사는 곳에도 백화점에 매장이 있다. 몇 번 먹어본 적 있고(맛있었다), 어른이 된 지금이라면 살 수 있지만 나를 위한 초콜릿이라기보다는 역시 선물용이다. 밸런타인데이 초콜릿으로 제격이라 이월이 될 때마다 씁쓸한 기분이 들었다.

마유리가 한숨을 쉬었다.

"메구미, 그 초콜릿은 사실 너한테 주려고 샀었어. 멀리 떠나는 소중한 친구에게 마지막으로 선물해주고 싶었어. 공항에서 그 매장을 보고 마침 잘됐다 싶어서 샀어. 너 그때 딱 한 번이라도 좋으니까, 딱 한 알이라도 좋으니까 먹어보고 싶다고 종종 말했잖아. 그때 나한테도 그 초콜릿은 비쌌어. 너한테 줄 생각이었으니까 산 거야."

메구미는 고개를 갸웃거렸다.

"그럼 왜……?"

초콜릿을 남자애한테? 마유리가 크게 숨을 들이마셨다. 이어서 차분하게 말했다.

"먼저 사과부터 해야겠다. 너를 지키기 위한 일이었지만 그날 네가 그 멍청이…… 그 남자애한테 초콜릿을 주는 걸 방해해서 미안해. 상처를 줘서 미안했어. 미안해, 정말로."

사과하고 싶었다, 줄곧 사과하고 싶었다고 생각하며 마유리는 입술을 깨물었다. 지금 눈앞에 있는, 그때처럼 좋아하는 레스토랑에 함께 마주 앉은 메구미를 바라보며.

메구미는 행복하고 푸근해 보이고, 미소에도 단단함과 깊은 다정함이 묻어났다. 하지만 사실은 전부 어린 시절부터 메구미가 갖춰온 자질임을 마유리는 알고 있었다. 워낙 눈물 많고 감수성이 뛰어나고 툭하면 동요하는 소녀였지만, 메구미의 마음 안에는 언제나 구김살 없는 강함과 다정함이 있었다. 마유리는 그런 메구미가 좋았다. 무리해서 강한 척하는 자신과 달리 이 아이는 진정으로 강한 내면을 가졌다고 늘 생각했다. 존경스러울 정도로.

'그러니까 지키고 싶었어.'

이 동네를 곧 떠나는 마지막 순간에 슬픈 추억이 남는 건 싫었다.

"메구미, 그때 너랑 남자애가 만나기로 한 시각 직전까지 내가 출발 플로어의 시계탑 옆에 같이 있었지? 네가 만든 초콜릿을 줄 때, 조금 떨어진 곳에서 티 안 내고 지켜보기로 약속했으니까."

터미널 출발 플로어는 넓다. 이월 주말, 사람이 그럭저럭 붐볐지만 답답하지 않을 정도로 광활했다. 공항 안에 있는 호텔과 항공사의 카운터 옆에는 시계탑이라고 하기에는 앙증맞은 시계가 있다. 만나기로 한 장소는 그곳이었다. 그 옆에 선 메구미는 좋아하는 타탄체크 코트를 입고 빨간 베레모를 쓰고 짧은 부츠를 신어서 정말 귀여웠다. 마유리가 골라준 옷이었는데, 자랑은 아니지만 조금 떨어진 곳에서 보니까 '역시 내 솜씨는 대단해. 정말 잘 어울려' 하고 우쭐한 기분이 들었다.

그래도 그날 메구미가 한층 더 귀여워 보인 이유는 상기된 뺨과 가슴에 안은 리본 달린 초콜릿 상자 때문이다. 동경하는 남자애를 불러냈으나 과연 올지 안 올지는 모른다. 그래도 분명 와줄 거야. 그런 순진무구한 기대 덕분에 메구미의 표정이 더욱 사랑스러웠다. 마유리는 살짝 씁쓸하게 웃었다. 자신은 혹시라도 약속 시각에 남자애가 오지 않을 상황도, 그때 메구미를 어떻게 위로하면 좋을지도 생각하고 있었는데. 그래도 걱정은 나만 하면 된다고, 메구미는 그저 행복했으면 좋겠다고, 반짝반짝 웃어주면 좋겠다고 마유리는 생각했다.

'친구 사이지만 꼭 자식을 지키는 기분이라니까……'

조금은 쓸쓸한 기분이 드는 건 그래서일까. 마유리는 작게 한숨을 쉬었다.

'그것도 있겠지만 역시 메구미가 멀리 가는 건 쓸쓸해.'

초등학생 때부터 늘 함께였는데. 여름방학에는 메구미의 집에 놀러 가서 자기도 했는데. 또 하나의 내 집 같았는데. 또 하나의 내 가족.

'거리가 멀어지면 마음도 멀어지니까.'

메구미도 메구미의 가족도 이사하더라도 똑같이 지내자고, 홋카이도에 놀러 오라고 말해준다. 말은 그래도 마유리는 그러지 못할 것을 알고 있었다. 어른들 틈에서, 속도가 빠른 업계에서 살아온 마유리는 많은 사람과 헤어진 과거가 있다. 마유리를 귀여워하고 재능과 성실함을 아껴준 어른들과 얼마나 많이 이별했던가. 안녕, 또 만나자, 잊지 않을 거야. 그런 말이 얼마나 허무한지 마유리는 어려서부터 사무치게 알고 있었다.

'곁에 있지 못하면 이별이야.'

아무리 다정다감한 마음이 있어도. 좋아하는 마음이 진실이어도. 자신과 메구미의 관계도 머지않아 끊길 것이었다. 머나먼 하늘 저편의 북쪽 땅에서 메구미는 새로운 친구들을 사귀고, 메구미의 다정한 부모님과 귀여운 남동생도 전에 살던 동네에서 놀러 오던 여자애의 존재 자체를 잊을 것이었다.

어쩔 수 없는 일이니 그래도 괜찮았다. 마유리는 평생 메구미를 절친이라고 여길 것이었다. 어른이 된 후에도 분명. 메구미의 집을 좋아했던 마음도 잊지 않았다. 이 집에서 태어나면 좋았겠다고 동경했던 것도. 지금까지 좋아했지만 이별했던 사람들과 마찬가지로 평생 좋아하자. 그들에게 감사하고 잊지 않겠다. 마음속에 고이고이 간직하겠다. 그러니까 괜찮다.

메구미가 마유리를 돌아보고 반짝이는 웃는 얼굴로 손을 작게 흔들었다. 같이 웃어주며 손을 흔든 후, 마유리는 고개를 한 번 끄덕였다.

"나도 마지막으로 선물을 할까?"

뭐든 사라지는 게 좋다. 영원히 곁에 있으면 미련이 남으니까.

'벨기에 초콜릿, 먹어보고 싶다고 했었지.'

메구미가 한번 먹어보고 싶다고 했던 초콜릿 매장이 터미널에 생겼다. 여기에서 그리 멀지 않을 것이다. 메구미 몰래 사와서 나중에 줄까. 만에 하나 그 남자애가 오지 않아도 고급 초콜릿이 있으면 메구미는 웃어주지 않을까. 조금은 낙담하더라도 기운을 차리지 않을까.

벨기에 초콜릿. 본국의 본점에서 만든 초콜릿을 공수해왔다고 들었다. 한 알, 한 알이 무시무시하게 고가인데 입에 넣으면 아주 그윽한 향이 나고 달콤하고 진하게 녹았다. 마유리는 일하면서 몇 번쯤 선물로 받아 먹어봐서 알았다.

'하지만……'

긴 머리카락을 나부끼며 서둘러 매장으로 걸어가면서 마유리는 생각했다.

'나는 메구미가 만드는 초콜릿이 더 좋아. 맛있게 만들고 싶다고, 받는 사람이 기뻐해주면 좋겠다고 바라며 만드는 메

구미의 웃는 얼굴이 보이는 것 같으니까.'

그 마음은 메구미가 쓰는 작품에서도 느껴졌다. 자신이 쓴 글이 조금이라도 아름다우면 좋겠다. 가능하면 읽는 사람이 즐겁고 행복해지면 좋겠다. 조금이라도 웃어주면 좋겠다. 수줍은 듯이 기도하는 속삭임이 들리는 것 같았다.

보석 같은 초콜릿이 스무 개 담긴 상자를 골랐다. 메구미 가족이 다 함께 나눠 먹는다고 생각하자 마유리도 행복해졌다. 달콤한 향을 풍기는 상자가 담긴 종이 쇼핑백을 안고 서둘러 시계탑 쪽으로 돌아가다가 통로 구석에서 메구미가 좋아하는 남자애의 뒷모습을 봤다.

처음에는 다행이라고 생각했다. 공항에 정말로 와줬구나. 의아함을 느낀 것은 남자애 주변에 같은 반의 다른 남학생들이 몇 명 보였기 때문이다. 저 남자애와 친해서 학교에서도 늘 어울리는 무리였다. 저 남자애는 물론이고 그 친구들도 마유리는 마음에 들지 않았다. 귀가 밝고 감이 좋으며 또래 친구들보다 세상 돌아가는 사정을 잘 아는 마유리는 겉으로 보기에는 밝고 호감을 주는 소년들의 저열한 밑바닥을 알았다. 갈색 머리카락과 눈동자를 지닌 왕자님 같은 예쁘장한 소년, 로맨티스트인 메구미가 동경하는 저 소년의 마음이 전혀 아름답지 않다는 것도.

'메구미는 공항에 혼자 와달라고, 다른 사람에게 비밀로 해 달라고 썼을 텐데.'

메구미가 편지 내용을 상담했으니까 마유리도 알고 있었다. 오늘 저 남자애를 여기에 부르기 위해 메구미가 책상 안에 몰래 넣어둔 편지. 편지를 알아차리고 읽는 모습을 마유리도 메구미도 봤다. 편지를 펼치고 읽을 때, 저 아이는 자기 자리에서 혼자 읽었다. 커다란 관엽식물 화분 뒤에서 마유리는 남자애들의 대화에 귀를 기울였다. 왠지 불길한 예감이 들었다.

"안경쟁이의 고백 따위 하나도 안 기쁘잖아? 오히려 기분 더러워. 안경쟁이가 쓴 편지를 읽고 나 토하는 줄 알았어."

그 말을 들은 순간, 심장이 얼음으로 만든 창에 꿰뚫린 것 같았다. 변성기가 와서 갈라지고 높은 목소리. 응석받이처럼 살랑대는 말투. 메구미가 동경하던 남자애의 목소리였다.

"지금 이월이잖아. 혹시 밸런타인데이 선물로 직접 만든 초 콜릿을 들고 기다린다고 생각해봐. 진심 기분 나쁘지 않냐? 그런 거 좀 추잡스럽고 걔는 오타쿠 같으니까 흑마술 주문에 걸릴 것 같아."

그에엑, 토하는 시늉을 하는 목소리와 남자들의 웃음소리가 들렸다.

"그럼 오늘 뭐 하러 여기 왔어? 무시하면 되잖아."

누군가 물었다.

"열받아서. 나를 불쾌하게 만든 안경쟁이한테. 그러니까 일단 고맙다고 받은 다음에 이딴 거 필요 없다고 돌려줄 거야. 주제 파악 좀 하라고 한 수 가르쳐주려고. 안경쟁이가 좋아한다고 누가 기쁘겠냐고. 그런 비쩍 마른 추녀."

그건 그래, 하고 남자들이 웃었다. 차라리 개 친구라면 좋았을 거라고, 갈라진 목소리가 거들먹거리며 말을 이었다.

"마유리라면 뭐 초콜릿을 받아도 좋지."

한 남자애가 물었다.

"그런데 우리는 왜 불렀어?"

"깜짝 카메라 같아 재미있잖아? 다들 주변에 대충 숨어 있어. 내가 안경쟁이를 차면 다 같이 우르르 나와 '아쉽습니다!' 하고 비웃고 손뼉을 치는 거야. 재미있겠지?"

"괜찮다."

"재미있겠는데."

손뼉을 치고 휘파람을 불며 흥분한 꼴을 관엽식물 화분 뒤에 숨어 지켜보며 마유리는 팔을 있는 힘껏 움켜쥐었다.

'어쩌지? 어쩌면 좋아?'

메구미는 벌써 시계탑 아래에 있다. 약속 시각은 얼마 남지 않았다.

'저 멍청이랑 메구미가 만나면 안 돼. 초콜릿을 건네주도록 두면 안 돼.'

순간 마음이 급해 이대로 달려가서 메구미의 팔을 붙잡고 어디로든 끌고 갈 뻔했다. 어디든 숨어서 지금 들은 이야기를 해줘야 할 것 같았다.

'안 돼. 그건 절대로 안 돼.'

마유리는 눈을 질끈 감았다. 이런 이야기를 메구미에게 들려줄 수는 없다. 동경하던 첫사랑 남자애가 자기를 못되게 차기 위해서 약속 장소에 왔고, 웃음거리로 만들려고 제 무리까지 모았다는 소리를.

'그렇게 즐겁게 초콜릿을 만들었는데.'

마음을 담아서 손수 그린 색색의 꽃을 장식한 아름다운 초콜릿. 메구미의 집 부엌에서 초콜릿을 완성하는 모습을 지켜봤으니까 마유리도 알고 있다. 그게 얼마나 아름다운 초콜릿인지를. 메구미는 한 송이, 한 송이에 마음을 담아 꽃을 그렸다.

지금도 메구미는 시계탑 아래에서 뺨을 붉히고 약속 시각이 되기를 기다리고 있다. 진실을 알릴 수는 없다. 하지만 초콜릿을 남자애에게 주게 하면 안 된다. 그럼 어쩌지? 아앗, 저 멍청이가 시계탑으로 가려고 해…….

고민하고 고민하다가 아이디어가 떠올랐다. 순간 몸이 움직였다. 머리카락을 찰랑거리고 인파 사이를 헤치며 일직선으로 시계탑 아래로 갔다. 남자애가 메구미 쪽으로 다가가는 모습이 사람들 틈으로 보였다. 같이 온 남자들이 뒤를 쫓아가 히죽히죽 웃으며 여기저기 몸을 감추는 것도.

자기에게 다가오는 남자애를 발견한 메구미의 표정이 환하게 반짝이는 것을 마유리는 알아차렸다. 마치 별이 빛나는 것처럼 보였다. 여어, 인사하듯이 갈색 머리 남자애가 한 손을 들었다. 메구미가 시계탑 아래에서 초콜릿이 든 상자를 안고 남자애에게 크게 손을 흔들었다.

마유미는 거의 달리다시피 두 사람 곁에 다가가 메구미를 감싸듯이 등 뒤에 두고 남자애와 마주 섰다. 들고 있던 고급 초콜릿을 쇼핑백에서 꺼내 떠밀듯이 남자애에게 건넸다. 생긋 웃으면서.

"이 초콜릿, 받아줄래?"

고개를 갸우뚱하고 사랑스럽게 웃는 얼굴로. 이 순간 자신이 가장 멋지게 보일 표정이 뭔지 안다. 언제든 그 자리에 어울리는 매력적인 표정을 짓는 건 특기였다.

앞에 선 남자애의 눈에는 이미 오로지 자신만이 보였다. 새빨개져서 할 말을 잃은 남자애의 팔을 잡고 반강제로 끌어당기며 이동했다. 메구미가 있는 시계탑에서 떼어냈다. 조금이라도 멀리. 빨리.

시선 구석에서 남자애의 친구들이 낭패하는 모습이 보였다. 갑작스러운 전개에 어떻게 하면 좋을지 모르겠나보다. 미소를 지은 채, 서둘러 쇼핑가 쪽으로 남자애를 끌고 갔다. 북적이는 사람들 틈을 걸으며 마유리는 그 애의 귀에 속삭였다.

"아까 그거, 들었어."

"어?"

"메구미를 부끄럽게 하고 다 같이 웃음거리로 만들려 했지? 뭐가 주제 파악이야?"

남자애의 얼굴이 창백하게 질렸다. 인적이 드문 곳까지 와 마유리는 남자애의 팔에서 조금 전에 건넸던 초콜릿을 빼앗았다. 매섭게 노려보고 떠밀며 말했다.

"너야말로 주제 파악이나 하시지. 너는 메구미의 초콜릿에 어울리는 인간이 아니니까."

마유리는 시계탑 아래로 터덜터덜 돌아왔다. 남자애와 메구미를 떨어뜨리려고 돌발적으로 한 행동이었는데, 나중에 뭐라고 얼버무릴지까지는 전혀 생각하지 않았다. 돌아온 그곳에 메구미는 없었고, 마유리는 그 사실에 안도하는 자신을 깨달았다. 이걸로 됐다. 이대로 작별하면 된다. 이대로, 진실은 알려주지 않아도 된다. 혹시 뭔가 물어봐도 입을 다물면 된다.

메구미는 마유리가 배신했다고 생각할 것이다. 절친이 첫사랑 상대를 자기 눈앞에서 빼앗아갔다고. 분명 상처를 받았겠지. 울지도 모른다. 첫사랑을 잃고 동시에 제일 친한 절친에게 배신당했으니까. 메구미는 슬픈 마음을 고스란히 안고 이 마을에서 떠날지도 모른다.

그렇지만 첫사랑에게 비웃음을 사고 남자애들의 장난질에 당하는 것보다는 훨씬 낫다. 좋아하는 공항에서 곧 새로운 땅으로 떠나는 지금 그런 끔찍한 추억이 생기는 것보다는. 사람들 속에, 여행을 떠나는 북적이는 사람들 속에 서서 마유리는 생각했다.

'괜찮아. 다소 쓸쓸한 감정은 언젠가 잊을 수 있어. 나에 관해서도 잊겠지.'

메구미는 내일모레 여행을 떠나니까. 하늘을 건너 내려선 새로운 곳에서 분명 멋진 친구를 사귈 것이다. 메구미라면 괜찮다. 배신한 절친 따위 잊어버리면 된다. 미워하고 증오하고, 그런 못돼먹은 인간은 알 바 아니라고 말하면 된다.

'메구미는 분명 메구미의 장점을 알아주는 사람들을 만날

수 있어. 그러니까……'

　나 같은 건 잊고 행복해졌으면 좋겠다. 그게 마유리의 행복
이니까.

　"너를 배신한 못된 친구가 있었다는 거, 너한테는 이미 과거
의 기억일 줄 알았어."

　눈물 젖은 아름다운 눈을 깜박이며 마유리가 농담이라도
하는 투로 말했다.

　"설마 내가 한 짓을 기억하고 있을 줄은 몰랐네. 그래서 놀
랐어. 있잖아, 그때 벨기에 초콜릿, 집에 가져가서 나 혼자 다
먹었어? 속상해서 다 먹어 치웠어. 한 상자에 스무 개나 들었
는데 하룻밤 사이에 다 먹었어. 다음 날 여드름이 심하게 나서
사무실 사람한테 혼났어."

　"너무해."

　메구미가 손수건을 움켜쥐고 고개를 숙이자 마유리가 태평
한 소리를 했다.

　"사무실 사람이? 아니면 초콜릿을 나 혼자 먹은 게?"

　"왜 사실대로 말해주지 않았어?"

　눈물이 한심하게도 자꾸만 자꾸만 흘렀다. 맞은편에 앉은
마유리의 모습이 부예져서 보이지 않을 정도로.

"그때는 평생 입 다물고 있는 게 좋다는 생각만 들지 뭐니."

마유리의 목소리에 다정한 웃음이 섞였다.

"그때는 그저 내 앞에 있는 너를 지키고 싶었어. 네가 상처받고 우는 게 싫었고 슬픈 추억이 생기는 걸 막고 싶었어. 그러려면 사실을 말하지 않는 게 제일 좋다고 생각했어. 그때는 그 생각밖에 안 났어. 중학생이었잖아. 결국 그대로 시간만 흘러가버렸네."

마유리의 목소리가 걱정스럽게 낮아졌다.

"지금 나는 사실을 밝혀 마음이 굉장히 편한데 역시 메구미한테는 충격이었지? 괜찮아?"

"안 괜찮아……."

"미안해. 아무리 옛날 일이라도 너무 심한 이야기니까 듣고 싶을 리 없지. 하여간 그 나이대 남자애들은 조심성도 없고 멍청하다니까……."

"아니야."

손수건을 구기며 메구미가 고개를 들고 마유리를 바라보았다.

"마유리, 네가 너무 안됐잖아. 너는 그걸로 괜찮았어? 못된 애로 낙인찍혔잖아. 어른이 될 때까지 계속."

마유리가 잠깐 입을 다물었다. 잠시 후 아주 다정한 목소리로 말했다.

"나는 어차피 거짓과 가공의 세계를 살아가는 인간이니까. 나를 어떻게 생각하든 괜찮았어. 나보다 메구미가 더 소중하니까."

"전혀 아니야."

후후, 하고 마유리가 웃었다. 그러더니 아마 기억하지 못할 거라고 전제하며 말했다.

"중학생 때, 몇 학년이었더라. 너희 집에 놀러 갔을 때 네가 나한테 '잘 다녀왔어?' 하고 인사해준 적이 있었어. 옆에 있던 동생도, 또 부엌에 계시던 어머니도 나한테 잘 다녀왔냐고 말을 걸어줬어. 그때 나 진짜 기뻤다? 사실 여기는 내 집이 아니지만 마음이 돌아올 수 있는 장소일지도 모른다고, 마음속으로 몰래 그렇게 여겨도 괜찮을 거라고 혼자 생각했어. 그래서 그때 모두가 행복하기를 기원하겠다고 결심했어. 메구미의 집은 내게는 손에 닿지 않는 별빛처럼 밝은 곳이었어."

눈물을 흘리며 메구미는 고개를 가로저었다.

"무슨 소리야. 흔하디흔한 평범한 집이었어."

"아니야. 언제나 다들 웃고 서로 소중히 여기는 따사로운 장소였어. 언제나 쓸쓸했던 내가 동경하는 가정이었어. 그 중심에 있는 사람이 반짝이는 메구미 너였어. 너는 내 소중한 사람이니까 조금이라도 상처를 받거나 불행해지는 게 싫었어."

"고마워, 고마워. 하지만……."

메구미는 눈물에 젖은 두 손을 꼭 움켜쥐었다.

"나한테도 마유리는 소중한 사람이었어. 정말 정말 소중한
등대 같은 절친이었어. 얘, 마유리. 나는 좋아했던 남자애고
뭐고 아무래도 좋아. 사실은 그때도 상관없었을 거야. 이제는
이름도 생각나지 않는걸. 나한테는 그런 남자보다 마유리가
훨씬 더 소중했어. 너랑 헤어지는 게 제일 괴로웠어. 지금까지
너무 쓸쓸했어……."

나도, 하고 마유리가 가만히 말했다. "나도 쓸쓸했어"라고.

마구 흐른 눈물과 콧물을 어떻게든 손수건으로 닦고 메구
미는 환하게 웃으며 마유리에게 말했다.

"잔뜩 울었더니 배고프다. 괜찮으면 저녁 먹으러 갈래?"

마유리도 웃었다. 긴 속눈썹 끝에서 눈물방울이 빛났다.

"헤헤, 나도 아까부터 배가 꼬르륵거려. 뭐 먹고 싶어? 공항
에서 먹을까? 아니면 나가서 어디 다른 데 갈까?"

메구미는 고개를 저었다.

"우리 모처럼 추억 가득한 장소에 있잖아. 공항 안에 있는
가게가 좋아. 그때랑 다르게 지금은 어떤 레스토랑이든 들어

갈 수 있을 정도로는 어른이 됐으니까."

"뭐 먹고 싶어?"

"이탈리안, 앗, 그런데 중국 요리도 좋다. 일식도 괜찮겠고."

"걸으면서 생각할까?"

가뿐하게 마유리가 일어났다. 테이블 위의 계산서를 들고 계산대로 향했다. 계산서를 미처 잡지 못한 메구미는 허둥지둥 일어나 마유리의 아름다운 등에 대고 말했다.

"마유리, 홋카이도 우리 집에 놀러 와. 언제든 돌아와줘."

마유리의 등이 살짝 떨렸다. 메구미는 계속 말했다.

"우리 딸들도 강아지랑 고양이랑 남편도, 다들 마유리랑 만나고 싶어 할 거야. 이 공항에서 날아서 돌아와줘. 다 함께 기다릴게."

당시 동경했던 넓고 거대한 하늘을 뛰어넘어서 돌아와줘. 잘 다녀왔니, 하고 맞아줄 테니까 다녀왔다고 말하면서 돌아와줘. 언제든 기다릴게. 여전히 등을 보인 채 마유리가 살짝 고개를 끄덕였다.

창밖에 보이는 공항의 야경은 아름답고, 짙은 어둠 속에서 비행기가 보석 같은 빛을 날개에 밝히고, 저 멀리에서 또 가까이에서 날아오르고 날아내렸다.

제4화

꽃을 뿌리는 마녀

그럼 어디 가서 뭘 먹을까, 하고 곧 쉰을 앞둔 여자 둘이 재잘재잘 신나게 떠들며 밤의 공항을 걷다가 둘 중 한 명인 배우 마유리가 걸음을 멈추고 일행인 절친 메구미의 귀에다 조용히 속삭였다. 둘은 제2터미널에 있었다.

"얘, 저기 마녀가 있어."

"…… 마녀?"

마유리는 목소리가 조금 높아진 메구미의 통통한 팔을 감싼 소매를 잡아당겨 자판기 구석으로 데려갔다.

"분수 근처에 까맣고 예쁜 코트를 입은 사람, 저기 봐봐, 품위 있는 할머니."

아까부터 주변에서 조용한 물소리가 들렸다. 그게 분수 소리였다고 생각하면서 메구미는 절친의 눈이 가만히 가리키는 곳을 보았다. 최대한 자연스럽게. 본 척 만 척 실례되지 않는 느낌으로……

초록 잎을 기분 좋게 뻗은 관엽식물이 무성하게 자라 그 주변은 자그마한 식물원 같았다. 안쪽에 분수가 있고, 분수를 둘러싸듯이 이쪽에 등을 보이고 동글동글한 돌 벤치가 놓였다. 벤치 옆이나 바닥에는 허브나 키 얕은 식물들이 부드럽게 잎을 벌리고 꽃을 피웠다. 꽃과 녹음에 둘러싸여 체구 자그마한 노인이 벤치에 편하게 앉아 있었다. 길이가 길고 자수가 놓인 까만 코트가 잘 어울렸다.

"어머나, 멋진 분이다."

메구미도 정말 마녀 같은 사람이라고 생각했다. 부정적인 의미가 아니라 어딘지 부드럽고 식물에 녹아든 듯한 분위기가 몽환적으로 보였다. 현실 세계 속에 저곳만 이야기 세계가 끼어든 것 같다. 스포트라이트가 내리쬐는 것처럼 보이는 이유는 근처에 있는 녹음과 분수가 빛을 반사하기 때문인 줄 알지만.

살짝 말려 어깨쯤 내려오는 회색빛 머리카락이 우아하다. 무슨 생각에 잠겼는지 시선을 내리뜨고 입가에 다정한 미소를 지었다. 은은하게 바른 볼 터치와 립의 벚꽃색이 나이가 들어 부드럽게 처진 피부와 잘 어울려서 사랑스럽게 보였다. 긴 여행 도중일까 아니면 여행을 마친 뒤일까, 다리 옆에 낡은 가죽 트렁크가 놓였다.

'그림책이나 판타지 세계에서 빠져나온 사람 같아……'

코트와 맞춤인 까만 모자도 쓰고 손에 지팡이를 쥐면 당장 마법을 부리거나 요정과 대화를 나눌 듯이 보였다. 신데렐라에 나오는 마녀 같다. 그건 마녀가 아니라 정령인가?

후후, 하고 마유리가 장난스럽게 웃었다. 눈이 묘하게 반짝인다. 메구미에게 조용히 속삭였다.

"있지, 저 사람은 진짜 마녀야. 하와이에서 만난 적이 있어. 틀림없어."

"진짜 마녀? 하와이?"

마유리가 의기양양하게 가느다란 허리에 손을 올렸다.

"나는 일로 만난 사람은 안 잊어버리거든. 내 기억에 사 년 전 겨울이야. 하와이에서 설날 특별 방송을 찍었는데 그때 만나서 취재했어. 엄청난 무대를 보여줬어. 마법 지팡이를 한 번 휘두르니까 어디선가 비둘기가 몇 마리나 날아오르고 하늘에 트럼프 카드가 흩날리더라. 거기에 불이 붙어 화르륵 타올라서 위험하겠다고 생각했는데 어느새 꽃잎으로 변해서 팔랑팔랑 객석으로 날아왔어. 나, 점프해서 꽃잎을 하나 잡았어."

조화 꽃잎이었다며 마유리가 웃었다. 공연 중에는 진짜 꽃처럼 보였다면서.

"공연 전이랑 후에 대화를 나눴는데, 본인이 유서 깊은 진짜 마녀라고 했어. 공연 중에 마술을 보여주다가 가끔 진짜 마법을 부리기도 한대. 무대 위에서 선보이는 쇼, 백 번에 한 번쯤은 마술이 아니라 진짜 마법이라고 했어. 생글생글 웃으며 맑고 귀여운 눈으로 나를 빤히 바라보니까 머리로는 말도 안 된다고 생각하면서도 이 사람은 진짜 마녀일지도 모르고 아까 본 건 마법이라고 믿고 싶어지더라. 내 손으로 조화를 주웠으면서. 페리시아 사치코, 이름 들어본 적 없니? 뉴욕에 거주하는 세계적인 매지션."

"응······. 어라? 나 아는 것 같아."

기억 어딘가에 뭔가 걸리는 기분인데, 하고 생각하다가 펑 터지듯이 먼 옛날의 그리운 대화가 떠올랐다.

"어렸을 때 아빠한테 들었던 것 같아. 세계를 무대로 활약하는 일본 출신의 엄청난 여성 매지션이 있다고. 그 사람인가? 혼자 전 세계를 여행하며 다양한 거리에서 마술을 부린댔어."

그 정도로 유명하고 대단한 여성 매지션이 세상에 몇 명이나 있지는 않으리라. 그러니 지금 저 앞에 있는 멋진 할머니는 그 사람이 맞을 것이다. 아마도 나이가 그때 아빠보다 연상이라고 들었다. 우리 아빠는 불가능했지만, 여행하는 매지션은 나이를 먹어 할머니가 됐구나.

천국에 있는 아빠에게 그 사람이 지금 눈앞에 있다고 알려주고 싶었다. 아빠가 동경심 가득 담긴 말투로 말하던 것을 기억하니까. 엄마도 그 사람에 관해서 잘 아는지 옆에서 고개를 끄덕였으니까 그 시절 일본에서는 유명한 사람, 세계에서 활약하는 자랑스러운 일본인 중 한 명이었을지도 모른다.

마유리가 몇 년 전에 취재했다고 하니 페리시아 사치코는 지금도 현역 매지션일 것이다. 메구미는 텔레비전을 자주 보지 않고 남편이나 딸들처럼 인터넷도 하지 않으니 세상 돌아가는 소식에 살짝 둔하다. 지금도 여행 도중이라면 어디에서 어디로 가는 중일까.

그러다가 문득 당시 아빠가 저 사람을 동경했던 심리를 이해했다. 어른이 되면 지금 생활이 소중한 것과는 별개로 여행하고 또 여행하는 생활을 동경하는 마음도 생긴다. 특정한 곳에 뿌리를 내리지 않고 소중한 것을 소유하지 않고, 그저 트렁크 하나만 들고 바람 부는 대로 마음 가는 대로 혼자서 어디든지 갈 수 있으면 좋겠다고 생각한다.

'〈티파니에서 아침을〉의 홀리 고라이틀리처럼.'

메구미도 동경한 적 있다. 어쩌면 지금도 명함에 주소가 아니라 '여행 중'이라고만 적는 그런 인생을 꿈꾸는지도 모른다. 마유리의 표정이 부드러워졌다.

"저 사람은 메구미나 메구미 아버지가 좋아할 꿈과 마법의 세계에 사는 사람이야. 취재했을 때도 그런 생각이 들더라. 너한테 무대를 보여주고 싶었어."

"고마워."

울보인 메구미는 코가 시큰해졌다.

"언젠가 보러 가고 싶다. 마유리, 영화나 연극도 같이 보러 가자. 나 언제든 여기에 올 테니까 같이 가자."

중학생 시절, 영화나 미술전을 보러 둘이서 도쿄 중심가에 갔던 것처럼. 마유리가 응, 하고 웃으며 고개를 끄덕였다.

"같이 외국에 가도 좋겠다."

"와, 나 일본 밖으로 나가본 적 없어. 영어도 전혀 못 해."

"내가 같이 가니까 괜찮아. 나도 외국어는 전혀 못 하는데, 어느 나라에 가든 늘 기합과 근성으로 말이 통해."

마유리가 웃더니 생각난 듯이 말을 덧붙였다.

"페리시아 사치코 씨는 평생 미국에서 살았고 국적도 미국인인데 가끔은 일본이 그립다고 그때 말했었어. 그래도 일이랑 이동 때문에 바빠서 돌아오기가 쉽지 않대. 어쩌면 일본에 오랜만에 돌아온 참일까?"

마유리도 어떤 의미에서 돌아갈 곳 없는 여행자 같은 인생을 거닌다. 그래서 그때도 지금도, 미소를 짓고 차분한 눈빛을 보여주는 저 노인이 마음속에 품었을 쓸쓸함을 이해할 수 있었다.

　'어떤 인생이었을까⋯⋯.'

　십 대 시절에 일본을 떠난 저 사람의 눈에 지금 일본은 어떻게 보일까. 발길 닿는 곳에 친구나 아는 사람이 있을까. 나이 지긋한 그는 독신인데 젊어서 딱 한 번 가정을 꾸린 적이 있다고 했다. 그때 잠깐이지만 도쿄에서 지낸 것 같다고 마유리는 당시 방송 스태프에게 들은 기억이 있다.

　'행복했으면 좋겠다.'

　사 년 전에 본 무대가 얼마나 화려하고 멋졌는지 지금도 기억한다. 같이 객석에 있던 사람들의 웃음과 박수와 환성도. 그때 그 공연에는 정말로 마법이 있었고, 객석에 있던 마유리와 다른 사람들도 잠깐 현실을 잊고 어린 시절로 돌아갔다. 손이 아플 정도로 박수를 보내고 숨을 죽인 채 눈을 빛냈다.

　그날 본 반짝이는 공연이 지금도 마음 한구석에서 작은 빛을 발산한다. 모두에게 아름다운 마법을 보여준 마녀니까 부디 행복하기를 바랐다. 저 사람의 공연에 매료된 한 사람으로서, 마찬가지로 누군가의 심금을 울리고 잠깐이라도 즐겁고

행복하게 만들어주려는 직업을 갖고 살아가는 자로서 간절히
바랐다.

페리시아 사치코는 오랜만에 고국의 거대 공항을 찾아 등
뒤로 분수 소리를 들으며 잠시 여행의 피로를 풀었다. 도호쿠
(일본의 본섬 혼슈의 북동부 지역) 아오모리의 작은 공항에서 조금
전 이곳에 도착했다. 오늘 밤은 공항의 호텔에서 쉬고 내일
아침 미국으로 돌아갈 예정이다. 뉴욕의 집에서 며칠간 쉬며
방을 무성하게 채운 식물을 돌보고 그 후에는 또 하늘 여행이
다. 이번에는 북유럽으로 간다. 어깨를 살짝 움츠렸다.
　'나 같은 할머니를 다들 잘도 부려먹는다니까.'
　조금은 쉬게 해달라고 투정을 부리고 싶지만 이번에 오랜
만에 찾은 일본 여행은 좋은 휴식이자 최고의 휴가였다. 도호
쿠 지역은 처음이었는데, 음식도 술도 맛있었고 훌륭한 온천
에도 몸을 담갔다.
　그리고 무엇보다 아주 멋진 마법을 부렸다. 예전에 도움을
받은 제작자가 꼭 와달라고 부탁해서 도호쿠 바닷가 마을의
무대에 섰다. 평소 사치코가 서는 공연과 비교하면 아주 소
규모, 손바닥에 올라갈 정도로 작은 공연이었지만 관객들이
참 좋은 사람들이었고 웃음도 환성도 박수도 최고였다. 모두

한순간의 마법에 취한 표정으로 공연하는 자신을 올려다보았다.

'일을 맡기를 잘했어.'

일정이 빡빡해서 매니저는 탐탁지 않아 했으나 오랜만에 고향에 가도 좋겠다고 생각했다.

"나도 나이를 먹었으니 이쯤에서 한 번쯤은 일본에 보내줘."

그 말에 매니저가 입을 다문 것은 벌써 팔십 대가 된 사치코가 최근 컨디션이 안 좋은 날이 늘었기 때문이다. 같은 이유로 도호쿠 여행을 반대했으나 본인이 가고 싶다고 주장한다면 어쩔 수 없었다. 지금 매니저는 사치코의 자식뻘인 나이인데 워낙 오래 알고 지낸 사이여서 사치코가 한번 고집을 부리면 꺾지 않는 것을 안다. 소중한 동료 중 하나로 애정이 깊고 사치코의 바람을 이루어주고 싶어 하는 인물이기도 하다. 출장 여행에는 동행할 때가 많은데 이번에는 오랜만에 사치코 혼자 왔다. 혼자 하는 여행에는 익숙하다. 예전에는 언제나 혼자였다. 도호쿠의 술이 맛있어서 매니저에게 선물하려고 샀다. 이런 식으로 선물을 주고받는 사소한 일이 언젠가 자신이 세상을 떠난 후에도 추억이 되어 그의 마음에 남을까.

사치코는 늙었다. 십 대 시절부터 매지션으로서 낡고 커다란 트렁크를 안고 세계를 돌아다녔는데, 어느새 이렇게 나이를 먹었다. 비행기를 자주 이용하는데 아무리 나이에 비해 건강하고 여행에 익숙한 사치코라도 언젠가 자유롭게 이동하지 못하는 날이 올 것이다. 여행을 떠나지 못하는 날이 온다.

'하늘을 나는 것은 편하지. 예전처럼 배를 타고 가는 것이 아니라 순식간에 바다를 건너니까.'

오래전 아직 어린애였던 먼 옛날, 양부모와 함께 배를 탔다. 갑판에 서서 군청색 바다를 바라보자 바닷바람에 단발머리가 휘날렸던 걸 기억한다.

'하염없이 바다를 바라봤었지.'

전쟁으로 죽은 어머니와 여동생들 대신에 이 바다를 건너가 많은 것을 보겠다고 다짐했다. 눈에 또렷하게 새기겠다고. 이 바다 어딘가에 가라앉은 아버지의 의지를 물려받아.

'세계 어디든 가겠다고 다짐했었어.'

혼자서 어디까지든.

'이 공항, 오랜만에 왔네.'

유유히 높은 천장을 바라보았다가 다시 발밑으로 시선을 내리고 웃었다.

'정확히 내가 예전에 온 공항은 여기가 아닐 테지. 이전했다고 들었으니.'

그래도 돌아왔다는 마음이 드는 이유는 고국의 공항이어서 일까. 한 번도 본 적 없는 공항인데도. 청결함도 유려한 디자인도 장대함도 외국의 그런저런 공항에 뒤지지 않고 평가가 높겠다고 자부심을 느낀다. 이렇게 터미널에 앉아 있으면 여행 도중이고 이미 이 거리에 돌아갈 곳도 없는데 돌아왔다는 기분이 든다. 어쩌면 철새처럼 몸 안에 이곳이 고향이라고 알려주는 나침반이 있을까.

손에 쥔 오래 쓴 스마트폰으로 시선을 내렸다. 옛 지인에게 연락해볼까 망설이며 쥐고 있었더니 또 금세 뜨끈뜨끈해진 상처투성이 여행 친구. 세상 참 편리해져서 이것만 있으면 그 자리에서 뭐든 조사할 수 있고 어디든 갈 수 있다. 예전에는 지도도 비행기 환승 시간도 미리 조사하거나 다른 사람에게 물어물어 가야 했다. 외국에서 호텔이나 비행기를 예약하기도 번거로웠다.

그런 생각에 잠겨 있다 마침내 결심하고 검은색 화면에 텍스트를 입력했다. 젊은 시절의 친구가 일하던 커피점의 이름. 이어서 바의 이름. 요릿집의 이름. 당시 각자 방에 전화가 없었으니까 연락을 하려면 가게로 전화를 걸어야 했다. 도쿄타워 언저리에 있던 작은 빌라의 주민들, 같은 빌라에 살던 여자들의 웃는 얼굴이나 목소리, 당시 추억의 조각을 떠올리면서.

전부 검색되지 않았다. 그야 그렇다. 너무 오래전이다. 분명 전부 폐점했거나 운이 좋아도 이전했거나 이름을 바꿨을 것이다. 가게들이 폐점한 시기가 얼마 전이라면 인터넷에도 정보가 남았겠지만, 너무 오래전에 이 땅에 있었던 것은 인터넷 망에 건져지지 못한 채 그저 시간의 파도 속에 가라앉는다. 세상사 그런 법이다.

쓸쓸하게 웃으며 사치코는 한숨을 쉬었다. 내가 이렇게 나이를 먹었는걸. 생각하기 싫지만 자신보다 연상이었던 친구는 이미 귀적에 들었을지도 모른다. 젊어서 먼저 떠난 사람도 있으리라. 시절은 이미 멀어졌으니 지금 다시 손을 내밀어도 닿을 리 없다.

지도 앱을 켜 당시 살던 거리의 주소를 찾아보았다. 알고는 있었지만 작은 빌라는 이미 없어졌고, 그 자리에 주변 일대를 뒤덮듯이 이름이 외국어인 대규모 상업 시설이 들어섰다. 일본 토지 사정은 잘 모르나 아마도 재개발됐을 것이다. 사치코가 살던 시절에 저곳은 오래된 소규모 상점가 바로 옆이었다. 길고양이가 돌아다니는 축축한 길가 옆, 방뇨 흔적도 있는 궁핍한 곳이었는데. 밤에는 주정뱅이도 사방을 돌아다니며 토하고 툭하면 싸움판을 벌였다. 그래도 살기 좋은 곳이었다. 다들 마음씨 따뜻했다. 옛날 에돗코(조상 대대로 지금의 도쿄인 에도

제4화

에 살던 토박이들)의 후손처럼 보이는 나이 지긋한 주민도 많았는데, 사치코 같은 새로운 주민을 살뜰히 돌봐주었다.

지금 이 공항은 마치 미래 도시 같은데, 여기를 보면 알 수 있듯이 도쿄나 일본은 분명 어디나 다 아름답고 화려해졌을 것이다. 그런 곳에서 행복해 보이는 사람들이 다 즐겁게 웃고 있겠지.

어린 사치코가 처음 이 나라를 떠났을 때, 일본은 막 전쟁이 끝난 참이었고 고향은 초토화됐다. 앞으로는 다들 평화롭고 행복하게 사는 미래가 왔으면 좋겠다고 빌었다. 젊은 시절, 아주 잠깐 도쿄타워 근처에서 살았던 시절은 이른바 고도성장기였다. 시골에서 많은 사람이 도쿄로 찾아와 눈을 초롱초롱 빛내며 일했다. 미래에는 분명 모두 풍요로워지리라 믿었다. 노력하면 행복해진다고. 원하는 것은 손을 내밀면, 노력만 하면 뭐든 가질 수 있다고 믿었다.

그 결과로 지금이 있다. 이 지상에 세워진 아름다운 공항이.

다들 행복하게 지내면 그걸로 만족한다. 여행자인 자신은 이제 이곳에 돌아오지 않겠지만, 이곳에 사는 사람들이 밝은 빛을 받으며 행복하게 살고 있다면 나는 세계 어디에 가더라도 행복하게 지낼 수 있다.

스마트폰을 핸드백에 넣고 트렁크를 영차 일으켜 세우며 사치코도 천천히 일어났다. 가죽 트렁크는 몹시 낡았다. 고물상에서도 받아주지 않을 정도로 너덜너덜했다. 망가지고 생채기가 날 때마다 수리했지만 이미 숨이 넘어갈락 말락 한 상태로 보인다. 무리도 아니다. 사치코가 선대 '마녀'에게 트렁크를 처음 물려받았을 때도, 그 순간까지 안에 든 낡은 마술 도구들과 함께 이미 수많은 마녀의 손을 거치며 전해져왔겠다고 짐작했으니까.

'아마 이 아이도 나와 함께 은퇴하겠지.'

그리 멀지 않은 언젠가 사치코가 인생의 여행을 끝마칠 때 함께 여행을 끝마칠 것이다. 대대로 이 트렁크를 지녔던 여행자들도 트렁크도 그러면 된다고 속삭여주는 것 같다.

존 F. 케네디 국제공항으로 가는 비행기는 내일 이른 아침에 여기에서 떠난다. 국내선 터미널에서 국제선 터미널까지 이동하는 시간이나 탑승 수속에 걸리는 시간을 생각하면 오늘은 일찍 자는 게 좋겠다. 예약해둔 터미널의 호텔로 가기로 했다. 그만 방에 가서 쉬자.

짐을 맡기고 도쿄에 훌쩍 다녀와도 좋겠지만 그만두었다. 여기에서 도쿄까지 버스로 한 시간이 안 걸린다. 택시라면 더 금방 도착할 것이다. 그리운 도쿄타워 근처에 가서 올려다봐도 좋겠다는 생각이 언뜻 들었지만, 가지 않더라도 여전히 마음속에 그 탑이 빛을 두르고 서 있으니까 그거면 됐다. 지금은 도쿄타워보다 더 키가 큰 탑이 세워졌다고 들었다. 그래도 사치코의 마음속에서 최고로 훌륭한 탑은 미래영겁 도쿄타워다. 영원히. 그러면 된다. 기억 속에 남은 그대로, 지상에 처음 세워진 모습 그대로 반짝이면 된다.

출발 플로어와 같은 층의 막다른 곳에 호텔 입구가 있었다. 커다란 자동문이 저곳과 이곳의 경계였다. 들어가자 곧바로 가게 이름을 전구 장식으로 꾸민 레스토랑이 있었는데, 아마도 안쪽 자리에 앉으면 이착륙하는 비행기가 보여서 예쁘겠지만 사실 공항은 이미 질리도록 봤으니까 방에서 식사할 생각이었다. 아까 터미널 가게에서 생연어와 연어알이 든 귀여운 도시락을 발견해서 사 왔다. 왠지 일본다워서 멋져 보였고, 문득 예전에 살던 빌라에서 만난 홋카이도 출신에 연어알을 무척 좋아했던 아가씨가 떠올라 그리운 마음도 들었다. 그렇지, 루이베라는 이름의 얼린 연어 회가 맛있다고 가르쳐준 사람도 그 사람이었다.

레스토랑 옆에 호텔 프런트가 있었다. 그렇게 큰 호텔은 아니어도 프런트에 서서 어서 오세요, 하고 반겨주는 청년들의 미소가 부드럽고 아름다워서 괜찮은 호텔이겠다고 생각했다. 특히 사치코를 안내해준 아가씨의 미소가 붙임성 있고 멋졌다. 사치코 앞에 섰던 손님들과 대화하는 모습을 지켜보는데 외국어도 아주 능통했다. 행동이나 말 하나하나가 반짝여 자기 일을 얼마나 좋아하는지 알겠다. 흐뭇하게 생각하며 체크인하다가 문득 예전 이야기를 꺼냈다.

"젊었을 때, 딱 당신 정도 나이였을 때예요. 도쿄 도내의 호텔에서 일한 적이 있어요. 작은 비즈니스호텔이고 아르바이트였지만요. 아주 오래전이에요."

객실 담당으로 고용됐는데 외국어를 할 줄 아는 게 알려져 가끔 프런트에도 섰다. 그 호텔이 이미 존재하지 않는 것은 일본에 오기 전에 조사해 알고 있다. 일손이 부족해 늘 바빴지만 직원 모두 가족처럼 사이가 좋아 즐거운 직장이었다.

만약 아이를 잃지 않았다면, 이렇게 여행하는 생활로 돌아오지 않았다면 그대로 그 작은 호텔에서 일하며 내 아이와 둘이서 도쿄타워를 올려다보며 행복하게 살아가는 그런 미래가 있었을지도 모른다.

"저희 선배님이시네요."

펜을 받아 서류를 적는데 사인을 본 직원 아가씨의 눈이 한층 더 커졌다. 사치코를 바라보고 이지적인 눈을 빛내면서 뭔

제4화

가 말하고 싶은 듯한 미소를 지었다.

처음에 이름을 댔을 때부터 놀라는 시선을 느껴서 매지션인 자신을 아는구나 생각했다. 무대를 본 적이 있을지도. 가끔 있는 일이다. 페리시아 사치코. 본명과 양부모가 지어준 이름을 더해 오래전에 만든 예명인데 호텔을 예약할 때면 늘 이 이름을 쓴다. 이름을 안다면 사치코가 누군지 알아도 이상하지 않다.

딱히 긍정도 부정도 하지 않고 사치코는 웃으며 카드키를 받으려 했다. 그러다가 카운터 위 유리 꽃병에 장식한 벚나무 가지에 시선이 갔다.

"어쩜, 예쁘네. 일본의 봄이야."

그러고 보니 공항 여기저기에 조화와 진짜 벚꽃을 장식해놓았지. 터미널이 봄을 축복하는 것 같았다. 여행자를 환영하고 축복하고 앞으로 여로가 무사하기를 기원하며 배웅하는 것처럼.

"벚꽃을 좋아하세요?"

"일본을 떠나서 살면 그저 그립더군요."

외국에서 벚꽃을 본 적도 있지만 늘 보이지 않는 척하면서 시선을 피했다. 싫은 것은 아니다. 아름다운 벚꽃은 사랑스럽고 그립다. 그러나 그 아름다움이 가슴을 아프게 후빈다.

아주 오래전 어린 시절 전쟁이 끝날 즈음 고향 거리를 덮친 공습으로 불탄 집, 그 마당에 아름다운 벚나무가 있었다. 쇼와 20년(1945년), 종전한 해의 여름, 그 몇 개월 전 봄에 유난히 아름답고 멋진 벚꽃이 피었다. 그 꽃은 죽음을 예감한 벚나무가 사치코 가족이나 이 세상에 작별을 고하는 마음을 담아 피워낸 광경, 벚나무가 최선을 다한 마지막 인사가 아닐까, 하고 훗날 사치코는 생각했다. 평화롭던 시대에는 가족들 머리 위에서 꽃비를 뿌리며 사치코와 여동생들이 소꿉놀이할 때면 밥이 되고 실에 꿰면 목걸이도 되던, 추억 속에 늘 있던 나무였다.

그러고 보니 어렸던 내 아이도 벚꽃을 굉장히 좋아했다. 떨어져서 바람에 흩날리는 꽃잎을 질리지도 않고 목을 돌려가며 보던 모습은 벚꽃에 마음을 송두리째 빼앗긴 것 같아서 사랑스러우면서도 불길한 예감을 자극했다. 아이 이름을 사쿠라(일본어로 벚나무, 벚꽃을 뜻한다)로 지은 것을 후회하기도 했다.

프런트에서 벚꽃 옆에 서서 미소 짓는 아가씨는 참 예쁘고 웃는 얼굴도 사랑스러워 만약 내 아이가 살아 있다면 이렇게 성장해 함께 벚꽃을 바라보기도 했겠다고 상상했다. 살포시 미소 지었다. 살아 있다면 그 아이도 예순을 넘었다. 손주도 있을 법한 나이다. 참으로 오랜 시간이 흘렀구나.

방에 들어와 블라인드를 올리자 창 너머 널찍한 밤의 공항이 보였다. 멀리 보이는 것은 다른 터미널 빌딩일까. 생각보다 멀다. 이 공항은 정말 크고 광활하다. 코트를 벗어 옷걸이에 걸었다. 짐을 풀고 잘 준비와 내일 일어날 준비를 했다. 침대에 달린 시계와 스마트폰 알람을 설정했다.

방의 전기포트로 물을 끓였다. 창가에 놓인 작은 테이블에 아까 사 온 귀여운 도시락을 놓고 서둘러 찻잔을 준비했다. 미니바에 찻잔이나 컵과 함께 녹차 티백이 있어서 기뻤다. 테이블 위 도시락 너머에 찻잔을 하나 더 놓았다. 핸드백에서 아오모리에서 사 온 센베이(쌀로 만든 일본 전통 과자) 봉지를 꺼냈다. 맛이 소박한 센베이로 이 맛은 예전에 같은 빌라에 살던 하치노헤 출신 아가씨가 알려주었다. 된장국에 넣어도 맛있는데 사치코의 어린 딸이 특히 좋아했다. 센베이를 입에 물고 사치코를 보며 웃는 사진은 지금도 소중히 들고 다닌다.

여행지에서 늘 과자와 차를 공양한다. 그러면 내 아이와 함께 여행하는 기분이 든다. 영원히 잊지 않겠다고 말을 거는 기분이 들어서 그럴지도 모른다. 딸이 죽었을 때, 외로움을 잘 타고 겁이 많은 딸의 영혼이 사치코 눈에 보이지 않는 곳에서 외톨이가 되어 어쩔 줄 모르고 떨고 있을 거라는 생각에 너무 괴로워서 뒤쫓아 가려고 했다. 내가 아이를 찾아야 한다고 생각했다. 아이 곁에 가야 한다고.

울며 지새우고 주변 사람들의 위로를 받은 끝에야 결국 포기했다. 죽을 만큼 슬퍼도 심장이 멈추지 않고 배도 고파지니까 몸이 자신을 배신한 것 같았다. 혼란스러운 머리로 살아 있는 동안은 살아가자고 생각했다. 몸이 멋대로 살아 있으니까. 딸은 사치코의 마법을 좋아해서 가끔 소소한 마술을 부리면 늘 웃어주었으니까 세계 어딘가에 있을 누군가를 위해 여행을 계속하기로 했다. 그러면 어딘가에서 딸과 다시 만날 수 있다. 말이 안 되는 소리지만 그렇게 생각했다.

과자와 찻잔 옆에 물을 담은 컵을 뒀다. 이것은 길에서 죽은 동물들을 위한 물이다. 집에 돌아가지 못한 아이들, 시신이 들판에 버려진 불쌍한 동물들이 여기에서 함께 쉬며 목을 축이기를 바랐다. 여행하다보면 때때로 동물 시신과 마주친다. 차에 치인 듯한 개나 고양이, 폭풍우에 휩쓸려 차갑게 식은 새들. 병으로 죽었는지 깨깨 마른 새끼 여우의 시신을 본 적도 있다. 산악지대, 포도가 익는 계곡 마을에서는 쓰러져 죽은 당나귀도 봤다. 어쩌다가 목숨을 잃었는지 상처 하나 없었다.

어차피 사치코 혼자 다니는 여행이니 공양받지 못한 영혼이 함께 다니면 좋겠다. 여행지의 방에 그런 영혼들이 있다고 상상하면 즐겁다. 다들 마르고 상처 입은 모습이 아니라 털과

깃털에 반질반질 윤기가 흐르고 건강한 모습으로, 각자 편한 대로 쉬는 것이다. 어디에도 가지 못하는 영혼이라면 모두 이리 와주기를. 내 여행은 마녀의 여행. 세계에 꽃을 피우기 위해 유랑하는 여행이니까.

해가 뜨기 전에 끔찍한 꿈을 꿔서 잠에서 깼다.

어린 시절, 집이 공습을 받아 불탄 꿈이다. 밤이었다. 사치코도 어머니도 여동생들도 자고 있었다. 경보도 울리지 않은 갑작스러운 공습이라 마당의 방공호에 들어갈 시간이 없었다. 소이탄이 지붕을 꿰뚫고 떨어져 이불이 불탔다. 화염의 파도 속에서 자신이 어떻게 살아남았는지 사치코는 모른다. 그저 불타는 집에서 사치코만이 거의 구르듯이 밖으로 나왔다. 어머니 손이 세차게 등을 떠민 기억이 있다.

어머니도 동생들도 집과 함께 불탔다. 사치코의 집은 오래되고 넓은 훌륭한 가옥이었는데 돌담과 우물만 남기고 완전히 타버렸고 사치코 혼자 살아남았다. 사치코는 멀리 출정 간 아버지에게 어머니를 지키겠다고 약속했다. 어머니는 아기를 임신해서 몸이 무거웠다. 아버지는 어머니와 동생들을 사치코가 지켜주라고 부탁했다. 하필이면 바로 며칠 전에 아버지가 탄 배가 남쪽 바다에 가라앉았다는 소식이 전해졌다.

사치코는 그 후로 불탄 집터에 웅크린 채 지냈다. 목이 마르면 우물물을 길어 마시고 그저 멍하니 있었다. 이대로 죽을 줄 알았다. 주변 집들을 태운 화염은 같은 동네에 있는 천주당도 불태웠다. 사치코의 집과 천주당 사이에는 집이 몇 채나 있고 골목도 있었는데 그 전부가 주민과 함께 불타버려 한눈에 훤히 보였다. 아름다웠던 성모상도 불에 타 부서져 검게 그을린 땅에 넘어졌는데 얼굴이 마침 사치코 쪽을 향했다. 그 얼굴이 자신을 꾸짖는 것처럼 보여서 괴로웠다.

신기하게도 배가 고프지 않았는데, 점점 몸이 무거워져서 일어날 수 없었다. 누운 채 고개를 땅바닥에서 들지 못했다. 이대로 썩어 흙이나 타버린 집의 파편과 뒤섞이겠다고 생각했을 때, 보름달이 기묘하게도 아름다운 밤에 마녀가 찾아왔다.

달빛을 등진 은발의 나이 많은 한 여자가 마치 하늘에서 내려온 것처럼 어느 틈엔가 불탄 담 위에 앉아 있었다. 까만 옷의 이국적인 노인은 바람을 타듯이 훌쩍 담에서 뛰어내려 자갈과 기왓장 조각 따위를 밟는 소리를 내며 사치코에게 다가왔다. 그 사람이 몸을 굽혀 사치코의 얼굴을 들여다보자 꽃 내음이 났다. 향수일지도 모르겠다. 창백한 눈이 사치코를 지그시 바라보았다.

"너는 아직 살아 있느냐? 아니면 벌써 죽기 시작했느냐?"

영어였다.

"나는 아직 살아 있어요. 하지만 아마 곧 죽을 거예요."

영어로 대답하며 흐릿한 머리로 '우아, 마치 동화책 속 세계 같다'라고 생각했다. 사치코의 집에는 동화책이 아주 많았다. 외국의 예쁜 어린이책도 그림책도. 아버지가 외국에서 배편으로 사들였다. 사치코는 어려서부터 그 책을 읽으며 아버지에게 여러 나라의 말을 배웠다. 아버지가 저명한 언어학자여서 집에는 도서관처럼 책장이 많았고, 거기에 책이 빼곡하게 꽂혀 있었다. 그 옆에 사치코를 위한 귀여운 책장도 있었는데, 몸이 성장함에 따라 꽂힌 책이 점점 늘어났다.

"우리 주변으로 땅이 이어진 곳까지만 세계라고 생각하면 안 돼. 같은 말을 쓰는 사람만 친구라고 생각해서도 안 돼."

아버지는 사치코에게 그렇게 말했다.

"바다 건너 하늘 너머에도 많은 사람이 아침에 눈을 뜨고 밤에 잠들고 다양한 생각을 하며 살아간단다. 웃고 울고 꿈을 꾸지. 다들 사치코와 똑같은 인간이야. 마음을 나누고 친구가 될 수 있어. 그걸 알기 위해서 사람은 말을 배우고 책을 읽는 거야."

그런 가르침을 준 아버지는 먼 남쪽 바다에 가라앉아 죽었고, 책장에 꽂혔던 수많은 책은 전부 불에 타 재가 됐다.

행복했던 시절에 사치코의 꿈은 외교관이었다. 일본 최초로 여성 외교관이 되어 세계의 모든 나라가 사이좋아지도록 노력하겠다. 그렇게 말했을 때 아버지도 어머니도 기쁘게 웃으며 칭찬해줬다. 어린 동생들은 뭐가 뭔지도 모르면서 대단하다고 외치며 까불거렸다.

작은 샹들리에가 반짝이며 가족과 벽지 꽃무늬를 비췄다. 배를 타고 온 낡은 나무 테이블이 벌꿀 색으로 빛나던 것을 기억한다. 중동에서 바다 건너온 양탄자도 꽃무늬였다. 이건 틀림없이 마법의 양탄자라고, 동생들과 항상 재잘거리고는 했다. 유리창 너머로 오래된 벚나무의 가지가 잔잔한 바람에 흔들렸다. 집은 추억만 남기고 불탔다. 세계에서 사라졌다.

정신을 차리자 은발 노인이 사치코를 품에 안아 낡은 물통을 들리고 단단히 받쳐주어 뭔가 마시게 했다. 달콤했다. 노인이 벌꿀 술이라고 말했다. 달빛 아래에서 노인은 사치코의 얼굴을 차분히 살피더니 장난스러운 입매로 웃고 자기를 마녀라고 했다. 선뜻 그 단어를 입에 담았다.

"너, 마법을 배워보겠느냐? 마법 도구 쓰는 법을 알려주마."

노인은 낡은 트렁크를 발밑에 놓았다. 이걸 너에게 주마, 하고 말했다.

그로부터 며칠간 일이 전부 꿈이었는지 아니면 드문드문 환상이었는지 사치코로서는 도무지 알 수 없다. 며칠이라고 생각했는데 알고 보면 더 긴 시간이었는지 그것조차 모른다. 어쨌든 그때 사치코는 죽음과 아주 가까이 있었고, 자신이 잠들었는지 깨어 있는지도 불분명한 날들이었다. 그저 언제나 눈을 뜨면 머리 위에 달이 있고, 달처럼 창백한 눈동자를 가진 마녀가 사치코의 귀에 말을 걸고, 차가운 손으로는 사치코의 손에 마술 도구를 건네 하나하나 다루는 법을 가르쳤다.

마녀가 도구를 쓰자 밤하늘에 새가 날갯짓하고 트럼프가 춤추고 빛처럼 꽃이 폈다. 전부 아름답고 환상 같았다. 이건 마법이 아니야, 이건 마술이야, 그러니까 전부 다 비법이 있고. 그렇게 알려주고 있는데도 진짜 마법처럼 보였다.

가끔 의식이 수면 위로 올라오는 것처럼 확실하게 각성할 때가 있었는데, 그럴 때면 모든 것이 내가 아닌 다른 사람이 하는 일처럼 어색하게 느껴졌다.

'그렇구나, <매직>은 <마법>이 아니라 <마술>이야. 만들어 낸 마법.'

이 사람은 자신을 마녀라고 했지만 마술사였구나. 그래도 불탄 집터에서 비몽사몽 반복한 마술 연습은 즐거웠는데, 어린 시절 아버지가 어설픈 마술을 보여준 적이 있었던 덕분이다. 젊어서 유학 중에 배웠다는 트럼프 마술은 분명 초보자를 위한 쉬운 것이었다. 그래도 어설픈 아버지에게는 어려운 마술이라 연신 실패했고 가족 모두 웃었다. 아버지가 제일 크게 웃었다.

불탄 집터에서 보낸 날들이 꿈이 아님을 안 것은 사치코의 품에 마법 도구가 담긴 트렁크가 남았기 때문이다. 또 각종 마술을 사치코의 손과 머리가 기억했다. 달밤에 나타난 마녀는 이윽고 어느 날 아침에 사라졌다. 그럼 이제 안녕, 하고는 인사하고.

마녀가 어째서 그 팔월에 일본에 있었던 건지, 어디로 떠날 건지 물어본 것 같기도 하고 물어보지 않은 것 같기도 하다. 비몽사몽 물어봤는데 그대로 한 귀로 흘려보내 잊어버렸을 수도 있다. 신기한 이야기를 많이 들었다. 그림책이나 동화 같은 이야기를. 그것이 꿈이 아니라면 그런 이야기들을 들었다.

"젊어서부터 평생 먼 세계를 유랑하며 살았어. 나라와 거리, 그 수를 한 번에 다 셀 수 없을 만큼. 손가락을 꼽으며 셈하면 긴 노래가 될 만큼."

그러나 이제 여행에 지쳤다. 살아가는 것에도 지쳤다. 아마 앞으로 여행을 떠나 골목을 몇 개쯤 꺾으면 자신의 수명은 다

할 것이다.

"어떻게 아느냐고? 그야 마녀니까."

늙은 마녀가 웃었다. 그러니 이 트렁크를 주마. 마법이 담긴 트렁크를. 이놈은 아직 수명이 길어. 이 세계에 살고 싶어 해. 그래서 너에게 쓰는 법을 알려주었단다.

"왜 나한테 알려줬어요?"

또 왜 '마법'을 가르쳐주었나요, 이렇게 묻자 마녀가 대답했다.

"너도 마녀니까. 아주 아주 옅은 피지만, 옛날부터 인간 중에는 마녀의 피를 물려받은 자가 섞여서 살고 있어. 같은 마녀끼리는 그걸 알 수 있지. 그래서야."

하지만 사실 당신에게 배운 건 마술이고 트렁크에 든 건 마술을 위한 도구잖아요, 이렇게 말하자 노파는 신비로운 눈빛으로 웃었다.

"그렇지. 나는 너에게 마술을 가르쳤어. 그래도 너는 마녀니까 백 번에 한 번은 마법을 부릴지도 모른다. 진짜 마법을."

왜냐하면 너는 마녀니까. 나와 같은. 그렇게 말하며 마녀는 트렁크를 사치코에게 건넸다. 반쯤 떠넘기듯이. 마치 개나 고양이를 새로운 주인에게 안겨주는 듯한 손짓이어서 사치코는 무심코 받아들었다. 트렁크가 안쓰러웠다. 가죽 트렁크는 딱

딱하고 낡고 무거웠다.

"언젠가 그게 필요 없어지거나 처치하기 곤란하면 버려도 된다."

사치코는 고개를 가로저었다. 마녀는 그거 좋구나, 하고 말하는 것처럼 고개를 끄덕이고 사치코와 트렁크를 그곳에 남기고 등을 돌렸다. 마녀가 혼잣말하듯이 말했다.

"쓸쓸하지만 몸이 가벼워졌어. 이제 난 평범한 여자야. 오랫동안 여행해왔는데 나도 조금은 이 세계에 꽃을 피웠으려나."

길고 까만 옷을 입은 마녀는 그럼 이제 안녕, 하고 떠났다. 여름이 끝날 무렵, 그을린 길을.

새벽녘 빛 아래에서 본 마녀의 옷은 낡고 흙먼지를 뒤집어써 지저분해 보였다. 하얀 목덜미에도 지친 듯한 기미와 주름이 보였다. 은발이 헝클어져 바람에 휘날렸다.

"할 수 있다면 나 대신 여행을 이어가다오. 웅크리지 말고 고개를 들고 일어나서 머나먼 길을 가는 거다. 세계에 꽃을 피우기 위해서. 괴롭고 쓸쓸한 사람은, 모든 것을 잃은 사람은 너뿐만이 아니란다."

이런 말도 들었을지 모른다.

아침 햇살 속에서 사치코는 남겨진 가죽 트렁크를 안고 그저 앉아 있었다. 꿈에서 깬 기분인데 품 안에는 마녀의 트렁크가 분명히 있었다. 뚜껑을 열어보니 햇빛 아래에 이제는 어떻게 다루는지 손가락이 알고 있는 오래된 마법 도구가 가지런히 드러났다. 문득 시선을 느꼈다. 어린 여자애들이 무너진 담벼락 곁에서 사치코를 보고 있었다. 동생들과 친했던 동네 아이들이다. 저 아이들도 가족을 잃었구나.

지저분한 뺨과 울어서 부은 눈을 보자 아이들을 웃게 해주고 싶었다. 동생들은 다시는 웃지 못하지만, 저 아이들은 살아 있어서 다시 웃을 수 있으니까. 손가락이 도구를 뒤적였고, 사치코는 처음으로 사람 앞에서 마법을 부렸다. 그을린 흙과 기왓장 조각 쓰레기 위에 꽃이 폈다. 셀 수 없이 흐드러졌다.

여자애들은 눈을 동그랗게 뜨고 탄성을 지르고 이윽고 웃었다. 그 목소리를 듣자 세계 어딘가에서 동생들도 웃는 것 같았다. 부서진 천주당 성모의 드러누운 얼굴도 사치코에게 미소를 지어준 것 같았다. 꽃을 피우자, 하고 사치코는 생각했다. 집은 불타고 가족은 죽고 마당의 벚나무도 쓰러져서 타버렸지만, 수많은 사람이 죽었지만, 이렇게 세계에 꽃을 피울 수 있다.

'내 마법이라면 할 수 있어.'

그렇다면 살아가자. 나는 마녀가 되겠다. 여행을 떠나겠다.

세계 끝까지. 조화로 피어나는 마술이라도 백 번에 한 번은 진짜 마법을 부릴 수 있을 테다.

그 후의 날들 역시 꿈이었을지도 모른다. 천주당을 복원하려고 이 거리를 방문한 미국인 자선가가 빈터에서 트렁크를 안고 선 사치코를 유심히 봤다. 말을 걸어보니 영어가 통했다. 전쟁으로 고아가 됐지만 죽은 아버지가 저명한 학자였다고 한다. 자선가는 미국에 돌아갈 때 사치코를 데리고 가 양자로 들여 교육했다. 후에는 사치코가 원하는 대로 마술 실력을 갖추라고 길을 열어주었다. 사치코는 키워준 부모에게 감사하는 마음으로 양부모가 지어준 이름, 페리시아를 예명으로 삼았다.

이렇게 페리시아 사치코는 젊고 유명한 매지션이 됐다. 까만 머리카락에 흑단 같은 눈동자를 지닌 사치코는 어떨 때는 중국의 치파오, 어떨 때는 화사한 기모노를 입고 동양에서 온 신비로운 마녀로 인기를 끌었다. 사치코는 뉴욕 맨해튼에 집을 빌려 자유롭게 살며 전 세계를 여행했다. 다양한 공연에 서서 마법 꽃을 피웠다. 수많은 사람의 웃음을 보고 박수와 환성을 받았다.

행복한 인생이었지만, 어느 날 갑자기 날던 새가 추락한 것처럼 길을 잃은 시기가 있었다. 너무 바빠서 그랬을 것이다. 도쿄타워가 지어졌을 시기였다. 그때 사치코는 이십 대였다. 외국에서 그 뉴스를 보고 불빛에 끌려가는 기분으로 고국에 세워진 탑이 보고 싶어졌다. 훌쩍 도쿄에 왔다가 놀랐다. 몸이 안 좋아서 여독인 줄 알고 병원에 갔더니 임신이었다.

누구의 아이인지는 몰랐다. 아니, 아빠 후보가 너무 많았다. 물론 깊은 관계가 된 누군가의 정자일 테니 얼마간의 사랑과 호감은 있었겠지만, 그 무렵 사치코는 사랑 많은 여자였다. 사랑할 상대도 부족하지 않았다. 아이가 생기리라고는 생각도 안 해봤다. 그래서 누구하고든 밤을 보냈다.

영원히 어린애의 몸이라고 믿었다. 어린애인 증거처럼 달거리가 불규칙했는데, 소녀 시절에 양모와 함께 병원에 갔을 때 몸이 온전히 발달되지 않았다는 진단을 받았다. 성장기 때 고국에서 영양이 부족했다. 괴로운 경험도 영향을 미쳤다.

반쯤 자학적인 기분이었을 것이다. 무모한 짓도 수두룩하게 했다. 그래도 아이가 전혀 생기지 않았으니까 평생 그런 몸일 줄 알았다. 이런 나도 어미가 될 수 있구나. 그런 일이 허용되는구나. 아버지와의 약속도 지키지 못하고, 불에 타는 어머니와 동생들을 구하지 못했던 내가. 혼자 화염에서 도망쳐 살아남은 내가. 허락된다면 이제 마녀를 그만두겠다고 생각했다. 세계를 여행하는 것도 끝내자.

그렇게 도쿄타워의 빛을 올려다보며 사는 나날이 시작됐다. 그때까지 머물던 익숙한 고급 호텔 체인이 아니라 동네의 저렴한 빌라를 빌린 이유는 앞으로 아이를 낳고 키우려면 돈이 얼마나 들지 몰랐기 때문이다. 성장하는 아이를 위해 조금이라도 꼬박꼬박 저금하고 싶었다. 앞으로 학비도 들 테고, 예쁜 것이나 맛있는 것도 사주고 싶다. 그런 계획은 가슴 뛰도록 즐거웠다. 그전까지는 그런 기쁨을 몰랐다.

배가 크게 나올 때까지 비즈니스호텔에서 일했다. 손님으로 지내는 것에 익숙했기에 호텔 일을 골랐다. 마침 인연이 닿은 동네 호텔이 좋은 곳이어서 출산 후에도 다시 일할 수 있었다. 지내던 빌라에는 젊은 아가씨들과 마음만은 젊다며 웃는 요릿집 주인이 살았는데, 사치코와 아이를 살뜰하게 돌봐주었다. 다들 시골에서 혼자 도시로 나온 사람이라 외로웠고, 사정 있어 보이는 젊은 아가씨가 혼자 아이를 낳아 키우는 걸 그냥 보고 못 넘기는 여자가 세상에 많았다. 운 좋게 그 빌라에 착한 사람들이 모인 우연도 작용했으리라.

또 사치코만 방에 전화선을 깔았으니까 가능하면 빌리고 싶은 마음도 있었을 것이다. 다들 자주 사치코의 방에서 전화를 빌렸다. 당시에는 연락하려면 전화나 편지, 전보를 써야 했는데 전화는 비싸서 쉽게 깔 수 없었다. 전화가 있는 것이 곧 신분보장이 되던 시대다.

사치코는 그들에게 걸려오는 전화를 대신 받는 것도, 전화를 빌려주는 것도 싫지 않았다. 고맙다면서 직접 만든 반찬이나 과자를 나눠주고, 아기 양말이나 장갑을 떠주는 게 백 배는 더 기뻤다. 육아나 어린 동생을 돌본 경험이 있는 그들의 도움을 받고 이것저것 배우는 것도 눈물 나게 고마웠다. 혼자였다면 얼마나 불안했을까.

자신의 과거나 본업은 그들에게 밝히지 않았다. 이대로 평범한 일본인, 일하는 엄마가 되고 싶다는 희망을 품었다. 아이가 태어날 때까지, 또 유아를 키우는 몇 년간은, 사치코가 지금까지 살아온 인생과 비교해 오히려 이쪽이 꿈만 같고 영화나 이야기 속에 나오는 사건처럼 따사롭고 그리운 날들이었다.

품 안의 유아는 상상과 달라서 때때로 난폭해지거나 감당하기 벅찼고, 시끄럽게 울며 비명을 질러서 가끔은 내동댕이치고 싶고 잠도 제대로 못 잤는데, 그래도 신기할 만큼 귀여웠다. 소꿉놀이 같은 육아만 가능한 어설픈 사치코를 세상 유일한 엄마로 바라보고 젖을 빨고 녹아내릴 듯한 얼굴로 웃었다. 아이가 열이라도 나서 기운이 없거나 호흡이 거칠어지면 가슴이 아팠다. 내가 대신 아프고 싶었다.

그러나 한편으로 딸이 갓난아기에서 유아가 되고, 말을 배우고 손이 덜 가기 시작하자 사치코의 눈에는 과거에 봤던 이국 하늘이 보였고, 귀에는 항구에 파도가 밀려오는 소리가 들렸고, 가슴 주변에 분주한 소리나 돌길을 오가는 바퀴 소리를 느끼는 빈도가 늘었다. 나중에는 무대에 선 꿈을 꿨다. 하늘을 나는 꽃을 보고 객석의 박수와 환성에 감싸인 기분을 느끼며 눈을 뜨면 좁은 빌라의 어둑어둑한 천장과 꺼진 전등이 보였다. 그럴 때면 옆에서 잠든 딸의 체온 높고 축축하고 달짝지근한 냄새가 나는 몸을 안고 나는 이제 마녀가 아니야, 이 길을 선택했어, 이렇게 생각하려고 노력했다.

그러나 하늘을 나는 비행기 엔진 소리를 듣고(그 시대에는 이미 여행용 제트기가 하늘을 날기 시작했다) 그 거대한 새 같은 모습을 올려다보면 누구 하나 잘못한 사람도 없는데 내가 땅 위에, 이 토지에 묶여버린 기분이 들었다. 반드시 가야만 하는 장소가 저 날개가 날아가는 곳에서 기다리는 기분이 들어 초조했다.

또 일하던 호텔에서 여행하는 사람들의 기척을 느끼고 그들의 손이 끄는 트렁크 바퀴 소리를 들으면 가슴이 술렁였다.

마음속에서 날개가 퍼덕이는 느낌이 있었다. 거기 있는 철새가 여기에서 날아가고 싶다고 호소하는 것처럼. 어느 날, 같은 빌라의 친구인 요릿집 주인이 말했다. 사치코의 방 부엌에서 구수한 냄새가 나는 두부 요리를 해주면서.

"사치코, 어딘가 가고 싶은 곳이 있지? 그럴 시기가 오면 가는 게 좋아."

자기는 예전부터 알고 있었다고 했다.

"무슨 일이 있어도 어딘가로 가야 하는 사람이 있어. 그런 사람은 한곳에 머물지 못해. 그런 인생이 있더라. 마치 어떤 부름을 받는 것 같아서 참으려고 해도 소용없어."

당근을 벚꽃 모양으로 썰어 곁들였다.

"어디에서 어떻게 살든 너와 사쿠라가 행복하기를 바랄게."

사치코는 국물 맛 좋은 두부 요리를 식혀 딸의 입에 넣어주며 그 말에 묵묵히 고개를 숙였다. 나도 우리 딸도 이 사람의 행복을 바랄 것이다. 언젠가 여행을 떠날 생각이었다. 나는 마녀의 트렁크를 물려받았으니까. 다만 그때는 딸도 함께다. 전 세계를 함께 여행해야지. 사치코의 마법으로 무대에 피워낸 꽃을 보여주고 싶다. 사치코는 어린 딸에게 약속했다. 같이 가자꾸나. 하늘 아래, 머나먼 길을 어디까지나. 그러나 사쿠라는 심한 감기를 앓아 허무하게도 눈앞에서 사라졌다. 가장

꿈같았던 것은 어린 내 아이의 일생이었다. 사치코는 딸의 작은 유골을 트렁크에 담고, 모두에게 작별을 고하고 빌라를 떠났다.

그 후로 마녀로서 여행을 이어왔다. 유골과 당시 찍은 수많은 사진은 뉴욕의 집, 맨해튼에 있는 고층 아파트의 방에 장식했다. 창 바로 곁, 거리가 내려다보이는 곳이다. 비행기와 철새가 오가는 하늘이 보이는 곳에 두었다. 제일 좋아하는 사진 한 장은 늘 가지고 다녔다. 어디에 가든 어떤 공연을 하든 딸과 함께였다.

그렇게 긴 세월이 흘러 지금, 사치코는 여행의 끝이 다가오는 것을 느낀다. 아마 조만간 외톨이로 이국 하늘 아래에서 그렇게 될 것이다. 쓸쓸하지 않다. 어쩔 수 없는 일이다. 그렇게 생각하며 공항 호텔의 창으로 내리쬐는 아침 햇살 속에서 아이의 사진을 소중하게 다시 핸드백에 담았다.

선대 마녀는 아마도 이미 이 세계에 없겠지. 마녀는 어디에서 어떤 식으로 그때를 맞이했을까. 사치코는 선대 마녀가 정말로 마녀이기는 한지 새삼 생각했다. 이 세계에 마법이 존재하기는 할까. 소녀 시절, 그 불탄 집터에서 처음 의문을 품은 이후로 아무리 머리를 굴려도 답을 찾지 못했다.

밝은 빛이 내리쬐는 프런트에 체크아웃하러 갔다. 어제 만난 젊은 아가씨가 사치코를 기다리기라도 한 양 서 있었다. 아침 인사를 나눈 다음, 아가씨가 결심한 듯이 말했다.

"저는 손님의 무대를 본 적이 있어요. 학창 시절에 유학 간 곳에서요⋯⋯."

아하, 역시 그랬군.

"그때 저는 이런저런 일이 있어서 마음이 우울했어요. 견딜 수 없이 외로웠어요. 전부 다 버리고 일본에 돌아가고 싶었어요. 그래도 인연이 닿아 티켓을 얻어서 그날 밤에 손님의 쇼를 보고, 다시 태어났어요. 마치 공연에서 잔뜩 핀 마법 꽃이 제 마음속에도 피어난 기분이었어요. 열심히 하라고, 꿈을 포기하지 말라고 말해주는 것 같았어요."

그때를 떠올리면 지금도 마음속에 꽃이 활짝 펴서 웃음이 나와요, 하고 그 아가씨가 말했다.

"이 세계에는 마법이 있으니까 꿈을 믿고 살아보자고 생각했어요. 지금도 마음속에 그날 선물해주신 보이지 않는 꽃이 피어 있어요."

그래서 이 아가씨는 이 일을 선택했고 여기 이렇게 있구나. 그렇다면 그때 사치코가 무대에서 부린 마법은 진짜 마법일지도 모른다. 백 번에 한 번의 진짜 마법을 그때 부렸을지도 모른다. 사치코는 미소를 지으며 프런트 아가씨와 헤어졌다. 호텔 자동문을 지나 까만 긴 코트를 휘날리며 아침의 로비로 걸음을 옮겼다.

한편, 프런트 직원은 국제선 터미널을 향해 멀어지는 마녀의 등 뒤로 그 곁을 지키며 쫓아가는 어린 딸의 모습을 보았다. 늙은 마녀를 존경하는 눈으로 바라보며, 자그마한 손으로 트렁크를 끄는 나이 든 손을 도우려고 하는 어린 딸을.

다시 보니 개와 고양이, 새와 여우, 당나귀까지 마녀와 함께 걸었다. 마치 봄 햇살 아래를 걷는 아기자기한 퍼레이드처럼. 참으로 즐겁게, 춤추듯이 머리와 발을 들썩이며. 그것은 봄날의 순간적인 환상이다.

여기저기 벚꽃이 흐드러지게 핀 터미널 로비를 쏟아지는 아침 햇볕을 받으며 떠나는 늙은 여행자의 모습이 멀어졌고, 이윽고 자동문이 닫혀 보이지 않았다.

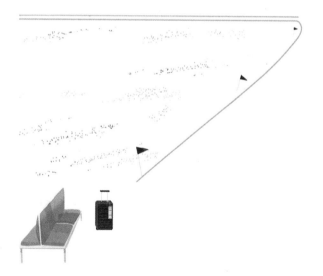

여행용 알람 시계가 조용한 전자음을 울려 아침을 알렸다. 공항 호텔에서 잠든 메구미는 눈을 감은 채, 침대 사이드 테이블로 손을 뻗어 작은 시계를 쥐고 가까이 끌어당겼다.

"…… 아아, 벌써 아침이네."

눌리고 뻗친 머리카락을 쓸어넘기며 아침 햇살이 들어오는 창문을 바라보았다. 작게 하품이 나왔다. 어제는 아름다운 공항 야경을 계속 보고 싶어서 블라인드를 올린 채 잠들었다. 고맙다, 하고 속삭이고 웃으며 시계를 손바닥에 올리고 꼭 쥐었다. 귀여운 시침이 가리키는 시각은 딱 아침 일곱 시. 여행에 익숙하지 않은 엄마를 위해 첫째 딸이 찾아서 사준 시계다. "엄마, 디지털시계는 기상 시각 설정할 줄 모르지?"라면서.

"날 너무 잘 아네."

살짝 혀를 차며 침대 위에서 기지개를 켰다. 사실 어제 침대 밑 호텔 시계로 어디 한번 기상 시각을 설정해보려고 했는데 도무지 자신이 없고 무서워서 그만뒀다. 만에 하나 잘못 설정하면 늦잠을 잘 테고, 그러다가 호텔 체크아웃 시각까지 태평하게 곯아떨어지면 너무 부끄럽다. 청소하는 사람이 방에 들어왔다가 침대에서 행복하게 잠에 취한 메구미를 발견하는 장면까지 자연스레 상상돼 얼굴이 달아올랐다.

첫째 딸에게 감사하며 메구미는 침대에서 내려왔다. 으라차차 손발을 펴고 허리를 비틀어 자기 나름의 아침 체조를 하며 어제 헤어지기 전에 마유리가 알려준 사항을 되새겼다.

"어디 보자, '단장하고 짐도 다 꾸리면 체크아웃하기 전, 방에 짐을 두고 레스토랑에서 아침을 먹을 것'이라고 했지. 호텔 레스토랑은 이른 시간부터 여니까."

체크아웃하고 아침을 먹으러 가면 짐을 끌고 다니기 귀찮다. 또 모처럼 호텔에 묵으니까 조금이라도 오래 공간을 쓰는 게 좋고 그러지 않으면 아깝다고 했다. 체크아웃 전이면 아침을 먹고 방에서 또 쉴 수 있으니까.

어제 같이 저녁을 먹은 후에(초밥집에 갔다가 그리운 패밀리레스토랑에 돌아와 술을 마시고 안주와 디저트를 즐겼다)

호텔 앞 출발 플로어의 소파에서, 그 옛날 이월에 소년과 만나기로 했던 곳이며 지금은 그저 반갑기만 한 시계탑 근처에서 마유리가 알려주었다. 마유리는 조금 취했는지 잘 웃었고 아주 즐거워 보였다.

"아침을 먹은 다음에 목적지 호텔로 가는 리무진 버스의 티켓 판매소와 타는 곳을 확인해두는 게 좋아. 괜찮아, 판매소는 알기 쉬운 곳에 있고 카운터에서 친절한 직원이 상담해줄 테니까. 오후에 출발하는 버스로 시간을 확인해둬."

"오전 중에 일찌감치 가면 안 돼?"

"너무 일찍 도착하면 호텔에서 방을 준비하지 못했을 테니까 짐을 들고 가 있을 만한 곳이 없을 거야. 한 시 넘어서 도착하는 게 좋으려나. 더 늦게 가도 좋아. 그때쯤 도착하는 버스로 해."

"그렇구나……."

"판매소를 못 찾을 리는 없겠지만…… 자신이 없으면 내일 호텔 프런트 직원한테 물어봐."

메구미가 머릿속으로 받아쓰며 고개를 끄덕이자, 마유리가 "좋았어"라고 하는 듯이 마찬가지로 고개를 한 번 끄덕이고 말을 이었다.

"저 호텔은 체크아웃 시각이 열한 시인 걸로 알고 있으니까 그보다 조금 전에 방에서 나간다고 생각하고 느긋하게 쉬어. 호텔에서 나오면 버스 탈 때까지 헤매지 않을 범위에서 공항을 산책하거나 차를 마셔도 좋고. 내일 공항에서 다른 데 안 들르고 식이 열리는 호텔로 직행할 예정이랬지?"

"응. 시상식이 내일 저녁이니까 방에서 쉬고 싶어. 초저녁쯤 시상식이 시작하기 전에 호텔 카페에서 담당 편집자들과 잠깐 미팅할 예정도 있고……."

처음 참여하는 시상식, 처음 참여하는 파티, 그 전에 처음 참여하는 미팅을 생각하니 두려웠다. 위가 꽉 조여든다. 그 시간까지는 반드시 방에 틀어박힐 테다. 다른 일을 할 여유가 없다. 내일 일이 없으면 호텔까지 배웅할 수 있는데, 하며 마유리가 걱정스럽게 말했다.

"버스에 타기 전에 화장실도 다녀와. 한 시간도 안 걸려서 도착하겠지만 수도 고속도로는 가끔 막히니까……."

메구미는 웃었다.

"마유리, 나도 이제 어른이거든. 괜찮아. 혼자서 갈 수 있어. 이렇게 자세히 조언해줬으니까 여유롭게 할 수 있어."

"하지만 메구미잖아. 음, 그냥 내가 아쉬워 이러는 것 같아. 영원히 네 뒤치다꺼리를 하고 싶달까."

후후, 마유리가 수줍은 듯이 웃었다. 메구미는 마유리의 손을 잡았다.

"그럼 내일모레 여기서 또 만나자. 아, 그게, 네가 시간이 있다면 말이야. 갑자기 말을 꺼내서 미안해. 혹시 바쁘니?"

메구미는 머리를 긁적였다.

"내일모레 밤 마지막 비행 편으로 홋카이도에 돌아갈 거야. 만약 네가 내일모레 밤에 시간을 낼 수 있으면, 가기 전에 둘이 느긋하게 공항 데이트를 하면 좋을 것 같아서. 예전처럼."

"응."

마유리가 메구미의 손을 맞잡은 채 대답했다.

"데이트하자. 예전처럼."

헤헤, 메구미가 웃었다. 눈가에 살짝 눈물을 글썽이고서.

"마유리, 우리 딸들한테 선물할 과자, 같이 골라줘. 너만 믿을게."

맡겨달라며 마유리도 웃었다. 예전처럼 밝고 강한 미소로.

"그럼 내일 열심히 해. 잘 자."

마유리는 한 손을 우아하게 들고 소파에서 일어나 사뿐사뿐 하행 에스컬레이터 쪽으로 가려다가 "아, 안 되지" 하고 서둘러 돌아오더니 손에 든 작은 쇼핑백 하나를 메구미에게 건넸다.

"오늘 밤에 간식. 내일 아침에도 먹어."

그 벨기에 초콜릿 상자가 들어 있었다.

'언제 샀지?'

언제 어디에서 이걸 샀을까, 메구미는 전혀 눈치채지 못했다. 대단하다고 생각하며 메구미는 멀어지는 마유리에게 손을 흔들었다. 마유리도 또 메구미를 돌아보고 손을 흔들었다.

아침 레스토랑에는 넓은 창을 통해 햇살이 가득 내리쬤다. 밖에는 활주로를 달리는 비행기들이 보였다. 테이블 여기저기에 아침을 먹는 사람들이 보였다. 어린애와 함께 여행 중으로 보이는 가족에 영어 신문을 펼치는 회사원 같은 사람, 여행의 추억으로 이야기꽃을 피우는 노인 그룹도. 다들 정말 즐거워 보였다.

조식은 뷔페였다. 오늘 시상식이나 미팅을 생각하면 불안해 가슴이 답답했는데 눈앞에 펼쳐진 먹음직스러운 달걀 요리, 햄, 채소, 과일, 죽에 수프까지, 양식과 일식과 중식을 아우르는 조식의 구수한 냄새와 색감과 멋진 광경을 접하자 불안은 일단 나중으로 미루기로 했다. 이렇게 맛있어 보이는걸, 이것도 저것도 안 먹고 가는 건 말도 안 된다.

'어어, 물론 일에 참고하기 위해서야.'

가게 메뉴에 활용할 수 있고 또 언젠가 멋진 뷔페 장면을 쓸 때도 참고가 될 테니까. 신나서 쟁반을 들고 하얀 접시에 화려한 전리품을 가득 얹은 뒤 메구미는 의기양양하게 자리로 돌아왔다. 그러다가 문득 종이 냅킨 한 장, 아니 그림 한 장에 시선이 멈췄다.

식사를 마친 테이블일까. 한쪽에 쟁반과 접시를 밀어놓고 그 옆에서 세련된 옷차림의 남자가 냅킨을 펼치고 볼펜으로 쓱쓱 그림을 그리고 있었다. 아침 해를 받으며 입가에 미소를 지은 그는 청년이라기에는 살짝 나이가 들었지만 아직 젊어 보이는 분위기를 풍기는 사람이었다. 그가 그리는 그림은 마녀의 그림이었다. 심장이 가볍게 뛰었다. 어제 분수 옆에서 본 까만 코트를 입은 매지션이 그림 속에 있었다. 단순히 닮았을 뿐일까 생각했는데 그 사람이 분명하다고, 신인이지만 작가의 감이 자신 있게 속삭였다.

어제 진짜 마녀처럼 보였던 그 사람이 지금은 까만 마녀 모자를 쓰고 그림 속에 있다. 마녀가 자리에 앉아(이 레스토랑이었다) 아침 햇볕을 쬐며 우아한 손놀림으로 식후 커피를 마신다. 한쪽에 오래된 트렁크를 놓고 살짝 고개를 숙이고서, 커피 향을 즐기는지 미소를 지은 모습이 정말 멋졌다. 마녀 주변에는 꽃이 흐드러지게 피었고, 볼펜이 움직일 때마다 눈앞에서 꽃이 늘어났다. 마녀와 너무도 잘 어울리고 사랑스럽고 아름다웠다.

"예뻐라."

무심코 말이 튀어나왔다. 어라, 하고 남자가 시선을 들었다. 눈이 즐겁게 웃고 있었다.

"저기, 그림을 정말 잘 그리세요."

남자는 쑥스러워하며 웃었다.

"사실 만화가거든요."

"어머나, 성함이?"

남자가 아니라고 고개를 저었다.

"부끄러우니까 비밀입니다."

검지를 입에 대고 장난스럽게 웃었다. 웃는 얼굴이 굉장히 즐거워 보여서 메구미도 덩달아 웃었다.

"저기, 그 할머니는요?"

"아, 아까 저쪽 자리에서 아침을 드시던 할머니예요. 벌써 다른 데로 가셨지만요. 분위기가 신비로운 분이어서 마법사나 마녀 같은 사람이라고 생각했는데 마침 종이가 있어서 저도 모르게 그렸네요."

"정말 닮았어요. 어젯밤에 저도 같은 분을 봤거든요."

"어, 그러세요?"

"네. 정말 마녀 같은 분이었죠."

저명한 매지션이라고 마유리에게 들은 이야기를 간추려 말하자 남자가 다행이라며 웃었다.

"제 눈이 착각해서 그렇게 보인 줄 알았어요. 아무리 그래도 마녀나 마법사라니 이 나이를 먹고 그런 생각을 하는 게 너무 소녀 같아서 조금 부끄러운 기분으로 그랬거든요. 정말 그쪽 세계의 사람이었네요. 그렇다면 그런 분위기로 보여도 이상할 게 없겠어요. 오늘 아침에는 눈이 좀 뻑뻑하고 머리도 멍해서요. 어제 오랜만에 옛 친구와 전화하다가 흥분해서 대화가 길어졌어요. 잠이 부족한 정도가 아니라 거의 못 잤어요."

그 말을 듣고 보니 즐거워 보이는 눈이 살짝 빨갛고 부은 것 같다.

"어떻게든 조식을 먹으려고 온 것까지는 좋은데 반쯤 잠에 취했달까요, 꿈속 세계를 걷는 기분이었는데…… 그래서 그 할머니를 봤을 때는 하늘의 계시처럼 '아니, 마녀가 있네'라고 생각했어요. 이 세상에 다정한 축복을 전해주려고 여행하는 마녀가 있다고요."

남자는 쓱쓱 꽃을 계속 추가했다. 그는 아주 쾌활하게 웃었다.

"마녀 모자가 보이고 예쁜 꽃이 보인 것 같았어요. 그게 착각이나 환상이어도 좋은 환상을 봤다고 생각했죠. 정말 아름답고 행복해 보이는 정경이었어요. 아침 햇살에 감싸여 길을 떠나는 사람의 짧은 안식, 조용히 여행을 떠나는 아침 같은."

멋지다, 나도 그런 환상을 보고 싶어, 하고 메구미는 생각했다. 감이 좋아 보이는 남자와 그런 마음이 통했나보다. 저기 괜찮다면 이걸, 하고 말하며 머뭇머뭇 그림을 내밀었다.

"받아도 돼요?"

"그, 이런 낙서라도 괜찮으시면요."

"기뻐라. 갖고 싶었어요, 이 그림. 아, 기왕에 사인도 해주면 좋겠는데."

손을 모으고 웃으면서 부탁하는 점이 이 나이까지 살아온 강점 아닐까.

"이런."

남자가 순간 고개를 숙이더니 어쩔 수 없다는 듯이 웃으며 종이 냅킨 구석에 서걱서걱 로마자로 사인을 했다. 그러면서 무심히 손 가까이에 둔 스마트폰 화면을 보고 으악, 하고 외치며 일어났다.

"이런, 벌써 시간이 이렇게 됐네. 으아, 나가사키행 탑승구는 머니까 서둘러야 해."

겉옷을 입고 짐을 정리하더니 만화가는 메구미에게 가볍게

에필로그

웃어 보이고 떠났다. 테이블 위에 종이 냅킨 그림만 남기고서.
메구미는 몸을 굽혀 소중히 그림을 들다가 앗, 하고 외쳤다.
수성펜이었는지 그림 이곳저곳과 사인이 번져서 글자가 잘 보이지 않았다.

메구미는 작게 한 번 숨을 내쉬며 소중하게 그림을 들고 잔뜩 담은 조식과 함께 자기 자리로 운반했다. 이렇게 그림을 잘 그리는 만화가니까 분명히 대단한 사람일 것이다. 액자에 넣어 보물로 삼아야지. 방에 장식할 생각이다. 기념할 만한 이번 여행의 최고로 멋진 보물이 될 것이다.

아침 햇빛 속에서 메구미는 그림 속 마녀 할머니와 함께 조식을 즐겼다. 한발 먼저 여행을 떠난 할머니의, 이 그림을 그려서 보여준 남자의, 각자의 여행이 무사하고 행운이 따르기를 기도하면서. 공항이라는 장소에서 제각각 인생의 아주 짧은 시간이 교차해 만나고 또 헤어진 사람들의 행복을 기원했다. 또 언젠가 만나면 좋겠다고 바라면서.

'또 언젠가, 이 세계 어딘가에서.'

어딘가에서 또 스쳐 지나가면 좋겠다. 가능하면 또 이렇게 멋진 빛 속에서.

갑자기 마음속에 글이 떠올라 메구미는 조금 전 남자를 흥

내 내 테이블에 있던 종이 냅킨을 펼쳤다. 핸드백에서 오래 쓴 만년필을 꺼냈다. 파란 잉크가 번졌지만 신경 쓰지 않고 글을 적었다.

바람은 세계에서 불어와
잠시간 그 하늘을 달리고
또다시 어딘가로 불어간다

사람의 인생도 바람과 닮아
잠시간 이 땅 위에 멈췄다가
얼마간의 시간을 거쳐
어딘가로 떠나간다

인생을 여행에 비유한다면
공항이란 바람의 항구
여행자가 잠깐 발을 멈추고 쉬는 곳
앞으로의 여로를 꿈꾸고
지난 세월을 돌아보는 곳

그리고 또 여행을 떠나는 곳

에필로그

바람이 불어 지나가듯이
각자의 날개를 타고
먼먼 하늘로.

고개를 들자 창밖에서는 하얀 날개가 상승했다. 수많은 사람의 마음을 싣고서. 파란 하늘을 달려간다. 제각각 인생의 여행을 걷는 여행자들을 품에 안고 저 머나먼 하늘을.

'지상에서 날마다 반복되는 일상을 보내는 우리에게 공항은 잠시간 인생의 시간을 멈추는 장소일지도 몰라.'

여행의 목적지로 가기 위한, 혹은 돌아오기 위한, 하나의 단락을 짓는 장소. 이곳에서 일상은 일단 분단되는데, 다시 날개를 타고 여행을 떠난 사람들은 하늘의 여행을 거쳐 지상에 내린 그 너머에서 다시금 일상에 내려서서 되돌아간다. 일상을, 제각각 인생의 여행을 이어서 살아간다.

'모두가 여행하는 도중이야.'

지금 이 아침, 터미널에 있는 여행자는 제각각 인생의 여행을 걷는 도중이다. 이곳에 있는 동안 메구미가 지나친 이 사람 저 사람, 앞으로 스쳐 지나갈 많은 여행자도 모두 각자의 인생을 살고 있다.

'지금까지 만나본 적 없는 사람들이 이곳에서 스치듯 만나

시간과 공간을 공유해.'

설령 말을 걸거나 대화를 나누지 않더라도, 아주 잠깐이라
도 시선을 나누지 않더라도, 그날 그 시간에 그때까지 인연이
없었던 사람들이 한 장소에서 만나 한 장소의 공기를 마시고
또 헤어진다. 아마도 대부분은 만났다는 사실도 깨닫지 못한
채로. 각자의 기억에도 남지 않은 채로.

'바람이 불어 지나가는 것처럼.'

호텔을 체크아웃하고 로비 소파에서 리무진 버스를 기다리
는 동안, 메구미는 짐에 기댄 채 주변을 채운 수많은 목소리에
자연스럽게 귀를 기울였다. 어딘가로 향하는 무수한 발소리.
약간 즐겁게 통통 튀는 발소리. 데굴데굴 트렁크를 밀며 걸어
가는 바퀴 소리. 즐거운 대화 소리. 조금 콜록콜록 기침하는
목소리. 또 날아가는 날개들의 이착륙을 알리는 벨과 방송
소리.

이곳은 여행자들의 항구. 세계에서 바람이 불어오고 불어가
는 장소. 메구미 역시 잠깐 이곳에 있을 뿐이고 금방 통과해
떠난다. 자신의 인생 여행을 떠난다. 자신 역시 여행자 중 한
사람. 그렇게 생각하자 등이 자연스럽게 펴지는 기분이었다.
꽃다발을 안고 서둘러 걷는 사람이 있다. 환하게 웃는 얼굴이

에필로그

다. 누군가를 마중하러 왔을까.

'와, 저것도 좋겠다.'

언젠가 절친이 하늘을 여행해 북쪽 땅 메구미가 사는 동네의 공항에 내리면, 나도 꽃을 안고 마중하러 가야지. 절친이 좋아하는 꽃을 모아서. 속으로 조용히 결심하고 미소 지었다. 봄의 공항에는 벚꽃이 가득하고, 밝은 햇살이 창을 통해 쏟아진다. 꽃들도, 공간을 채운 빛도, 여행자들을 축복하고 행복을 기원하며 들리지 않는 노래를 부른다.

저는 나가사키시에 살아요. 이곳에서 부지런히 원고를 써서 한 달이나 두 달에 한 번쯤 도쿄로 가서 출판사 분들과 미팅을 하고 친한 서점을 방문하는 생활이 일상입니다.

오전 비행기를 타고 나가사키 공항에서 하네다 공항으로 날아가, 기내에서 점심을 먹거나 터미널에서 맛있는 식사를 하며 잠깐 쉬고, 리무진 버스를 타고 자주 이용하는 숙소로 갑니다. 며칠간 머물다가 다시 하네다 공항으로 돌아와 비행기 출발 시각까지 터미널에서 한때를 보내요. 서점에 들르거나 문구점에서 만년필을 구경하거나 선물을 사죠. 식사하면서 미팅을 하거나 라운지에서 일하기도 합니다. 이윽고 시간이 되면 나가사키로 돌아와요. 그런 시간을 반복해왔습니다.

작가로 살려면 꼭 저처럼 언제나 하늘을 날아야 한다, 이런 건 아니고요. 그저 제가 비행기와 공항을 좋아해서 이렇게 다닙니다. 어렸을 때, 아버지의 직장 문제로 전학을 밥 먹듯이 하느라 어린 마음에는 불합리하다고 느낀 장거리 이동을 반복하며 살았어요. 원래 살던 동네로 돌아가고 싶다고 눈물로 지새우던 어린 제가 지금도 가슴안에 있어서, 그 아이를 달래는 마음으로 어려서 좋아했던 간토 지역으로 날개의 여행을 반복하는 셈입니다. 어쩌면 과거에 보답하겠다는 감정도 있을지 모르겠어요. 제게 공항은 돌아가지 못했던 수많은 동네를 향한 향수가 떠다니는 장소이고, 지금은 어디든 날갯짓할 수 있는 자유의 상징인 장소이기도 합니다.

신인상을 받은 게 어느덧 삼십 년 전입니다. 시상식에 참석하려고 나가사키에서 혼자 날아올랐을 때 바람을 안은 듯한 심정, 그 후 신인 시절에도 아직 여행에 익숙하지 않아 오들오들 떨며 하늘을 날았던 그때의 심정을 여전히 기억해요.

당시 기내 창문으로 가까워지는 도쿄를 내려다보면 언제나 다녀왔다는 감정을 느꼈고, 집으로 가는 기내 창문에서 호화롭고 아름다운 야경을 가만히 내려다보면서는 다시 여기 돌아오겠다고 속으로 맹세했어요. 이제는 일본에서 탈 수 없는 점보기 '보잉 747'이 이륙할 때 났던 마치 으르렁거리는 용 같왔던 엔진 소리나 하늘 위에 올라간 후의 마음 편한 탑승감도 여전히 기억합니다.

이 이야기를 구상하고 담당 편집자와 하네다 공항을 취재한 시기는 코로나 이전입니다만, 집필을 시작했을 때는 세상이 크게 달라져 있었어요. 추가 취재가 불가능해진 상황에서 몇 번이나 다녔던 터미널과 거기 있을 때의 제 감정을 떠올리며 그리워하면서 이야기를 엮었습니다. 다시 그때처럼 하늘을 날아가는 날이 오기를 바라는 마음을 담아서요.

그때는 터미널 벤치나 소파에 앉아 오가는 사람들의 발소리에 귀를 기울이는 것이 좋았어요. 이 순간만큼은 같은 곳에 있는, 잠깐 날개를 쉬는 짧은 동안의 여행 동료인 사람들의 행복을 내심 빌기도 했답니다. 그 장소가 좋았어요.

마지막으로, 언제나 응원해주시는 독자 여러분, 서점과 도서관 직원 여러분 고맙습니다. 이 책으로 저와 처음 만난 분도 고맙습니다. 부디 마음에 드시기를 바랄 따름이에요.

무라야마 사키

해피엔드 에어포트

초판 1쇄 인쇄 2023년 4월 18일
초판 1쇄 발행 2023년 4월 28일

지은이 무라야마 사키
옮긴이 이소담
펴낸이 정중모
펴낸곳 도서출판 열림원

출판등록 1980년 5월 19일(제406-2000-000204호)
주소 경기도 파주시 회동길 152
전화 031-955-0700
팩스 031-955-0661
홈페이지 www.yolimwon.com
이메일 editor@yolimwon.com

페이스북 /yolimwon
트위터 @yolimwon
인스타그램 @yolimwon

주간 김현정 책임편집 최연서
편집 조혜영 황우정 이서영 김민지
디자인 강희철

마케팅 홍보 김선규 최가인
온라인사업 서명희
제작 관리 윤준수 이원희 고은정 구지영

ⓒ 무라야마 사키, 2023

ISBN 979-11-7040-183-4 03830